滄海叢刊

魯迅小說新論

王潤華 著

東大圖書公司印行

國立中央圖書館出版品預行編目資料

魯迅小說新論／王潤華著--初版--臺
北市，東大出版：三民總經銷，民81
面；　　公分. --(滄海叢刊)
ISBN 957-19-1441-X（精裝）
ISBN 957-19-1442-8（平裝）

1. 中國小說—歷史與批評

827.88　　81004992

魯迅小說新論

著　者　王潤華
發行人　劉仲文
著作財產權人　東大圖書股份有限公司
總經銷　三民書局股份有限公司
印刷所　東大圖書股份有限公司
地址／臺北市重慶南路一段
六十一號二樓
郵撥／〇一〇七一七五——〇號
初　版　中華民國八十一年十一月
編　號　E 81057
基本定價　肆元貳角貳分
行政院新聞局登記證局版臺業字第〇一九七號

ISBN 957-19-1442-8（平裝）

目次

從魯迅研究禁區到重新認識魯迅

一、魯迅故居只能容納魯迅孤獨的革命形象

一九八九年五月下旬，我在天色陰沉，風雨迷濛的紹興城住了幾天。雖然那時已是初夏，天氣依然是秋風秋雨愁煞人的季節。

一個午後，我走進座落在塔山南麓和暢堂的秋瑾故居。在黝暗的燈光下，我把一共三間五進的秋瑾故居慢慢看，細細的想。第二進東面的樓下，爲秋瑾的臥室，室內木牀、書桌、她用過的筆墨硯臺，女扮男裝的照片，還有壁內密室的槍械，都是當年原物。第三、四進原爲秋瑾家人的住處，現已闢爲秋瑾史迹陳列室，展出她的各種遺物和手迹❶。

秋瑾故居昏暗的光線，把作爲一個女革命家，女中豪傑的形象大大神秘化了，但卻把她作爲一個人的精神面貌掩遮住了。我的眼睛所見，我的耳朵所聞（有關故居的講解），完全沒有秋瑾的家庭與婚姻生活。她被塑造成一座沒血沒肉的銅像。

我從秋瑾故家門前的和暢堂路，撑着一把雨傘，擋住滿城的風雨，慢慢步行到東昌坊口（現在改稱魯迅路二百號）的魯迅故居黑油油的石庫臺門前，前後不過走了十幾分鐘。他們原來不但同鄉，還是相隔不遠的鄰居❷。

在這所謂周家新臺門裏，魯迅誕生、渡過了幼年和少年生活。一九〇九年從日本留學回國，第二年他回到紹興，先後在紹興府中學堂和山會初級師範學堂教書兼行政工作，一直到一九一二年北上期間，他都住在這所故鄉老屋裏。當一九一九年賣給別姓時，魯迅還回老家告別，而且還把這經驗寫進小說〈故鄉〉裏去。

今天我們看見的新臺門，是幾經修建後，魯迅本家所住的房屋而已，格局與原來的很不相同。原來十多戶周氏家族聚族而居的堂皇的新臺門，大部分地段與東鄰六戶人家的土地，再加上

---

❶ 關於魯迅與秋瑾，見周芾棠《鄉土憶錄——魯迅親友憶魯迅》（西安：陝西人民出版社，一九八三），頁二〇六—二七五。

❷ 同上，頁二四—二五，二〇六—二七五，又見周建人《魯迅故家的敗落》（長沙：湖南人民出版社，一九八四），頁二四七—二五三。

東邊更遠的周家老臺門遺址，目前已改建成紹興魯迅紀念館❸。

我二訪魯迅故居及其紀念館後，心中不免納悶，頭腦中充滿疑問。當初設計紹興魯迅紀念館時，就應該完全恢復新臺門的全部面貌，甚至老臺門❹，然後就以原來的新舊臺門建築格式作紹興魯迅紀念館。原來魯迅小說中許許多多人物原型，包括周氏家族或非同族的外人，原來就住在新舊臺門，甚至過橋臺門裏，走進他的故居，走過每個空間就等於在閱覽魯迅的一篇篇小說和散文，譬如在第四進的桔子屋，我們看見周子京神經錯亂後，把房屋的地面挖開一個大洞，自然想起〈白光〉中陳士成考試失敗，發狂掘寶的故事情節，可是目前修復的魯迅紹興故居，空間實在狹窄，不但容納不了衆多魯迅小說與散文中的人物與事件，連魯迅的兄弟，別的房族的人更不必說，居然也被排斥出去。我細心聽講解和觀察，周作人、周建人似乎從未居住過新臺門。當我看完在目前認定是魯迅當年的臥室兼工作室時，我很想上樓探看一下，聽說那是魯迅當年與髮妻朱安洞房的地方。他們說樓上不必看，沒有什麼。其實我知道他們要我們忘記一個悲劇，要推銷

❸ 參見謝德銑、朱忞、王德林、裘士雄等編《魯迅在紹興》（杭州：浙江人民出版社，一九八一），頁一九—六七。

❹ 周建人《魯迅故家的敗落》書內附有晚清新臺門建築結構平面圖，見頁二八—三六。

❺ 我在〈從魯迅紹興故居走進魯迅的小說世界〉一文中，有詳細的敘述我的經驗。見《聯合文學》六三期（一九九〇年一月），頁二〇—三一。

魯迅是一個「中國文化革命的主將」，「不但是偉大的文學家，而且是偉大的思想家和偉大的革命家」❻。或者至少要塑造他是「無產階級的偉人」❼。

從秋瑾和魯迅在紹興的故居的展覽模式，我們可以具體的看見在中國，文學家、思想家、革命家，在被肯定或否定時評價都是不夠客觀，否定的往往過於誣衊，肯定的則一定以英雄姿態出現。我參觀哈佛大學校園附近的美國朗費羅（Henry Longfellow）故居，所見屋內的陳設，完完整整，從他自己的到傭人的遺物，從書房到厨房用具，都全部保留，包括食物，這樣我們可以從原來的生活環境中，來瞭解眞正的朗費羅，他既是一位詩人，也是一位普通的公民❽。

二、魯迅髮妻朱安的住房是一禁地

魯迅紹興故居目前開放參觀的那間書房兼寢室，是他從日本回紹興教書時所使用。樓上的房

❻ 毛澤東這些對魯迅的評價，便被復旦大學、上海師大、上海師院編寫組作爲編寫《魯迅年譜》（上下册）的目的，見〈例言〉《魯迅年譜》上册（合肥：安徽人民出版社，一九七九），頁一。

❼ 袁良駿《魯迅研究史》上卷（西安：陝西人民出版社，一九八六），頁一九。

❽ 朗費羅的故居地址是 105, Brattle St., Cambridge, MA 02138.

間，魯迅少年時代就跟長媽媽住過。一九〇六年夏天，魯迅奉母親之命，從日本回故鄉和朱安女士結婚，新房就設在樓上，當時魯迅家的工人王鶴照親眼所見，他後來回憶說：

> 我第一次看到魯迅先生是一九〇六年，這年夏天，魯迅先生從日本回來與朱女士結婚的……
> ……魯迅先生結婚是在樓上，過了一夜，第二夜魯迅先生就睡到書房裏去了。⑨

魯迅回家結婚時，周作人不在家，周建人親眼目睹婚禮與魯迅對婚姻的失望，他在《魯迅故家的敗落》有較詳細的敘述：

> 婚禮照例是在新臺門大廳裏舉行的，二哥說要回來，但還沒回來，除了三個臺門裏的本家，很少有什麼客人來，也不演戲，一點也不熱鬧。也許由於我大哥的意見，我母親一切從簡，只是在儀式上，還是照舊，由老臺門熊三公公來祝壽，還是拜堂，我大哥裝了假辮子，真是活受罪。結婚以後，我大哥發現新娘子既不識字，也沒有放足，他以前寫來的

⑨王鶴照口述，周芾棠整理〈回憶魯迅先生〉，見《中國現代文藝資料叢刊》第一輯（上海文藝出版社，一九六二），頁一三四—一五〇（特別是頁一三六），此文又見周芾棠《鄉土憶錄——魯迅親友憶魯迅》，頁五。

信，統統都是白寫……

我大哥的失望是很難形容的……❿

魯迅的一位堂叔周冠五也在場，他在一九六二年回憶說：

結婚那天晚上，是我和新臺門衍太太的兒子明山二人扶新郎上樓的。……魯迅先生一句話也沒有講，我們扶他也不推辭。見了新媳婦，他照樣一聲不響，臉上有些陰鬱，很沉悶。⓫

紹興新臺門故居在一九一九年賣掉後，魯迅親自回鄉把家人接去北京，他在日記中所說：「下午以舟二艘奉母偕三弟及眷屬，携行李發紹興」⓬，其中「眷屬」當然包括魯迅的妻子朱安，周建人的妻子及二個小孩。周作人在北京迎接，說他們一共七人⓭。

❿ 周建人《魯迅故家的敗落》，頁二四〇—二四三。

⓫ 引文見鮑昌、邱文治《魯迅年譜》上册（天津：天津人民出版社，一九七九），頁五三。

⓬ 《魯迅日記》上卷（北京：人民文學出版社，一九六二），頁三七一—三七二（一九一九年十二月廿四日日記）

⓭ 周遐壽（作人）《魯迅小說裏的人物》，（上海：上海出版公司，一八五四；香港：中流出版社，一九七六），頁六〇。其實周家工人王鶴照當時也跟隨到北京，見本文注❾〈回憶魯迅先生〉一文。

魯迅與朱安在北京一直住在同一屋簷下，雖然不共宿同眠。一直到魯迅在一九二六年八月底南下廈門和以後在上海與許廣平同居，才沒有住在一起，不過魯迅一生都負起贍養她的責任。朱安在一九四七年逝世時（那時魯迅已逝世十一年了），還是住在北京魯迅的最後的故居西三條胡同二十一號的房子裏⑭。這房子目前已修飾一新，並且成爲北京魯迅紀念館、魯迅的寢室兼工作室被稱爲「老虎尾巴」或「綠林書屋」，《野草》、及《徬徨》和《朝花夕拾》中的一些作品，都在此創作。魯迅的睡房在東邊，朱安的臥室在西邊，但是自從一九五六年，在好幾處魯迅住過的房屋中，選了西三條這所定作魯迅北京故居，其東側又建了魯迅博物館，但朱安住室，「由於種種原因，一直未能恢復原狀，目前魯迅的一部分書箱放在這裏」⑮。這種處理是有目的的。紹興與北京朱安的住室之被封閉，不公開讓人參觀，說明魯迅研究長久以來尙有許多範圍被劃爲禁區，或者至少不鼓勵學者去探討。這只是很多禁區中其中最微小的一個範圍。學者們盡量不讓人去接觸魯迅與朱安的婚姻，主要是怕破壞了魯迅作爲一個「中國文化革命的主將」的光輝形象。這些人大概認爲「偉大的思想家和偉大的革命家」，不應該向封建家族妥協，接受媒妁之

⑭ 余一卒〈朱安女士〉，見《魯迅研究資料》第十三輯（天津：人民出版社，一九八四），頁三四七－三六七；又見俞芳〈封建婚姻的犧牲者——魯迅先生和朱夫人〉，薛綏之等編《魯迅生平史料滙編》第三輯（天津：人民出版社，一九八三），頁四七六－四八六。

⑮ 關於西三條魯迅故居及其生活情況，見《魯迅生平史料滙編》第三輯，頁五五－七二。

言的婚姻。後來又加上魯迅與許廣平同居，另外在上海定居，建立新的家庭，因此在許廣平逝世（一九六八）前，更爲了她而把朱安當成一種忌諱。許多有關魯迅年譜，傳記、回憶錄的著作，從二十年代到最近出版的，都深怕踏到地雷或冒犯衆怒似的，盡量避免打開這個秘密的「住房」，希望人們忘記或不知道魯迅生命中曾有過這件事。

因此我隨意翻閱一下我書架上的一些年譜和傳記，如王士菁的《魯迅傳》（一九四八）、鮑昌、邱文治的《魯迅年譜》（一九七九）、復旦大學等校《魯迅年譜》編寫組的《魯迅年譜》（一九七九），都是一律採取點到爲止的方法，把一九〇六年從日本回紹與結婚的事一筆帶過，從此朱安便完全在魯迅的生活中消失了⑯。曾慶瑞的《魯迅評傳》在一九八一年才出版，紀念魯迅誕生一百週年，還是一筆帶過，不敢打破禁忌的框框⑰。

這種禁區的形成，並不全是因有嚴刑重罰在禁止，往往是一些教條的口號，例如復旦等校編寫的那本《魯迅年譜》，在〈例言〉中就說明「本書力求按照毛主席對魯迅的評價，着重表現魯迅作爲中國文化革命的主將……。」把魯迅當作革命家、全璧聖人和全人，甚至神的看法與寫作

⑯ 王士菁《魯迅傳》（原版新知書店，一九四八；香港：文學研究社，一九七一），頁五四；復旦大學、上海師大、上海師院編寫組《魯迅年譜》上下册（合肥：安徽人民出版社，一九七九），頁六六—六七；鮑昌、邱文治《魯迅年譜》上下册（天津：人民出版社，一九七九），頁五二—五三。

⑰ 曾慶瑞《魯迅評傳》（成都：四川人民出版社，一九八一），頁一〇六。

態度，也深深影響了輯錄魯迅研究史料的人。從魯迅的二弟周作人到他家的工人王鶴照，他們都盡量閉口不談朱安，雖然兩人都與朱安曾住在同一屋簷下⑱。周芾棠的《鄉土憶錄——魯迅親友憶魯迅》，由於敍述者皆非學術界人士，更加廻避這問題⑲。

可是最令人驚訝的是，其他有關魯迅生活事蹟的資料，也不敢把魯迅與朱安的不平常的夫妻生活包括進去，譬如《回憶魯迅資料輯錄》（一九八〇）及《魯迅在紹興》（一九八一），這兩本資料都很有系統和詳盡的輯錄各種有關資料，像《魯迅在紹興》，連魯迅小時拜了一個和尚爲師的龍師父都有一組資料，偏偏名媒正娶的朱安的資料不敢整理⑳。可見大家都懂得江湖規矩。

魯迅與朱安婚姻悲劇的禁區，幸好有另一批學者盡一切能力突破它，甚至把它解除。早期不顧忌諱的有林辰的《魯迅事迹考》（一九八一）中的〈魯迅的婚姻生活〉，坦直的敍述當時資料所允許的有關他們「夫妻」的生活㉑。最近幾年，好些學者幾乎自動的把它解禁，薛綏之等人編的

---

⑱ 主要指周作人的《魯迅的故家》（原北京人民文學出版社，一九五七、一九八一再版），《知堂回想錄》（香港：三育圖書，一九七〇）及王鶴照的〈回憶魯迅先生〉。

⑲ 在周芾棠的資料中，原本與魯迅關係不大的陶成章、秋瑾、徐錫麟，就因爲他們是革命家，可以用來加強魯迅的革命形象，也就給予很大的篇幅（見該書頁二五四—二八九）。

⑳ 上海教育出版社編《回憶魯迅資料輯錄》（上海：教育出版社，一九八〇）；謝德銑等《魯迅在紹興》（杭州：浙江人民出版社，一九八一）。

㉑ 林辰《魯迅事迹考》（原上海開明書店，一九四八；北京：人民文學出版社，一九八一），頁九二—一〇五。

《魯迅生平史料滙編》（一九八三）第三輯中，就收錄了俞芳〈封建婚姻的犧牲者——魯迅先生和朱夫人〉的文章詳述魯迅與朱安夫妻二人共住一屋的日常生活㉒。，其他資料中在介紹北京八道灣、磚塔胡同與西三條三所故居時，都把朱安女士的住屋說明㉓，這事看來微不足道，其實那是一大突破，從來學者或魯迅親友都不敢把她看作魯迅家中的一分子。林非與劉再復的《魯迅傳》（一九八一），也把第五章全部用來敍述魯迅與朱安的前後關係㉔。余一卒的〈朱安女士〉一文，長達二十頁，是目前我所讀到最詳盡的，態度公正的關於魯迅與朱安婚後生活的文章。彭定安不但指出「魯迅和朱安，這是一個衆人們諱莫如深迴避躲閃」的問題，並指出「承認，面對這個不幸的事實還不夠，更重要的是探尋它的意義」，到了最近像李允經《魯迅的婚姻與家庭》更毫無保留的深入考證過去被認為忌諱的家庭問題㉕。

㉒ 俞芳是周建人在紹興女子師範教過的學生，曾與魯迅一家同住磚塔胡同六七一號。《魯迅生平史料滙編》，頁四七六—四九二。

㉓ 同上，見頁二四—七二。

㉔ 林非、劉再復《魯迅傳》（北京：中國社會科學出版社，一九八一），頁五六—六二。

㉕ 余一卒〈朱安女士〉《魯迅研究資料》第十三輯（天津：天津人民出版社，一九八四），頁三四七—三六七。彭定安《突破與超越：論魯迅和他的同時代人》（瀋陽：寧夏大學出版社，一九八七），詳論兩人關係及其對魯迅思想與生活的影響（頁三九—五七）。李允經《魯迅的婚姻與家庭》（北京：十月文藝出版社，一九九〇）

當我們把魯迅當作不是一個「完人」，不廻避事實，魯迅便恢復原來生長於新舊時代交替的一個中國人的面貌出現在我們的面前。這個人才是眞正的魯迅！

三、魯迅參加縣考的秘密不准洩露

小說人物陳士成，經過十六次縣考失敗，好幾次掘藏不成，心靈經不起刺激，精神開始失常，眼前出現幻覺。晚上回到屋子裏，看見白光，搖搖擺擺像一把白扇，他以爲這是埋藏銀寶的記號，當他用鋤頭挖掘下去，結果泥土中有一塊下巴骨。後來他追逐白光到城外，結果失足掉落萬流湖淹死。

白光最早的來源應該是陳士成追逐終生的科舉考試及格。清朝末年縣考發榜時，爲了便於計算，以每五十人姓名寫成一張圓圖。舊讀書人做人唯一的希望，就是決定於自己的姓名會不會出現在圓圖上。因此魯迅特意安排陳士成發狂時看到的白光圈，是從這些黑圈變成的。

爲了瞭解小說所說「十二張榜的圓圖」，我發現魯迅傳記資料還有一個更嚴重的禁區，它比魯迅初婚事件及其與朱安以後的生活，隱瞞得更加厲害。這是關於魯迅曾經參加紹興縣考的事件。如果魯迅沒有受過舊傳統的壓力，曾被逼讀私塾，又參加過縣考，沒有這種經驗，恐怕就寫不出像〈孔乙己〉、〈白光〉那樣有深度的有關舊文人在科舉考試下的悲劇。可是偏偏魯迅如此珍貴難得的舊經驗，許多學者卻要千方百計的去把它隱藏起來。這不是阻止我們去認識魯迅眞正的生活與思想嗎？

周作人最早在《魯迅小說裏的人物》裏透露魯迅在南京讀書時（一八九八年），曾回到南京與弟弟周作人一道參加縣考，魯迅只參加一次初試，沒有去覆試，名字居然也出現在「大案」上三圖三十七（又作三十四），即考得第一三七名（因每一圖由五十人的姓名構成），後來他便回南京去了。親友覺得可惜，便請一位親戚當槍手去參加府試。結果考得八圖三十（即第三八〇名）。最後一關沒有再派槍手去考（即院試），因此沒有撈到秀才的名銜㉖。

像魯迅這種舊生活經驗，大概怕影響他作爲一個革命家的光輝形象，絕大多數有關魯迅的年譜、傳記、生平資料，都隻字不提，或者用替他辯護的文字，一筆帶過，譬如復旦等校編的《魯迅年譜》說：「會稽縣舉行縣考，魯迅被本家叔輩拉去一同應試。他對科舉原無好感……」㉗。

㉖ 在《魯迅小說裏的人物》有二個地方敍述魯迅參加縣考的經過，其一在縣考一條(頁一二三—一二四)，其二在附錄的〈舊日記裏的魯迅〉(頁二四九—二五〇)。周作人自己前後不一致的說魯迅「大案」考取三圖三十四和三圖三十七。周作人在《知堂回想錄》中，也寫到魯迅縣考的事（頁五〇—五三）。

㉗ 見《魯迅年譜》上册，頁二九。

如果這是一項與革命有關的事件，《魯迅在紹興》之類的書，一定四處挖掘資料，把它發揚光大。

我個人的看法剛好相反，魯迅在婚姻和考縣試這方面的生活經驗，正是促使他創造出許多彷徨於新舊之間的小說人物的素材。我們如果把魯迅與舊社會有關係的生活層面切去，那是難於瞭解他的文學作品的。我的閱讀經驗告訴我，要探討魯迅小說散文的複雜性，千萬不要去讀目前許多有關魯迅的傳記！它只有阻止、妨礙我們去瞭解眞正的魯迅。

四、魯迅與國民黨的關係會影響革命形象？

我在撰寫〈從口號到象徵：魯迅「長明燈」新論〉一文時，注意一下〈長明燈〉最早發表的刊物與日期，居然發現它的複雜性與秘密性。雖然魯迅成爲現代作家中被研究得最徹底的一位，無論大小問題，傾全國之力去挖掘材料，因此單單有關魯迅研究之資料的書，就多得難以計算。可是關於〈長明燈〉最初發表的刊物，官方出版的《魯迅全集》注釋資料，卻一直說沒法正確查明，還有待研究，這眞是難於令人相信，讓我舉出一些事實加以說明。

一九五七年出版的《魯迅全集》的〈長明燈〉注釋說：「本篇最初可能發表於一九二五年三

月的北京《民國日報》，因為一時未找到這一時期的該報，所以未能確定。」㉘這條注釋似有所隱瞞，是否實情如此，令人懷疑。到了一九七六年十二月人民文學出版社出版的《徬徨》單行本，索性不注明〈長明燈〉原來發表的刊物與日期，只指明寫作時期是「一九二五年二月二十八日㉙」。根據一九七九年復旦大學、上海師大、上海師院《魯迅年譜》編寫組的《魯迅年譜》，〈長明燈〉甚至被推到可能未發表的騙局裏，它說：「是否發表待查」。這本《魯迅年譜》在〈例言〉中強調為了學習和表現魯迅的作為「中國文化革命的主將」而編寫的。而《民國日報》是國民黨在北京辦的報紙，自然不願魯迅這個毛澤東製造的神話中的無產階級革命家與國民黨拉上關係㉚。

在中國大陸，往往官方傾全國之力研究魯迅，這些學者沒理由看不明白《魯迅日記》簡單的記載。一九二五年二月二十八日，他在《日記》裏記「……夜大風，成小說一篇。」三月一日又記載：「下午往民國日報館交寄邵元沖信並文稿。」邵元沖（一八九〇—一九三六）是紹興同鄉，孫中山在北京，曾任其行營機要主任秘書，兼北京《民國日報》社社長。後來邵元沖緊隨蔣介石，死於西安事變。而那篇小說稿，很早大家都知道，是〈長明燈〉。所以文末「一九二五年

㉘〔魯迅全集〕卷二（北京：人民文學出版社，一九五七），頁五五—六六。

㉙魯迅《徬徨》（北京：人民文學出版社，一九七六）。

㉚《魯迅年譜》，頁二四三及〈例言〉（頁一）。

三月一日」是發稿日期，完稿是頭天晚上（二月二十八日）。同年三月五日至三月八日，分四次連載於《民國日報》的副刊㉛。

目前一些敢攻擊過去魯迅研究受「左思潮影響，表現出簡單化和絕對化的傾向」的出版物，便無所顧忌，說明〈長明燈〉是發表在《民國日報》，譬如陳根生《魯迅各篇問世之後……》說：「二年後（一九七八）……人們在已故學者錢玄同的藏書中，無比欣喜地發現了《北京民國日報副鐫》一九二五年三月五日至八日上〈長明燈〉分四期連載的最初文字」。雖然他所說一九七八年才「發現」的事值得懷疑，看來是官方爲開禁而製造的一個藉口和理由，因爲王永昌說，由於一位普通職員提供的線索，最後才在北京魯迅博物館找到《民國日報》。這事實許多學者們應早就知道。㉜

自從解禁後，像《魯迅著譯繫年目錄》（一九八一年修訂，原一九六二年完成）及《魯迅生平史料滙編》第三輯等書，都說明〈長明燈〉是原載於《民國日報》，而這些書的前面序言，都

㉛ 關於魯迅與《民國日報》，可參考陳漱渝的討論，見《魯迅生平史料滙編》第三輯，頁六五七—六五八，陳漱渝原來全文〈魯迅在北京時期與一些報刊的關係〉分上下兩次，登於《吉林師大學報》一九七七年第四期及五—六期。又參考王永昌〈「長明燈」發表出處是怎樣查明的？〉，見《魯迅研究百題》（長沙：湖南人民出版社，一九八一）頁一四九—五二。

㉜ 陳根生《魯迅各篇問世之後……》（上海：復旦大學，一九八六），頁一二四—一三二。王永昌親自參與尋找《民國日報》，見上註，陳文所說一九七八年不正確，應在一九七七年之前。

大罵過去研究魯迅的「顚倒是非，混淆黑白」的做法㉝。

五、閏土離婚事件會影響農民形象？

在神化魯迅的過程中，學者們不但盡力消除、歪曲、遮掩事實，以免損害魯迅的光輝革命形象，連他小說中的人物也在保護之中。〈故鄉〉中的閏土被肯定爲代表農民被舊制度損害的典型人物後，這位小說人物的原型人物章運水（也有其父親章福慶的影子）的家庭背景，後代子孫都作了徹底的調查和研究，簡直把他當作革命英雄人物看待㉞。可是不管有關章運水的報告資料如何詳盡，大家都隱藏住一件事實，即最早由周作人洩露的，章運水原來形象與小說中的閏土有很大不同。他眞人很庸俗迷信，婚後與村中一個寡婦要好，終於鬧到離婚，害他父親花了不少錢，

㉝ 上海魯迅紀念館編《魯迅著譯繫年目錄》（上海：上海文藝出版社，一九八一），頁八三—八四。這本繫年原在一九六二年刊於《中國現代文藝資料叢刊》（第一、二輯）上。曾經修訂很多地方。《魯迅生平史料滙編》第三輯，頁六五七—六五八。

㉞ 像《鄉土憶錄——魯迅親友憶魯迅》（頁九〇—九九，魯迅與章運水），《回憶魯迅資料輯錄》（頁一七—一二），及《魯迅在紹興》（頁一九—六七）。

全家從此沒好日子過，他們的窮困，主要還是由於家事引起的，與小說有很大出入。周作人和周建人的回憶都透露了這事實㉟。

除了周作人、周建人兄弟的著作敢直言章運水的婚變與迷信，其他資料，都是一律強調章運水小時的英雄形象與老了以後被剝削的農民形象，像《回憶魯迅資料輯錄》、《魯迅在紹興》、《鄉土憶錄——魯迅親友憶魯迅》都是把閏土原型人物當作小說人物來加以美化和思想化㊱。魯迅自己一再強調，他「所寫的事迹，大抵有一點見過或聽到過的緣由，但決不全用這事實，只是採取一端，加以改造，或生發開去，到足以幾乎完全發表我的意思爲止。」㊲

因此我們又何必爲閏土的形象操心？幾十年來那樣多人爲魯迅自己的形象，爲他的小說人物操心實在沒有必要。我在上面只是舉出三個小例子來說明這種所謂「左傾」研究，「神化魯迅」傾向的嚴重性。

㉟ 周遐壽《魯迅小說裏的人物》，頁五二—五三〈閏土父子〉；周建人《魯迅故家的敗落》，頁一九〇—一九一。

㊱ 見注㉞。

㊲ 見〈我怎麼做起小說來〉，《魯迅論創作》（上海：上海文藝出版社，一九八三），頁四二—四五。

六、把象徵主義抽掉，放進寫實主義

前些時候，我在美國休假期間，因爲要探討魯迅小說中象徵主義的意義與表現技巧，我細心的閱讀了《魯迅論創作》（一九八三）、《魯迅論文學與藝術》（一九八〇）等選集[38]，主要是爲了方便查閱，避免把整套《魯迅全集》借回家的麻煩。可是這種論文選的書，就如那些資料和研究專著，也極有力的反映出大陸魯迅研究禁區之存在。

現以王士菁負責編選的《魯迅論創作》來說明禁區之無所不在。這本書厚達七五五頁，編選人又是大陸資深的魯迅研究專家，他在〈編後記〉中，態度開明的贊成魯迅的主張：「沒有拿來的，人不能自成爲新人，沒有拿來的，文藝不能自成爲新文藝。」[39]可是細讀詳查之下，魯迅一些極重要，而且又常被人徵引轉述的，有關魯迅論象徵主義的文章，卻沒有被選入，很顯然的，這不是由於不知，而是受了無形的禁區之劃分，而故意遺漏。這是很好的另一個證據，說明大陸的魯迅研究常努力隱藏眞實。這一次是企圖給讀者、學者們製造一個假象：魯迅並不重視象徵主

---

[38] 《魯迅論文學與藝術》上、下册（北京：人民文學出版社，一九八〇）。
[39] 〈編後記〉《魯迅論創作》，頁七五一。

義。理由很簡單，在馬列主義文學批評裏，象徵主義文學是資本主義社會的墮落現象。

由於編者編選的重點放在「魯迅在談到自己的創作以及論述現代的、古代的和外來的作家和作品」[40]，《魯迅論創作》的第四輯共收了三十七篇論「外來的作家和作品」的文章。奇怪的很，魯迅討論象徵主義極重要的文字，即那篇〈「黯澹的烟靄裏」譯後記〉，並沒有收納進去。魯迅認為安特萊夫（Leonid Andrejev, 1871-1919）的作品所能把人類的心靈與現實生活很有深度的寫進他的作品，因為他同時運用了象徵主義。試看其中二段：

> 他有許多短篇和幾種戲劇，將十九世紀末俄人的心裏的煩悶與生活的暗淡，都描寫在這裏面……
>
> 安特萊夫的創作裏，又都含着嚴肅的現實性以及深刻和纖細，使象徵印象主義與寫實主義相調和。俄國作家中，沒有一個人能夠如他的創作一般，消融了內面世界與外面表現之差，現出靈肉一致的境地。他的著作雖然很有象徵印象氣息，而仍然不失其現實性的。[41]

目前研究魯迅小說的學者，中國大陸與歐美的學者，都從深入分析其作品中，發現魯迅不但

---

[40] 同上注，頁七四四。

[41] 《魯迅全集》卷一一（北京：人民文學出版社，一九七三），頁二五九。

描寫社會現實生活，也深入人類的心靈，他的表現法既寫實，又兼用象徵主義[42]。但是長期以來，不少大陸的學人努力製造一個假象，把魯迅說成是一個徹底的寫實主義者。怪不得早在一九三六年馮雪峯為《魯迅短篇小說集》捷克譯本寫序時，在談到魯迅所受外國影響時，馮雪峯也特別強調他受到寫實主義的影響，受影響的作家則是當時左派奉為大師的托爾斯泰和高爾基。魯迅看過初稿後，把他們兩個名字塗去，並說：「他們對我的影響是很小的，倒是安得烈夫（即安特萊夫）有些影響。」[43]

---

[42] 大陸方面的見解可以嚴家炎〈魯迅小說的歷史地位〉為代表，見《北京大學紀念魯迅百年誕辰論文集》（北京：北京大學出版社，一九八二），頁一八三—二〇九，西方學者則可以下面幾篇研究作代表：Leo Lee, *Voices from the Iron House: A Study of Lu Xun* (Bloomington: Indiana University, 1987), p.61; Patrick Hanan, "The Technique of Lu Hsun's Fiction," *Harvard Journal of Asiatic Studies*, vol. 34(1974), pp. 53-97(esp. p 61); Douwe Fokkema, "Lu Xun: The Impact of Russian Literature," in *Modern Chinese Literature in the May Fourth Era* ed. by Merle Goldman (Cambridge: Harvard University Press, 1977), pp. 89-101.

[43] 馮雪峯〈關於魯迅在文學上的地位：一九三六年七月給捷克譯者寫的幾句話〉《魯迅的文學道路》（長沙：湖南長沙出版社，一九八〇），頁一四—一五。關於魯迅與安特萊夫的文學關係，參考王富仁《魯迅前期小說與俄羅斯文學》（西安：陝西人民出版社，一九八三），頁一〇二—一三七。

魯迅在翻譯迦爾洵〈一篇很短的傳奇〉的後面，寫了一篇後記，也沒有被收入《魯迅論創作》一書中，眞是使人不解。在這篇後記中，魯迅談到象徵、博愛和人道主義：

他的傑作〈紅花〉，敍一半狂人物，以紅花為世界上一切惡的象徵，在醫院中拚命擷取而死……〈四日〉、〈邂逅〉、〈紅花〉，中日都有譯本了。〈一篇很短的傳奇〉雖然並無顯名，但頗可見作者的博愛和人道底色彩……㊹

現在魯迅的〈長明燈〉與迦爾洵的〈紅花〉的文學姻緣是衆人皆知的事實，魯迅的狂人也以長明燈作爲中國社會一切罪惡的象徵。這篇後記所以不被選進，恐怕是反映大陸許多學者不肯承認〈長明燈〉受〈紅花〉影響的看法。

在《魯迅論創作》，魯迅其他論象徵主義的文章也有被錄取的，如〈「苦悶的象徵」引言〉和〈「蘇俄的文藝論戰」前記〉㊺，因爲象徵主義這字眼的出現，是放在較安全健康的上下文之

㊹〔魯迅全集〕卷一六，〔譯叢補〕，頁六〇一—六〇二。

㊺《魯迅論創作》，頁三八七—三八九，三九〇—三九一。

中出現，前者有這樣的一句，而且是引自厨川白村《苦悶的象徵》：

所謂象徵主義者，絶非單是前世紀末法蘭西詩壇的一派所曾經標榜的主義，凡有一切文藝，古往今來，是無不在這樣的意義上，用着象徵主義的表現法的。㊻

另外後者只把象徵主義、神秘主義、變態性欲主義等名詞放在一起出現，完全沒有提倡和稱贊的字眼㊼。

七、從神到人，從政治到文學：重認魯迅

魯迅研究至今已有六十多年的歷史，其間所發表的文章、已出版的專著和資料，不計其數，

㊻ 同上，頁三八八。
㊼ 同上，頁三七〇。

目前已有《魯迅研究史》之出版㊽。本文只是根據我最近撰寫分析魯迅小說的幾篇文章時，所遇到的幾個小小的「神化」魯迅的實例，而發表一些感想。

近年來在逐漸解除一些禁區之後，大陸的學者重新檢討魯迅研究工作，承認把魯迅當作神來評價的人是少了，但很多還是把魯迅當作一個全人，廻避不應廻避的事實：

> 不能否認，在我們的研究工作中，也有左的思想影響，主要的表現是「神化魯迅」。或者至少也是要把魯迅當作完人來寫的，要讓他進孔廟去。有了這樣一個框子，也就不可能實事求是的進行研究了……㊾

㊽ 袁良駿《魯迅研究史》上册（西安：陝西人民出版社，一九八六）。作者認爲，如果從一九一三年惲鐵樵對〈懷舊〉的評點算起，魯迅研究至將近八十多年，如果從一九二一年沈雁冰評四五六月的創作，論及〈風波〉及〈故鄉〉，也有七十年了。下册因改變出版社，書名易名爲《當代魯迅研究史》（西安：陝西教育出版社，一九九二）。

㊾ 羅蓀的〈序〉，《魯迅著譯繫年目錄》，頁二。關於大學如何利用魯迅研究來爲政治服務，參考這二篇論文：David Holm, "Lu Xun in the Period of 1936–1949: The Making of a Chinese Gorki,"及Merle Goldman, "The Political Use of Lu Xun in the Cultural Revolution and After,"兩篇論文均收集於*Lu Xun and His Legacy* ed. by Leo Lee (Berkeley: University of California, 1985), pp. 153–179, 180–196.

把研究工作，引向實事求是的方法上，很多研究資料需要切實的重新編輯與出版，像上海魯迅紀念館編的《魯迅著譯繫年目錄》、《回憶魯迅資料輯錄》等我所參考過的，基本上都符合學術的條件，是一種具有建設性的工作。

至於評析工作，王富仁的《中國反封建思想革命的一面鏡子：「吶喊」、「徬徨」綜論》是代表魯迅文學作品研究的一種新方向。王富仁曾承大陸以毛澤東對中國社會各階級政治態度的分析爲綱的研究系統分析了〈吶喊〉和〈徬徨〉的政治意義後，「人們越來越多地發現，它與魯迅的小說原作存在一個偏離角」：

> 這方面的弊病發生在這個研究系統的方法論上，它主要不是從〈吶喊〉和〈徬徨〉的獨特個性出發，不是從研究這個個性與其他事物的多方面的本質聯繫中探討它的思想意義，而是以另外一個具有普遍性也具有特殊性的獨立思想體系去規範和評定這個獨立的個性。㊿

所以他的研究方法是「首先回到魯迅那裏去！」並且要求「首先發現並闡釋〈吶喊〉和〈徬徨〉的思想個性和藝術個性。」[51]

㊿ 王富仁《中國反封建思想革命的一面鏡子：「吶喊」「徬徨」綜論》（北京：北京師範大學出版社，一九八六），頁一一〇。

[51] 同上。

嚴家炎的論文〈魯迅小說的歷史地位：論「吶喊」、「徬徨」對中國文學現代化的貢獻〉是另一研究的新起點。嚴家炎在探討魯迅的創作方法後，發現並肯定魯迅是一個開闢多種創作方法的作家，寫實、浪漫與象徵在他作品中都大量運用。他指出：

它們都早已是客觀的實在。只是長期以來，或者由於認識上的限制，或者由於受了現實主義獨尊論的影響，我們往往較少提到魯迅小說中的浪漫主義（特別在一九五八年以前），而對象徵主義則乾脆視而不見，不承認它的存在。這就把魯迅小說的創作方法理解得相當狹窄，封閉了本來應該是寬廣的創作道路……[52]

上引羅蓀、王富仁和嚴家炎的幾段話，充分說明我們需要重新認識眞正的魯迅，我們更需要重新評價魯迅的文學作品。從神到人，從政治到文學，我們尚有漫長的路要走！臺灣當局對魯迅的戒嚴令也剛剛解除，臺灣及海外一些學者「右傾」的偏見的視野也正要重新調正過來。太過受中國大陸左傾研究路線或反共政治影響的日本與西方學術界，也有待重整對魯迅的誤解與偏見。

---

[52] 嚴家炎〈魯迅小說的歷史地位：論「吶喊」「徬徨」對中國文學現代化的貢獻〉，《北京大學紀念魯迅百年誕辰論文集》（北京：北京大學出版社，一九八二），頁一九三。

我相信眞正的魯迅在廿一世紀便會出現在世界各國的魯迅研究著作中。

一九九〇年三月　柏克萊

五四小說人物的「狂」和「死」與反傳統主題

我們讀中國新文學運動初期的小說，特別是第一個十年間（一九一七—一九二七）的作品，只須稍稍留意，就會發現許多短篇小說的人物，在故事中往往被人視爲瘋子，或被社會逼成瘋子，而且隨着故事的結束而死亡。由於這種認識，我在一九八七年，出了一題〈魯迅小說人物的「狂」與「死」及其社會意義〉，作爲我的一個學生的畢業論文題目❶，因爲在第一個十年的短篇小說作品中，魯迅的作品最常以「狂」與「死」作爲敍事模式。其實在一九八四年，彭定安已發表〈論魯迅小說中的「狂人」家族〉❷，張鴻聲在一九八八年也有〈從狂人到魏連殳——論魯

❶ 李樹端〈魯迅小說人物的「狂」與「死」及其社會意義〉，新加坡國立大學中文系，一九八七—一九八八學年榮譽學士畢業論文。

❷ 彭定安〈論魯迅小說的「狂人」家族〉，《中國現代文學研究叢刊》，一九八四年第四期，頁一五八—一七九，一六二，一五九。

迅小說先覺者死亡主題〉一篇精闢的論文發表❸。由此可見，以狂與死作爲小說敍事模式的五四小說結構，已經受人注意。

在這個世界，人人都有生老病死之苦，死亡與瘋狂（百病之一）經常糾纏在人們身上，任其如何掙扎，也擺脫不掉這種恐怖。反映人及其生活的小說作品，自然要涉及到作品中人物的死亡與瘋狂之描寫，也如同其他社會現象一樣，成爲小說情節發展的一個環節而出現。就像陳家生在〈同爲寫「死」變幻多姿—談「紅樓夢」中關於人物「死」的描寫〉一文所指出，像《紅樓夢》一本長篇小說，自然少不了有許多關於人物「死」、「狂」的描寫。從秦可卿的死，到賈母的死，從賈瑞的「狂」到鳳姐的「狂」，死狂的人物隨意數來，不下數十人。他們死或狂的現象總是和人物性格或社會問題相聯繫，不是平實的表象之描寫。曹雪芹手法之高明，透過死與狂，挖掘出每一死與狂事件內蘊的意義❹。

五四小說中的人物的「狂」與「死」的出現率高得驚人，李樹端的論文〈魯迅小說人物的「狂」與「死」及其社會意義〉，就會以魯迅的小說爲例，證明「狂」與「死」在魯迅小說中的處理，絕不是普通生老病死的人生現象之描寫，而是時代與社會的產物。「狂」與「死」的家族與

---

❸ 張鴻聲〈從狂人到魏連殳—論魯迅小說先覺者死亡主題〉，《中國現代文學研究叢刊》，一九八八年三月第三期，頁二七五—二八二。

❹ 《紅樓夢學刊》，一九八八年第一期，頁二三七—二五二。

當時流行的反傳統主題，最有特殊的關連。本來討論五四小說人物的「狂」與「死」和五四反傳統的關係，是一本洋洋幾十萬言的專書之論題，非一篇短文能處理，我這裏爲了求拋磚引玉，只好大題小做，只選其中一些抽樣進行分析。

在第一個十年的作家中，強調寫實的有《新青年》、《新潮》、「文學研究會」作家羣，我選了魯迅及廬隱等人的作品作爲樣本，在描寫個人、浪漫派作家中，我以郁達夫的小說作代表，另外我也選了寫大時代的社會問題以外的題材，被稱爲鄉土派的作家。王魯彥、許欽文、臺靜農、蹇先艾等人的小說中的「狂」與「死」竟然也驚人的多，那是因爲鄉村的封建與一切舊傳統，比城市更可怕⑤。

一、魯迅小說中狂與死的家族

魯迅的小說，除了以神話改寫的《故事新編》內所收八篇不論，《吶喊》與《徬徨》共收集

⑤我選擇這幾位作家作抽樣研究，多少受了以下二本小說史之影響，我個人覺得這是近幾十年來最有突破性的，最有見解的文學史：楊義《中國現代小說史》第一卷（北京：人民文學出版社，一九八六）；錢理群、吳福輝、溫儒敏、王超冰著《中國現代文學三十年》（上海：上海文藝出版社，一九八七）。

二十五個短篇小說，其中十三篇小說描寫了二十四個人的「狂」與「死」。在這二十四人之中，其中七個人發狂沒有死亡，八個人先狂後死，九個人死亡但沒有發狂，請看下面這張「狂」與「死」的家族成員表❻：

	小說篇名	人物姓名與身分	狂性的表現	死亡的原因
狂人家族	〈狂人日記〉	狂人（知識分子）	罵禮教吃人	
	〈長明燈〉	瘋子（知識分子）	堅決吹熄廟裏的長明燈	
	〈在酒樓上〉	呂緯甫（知識分子）	拔掉神像的鬍鬚	
	〈離婚〉	愛姑（鄉村婦女）	敢跟欲離棄她的夫家吵鬧	
	〈明天〉	單四嫂子（鄉村婦女）	想念死去的孩兒而瘋掉	
	〈傷逝〉	涓生（新知識分子）	自由戀愛、與女友同居	
	〈故鄉〉	閏土	麻木、偷竊、迷信	
先狂	〈在酒樓上〉	順姑（鄉村婦女）	害怕嫁給不如偷鷄賊的人而天天哭泣，被父親打罵	瞞着病，終於不治而死
	〈藥〉	夏瑜（革命志士）	勸人造反，說大清天下是人民的	被滿淸政府逮捕，殺頭而死。

❻ 本表與李樹端〈魯迅小說人物的「狂」與「死」及其社會意義〉所附之表，有極大差異，見該論文頁一三五。

後死的人物	〈孤獨者〉	魏連殳（知識分子）	行爲古怪，因爲反叛傳統	吐血而死
	〈傷逝〉	子君（知識分子）	反叛家庭，與涓生同居	死在冷眼之下
	〈阿Q正傳〉	阿Q（雇農）	想要革命	因造反而被槍斃
	〈長明燈〉	瘋子的爸爸（地主之子）	也要吹熄長明燈	死因不詳
	〈白光〉	陳士成（舊讀書人）	考試多次落榜而瘋	落水淹死
	〈祝福〉	祥林嫂（農村婦女）	因迷信鬼神而起恐懼	窮困而投水自盡
死人家族	〈孔乙己〉	孔乙己（舊讀書人）		窮困而死
	〈明天〉	寶兒（村婦單四嫂子之子）		被庸醫誤治而死
	〈藥〉	華小栓（茶館老板之子）		得肺癆病，誤治而死
	〈祝福〉	阿毛（祥林嫂之子）		被狼銜去
	〈在酒樓上〉	三歲小兄弟（呂緯甫之弟）		原因不詳
	〈孤獨者〉	祖母（老山村婦女）		染上流行的痢疾病而死
	〈狂人日記〉	小妹（狂人之妹妹）		被大哥吃了
	〈長明燈〉	吉光屯被活活打死之人		反封建反舊傳統
	〈狂人日記〉	狼子村被打死的大惡人		與地主作對

右面圖表中的這一批「狂」與「死」的家族成員，代表了當時中國四個不同階層的人。孔乙己是一個讀書人，想通過科舉考試，往上爬，但終於因爲社會之變化，而被淘汰，最後墮落沉淪而死。〈白光〉中的陳士成，他前後參加過十六回縣考，都落榜了，年紀已五十多歲。看過縣考的榜後第二天，有人看見他浮屍在城外的湖裏。這一羣代表封建士族的讀書人的人物不多，但他們的死與狂，說明舊制度的腐朽、沒落與死亡。孔乙己仍然穿着長衫，用着「之乎者也」的語言，陳士成在家裏敎授蒙童，顯示他們還要代表封建社會，可是孔乙己偸盜、陳士成發狂，也顯示對舊傳統的一種反抗❼。

狂人死人家族中，舊文人不多，只描寫了孔乙己和陳士成二人，因爲魯迅認爲，舊傳統、舊封建還根深蒂固，雖然沒落的現象已出現。相反的，魯迅小說中，出現比較多所謂新知識分子或先覺者。〈狂人日記〉中的狂人，〈藥〉中的夏瑜、〈長明燈〉中的瘋子，都是有正式發狂記錄的人。狂人從猜疑到肯定，指謫他的大哥串通何醫生、趙貴翁等人吃他，先前已吃了他的妹子，他甚至從史書中證明禮敎吃人。他這種言論使到身邊的人都說他神經錯亂。夏瑜是一個革命者，被關在牢裏，他力勸牢頭造反，告訴衆人說大淸的天下是人民的，像他這樣的覺醒者，自然被人取笑爲「瘋子」。〈長明燈〉的瘋子，因堅持要吹熄吉光屯的長明燈而被關在廟裏，然後他又要

❼ 參考李樹端、彭定安及張鴻聲等人上述論文中更詳細的分析。

放火。另一些人如呂緯甫、魏連殳、涓生，雖然沒有眞正的瘋狂症，他們由於都是覺醒過、反叛過，曾被庸衆視作狂人。然而年輕時呂緯甫「連日議論些改革中國的方法」，現在卻教有錢人家子女讀四書五經；以前魏連殳是一個「新黨」，現在充當軍閥與師長的顧問。這一羣人被視爲瘋子或被逼成瘋子，表示他們是一羣先覺者，他們之死亡，或回歸舊文化（如呂緯甫），或向現實妥協（如狂人、魏連殳），無疑是先覺者之滅亡，革命之失敗。原因很簡單，中國還在舊傳統勢力之中。

新一代已成長的知識份子既然沒有希望成長，爲社會帶來改革，年幼一代也不能寄予希望。魯迅小說中兒童人物死亡之多，足以說明他對年輕一代的前途之擔心。〈明天〉中寡婦單四嫂子的兒子寶兒病重，何小仙用一味保嬰活命丸把他治死了，他是單四嫂明天生活的唯一希望，因爲他的爹已死了，他要像他的爹，長大後也賣餛飩，賺許多錢養媽媽。中國的明天，其實也需要寶兒這一批未來的主人，可是他卻夭逝了，象徵着中國前途的夭逝。〈藥〉中的華小栓患了肺癆病，爸爸華老栓迷信用人血饅頭醫治，結果死得更快。正如夏志清所說，〈藥〉中的夏瑜與華小栓之姓，暗喻中國（華夏），夏瑜被夏三爺告發，以企圖推翻滿清之罪殺頭，他的死象徵中國革命之受挫折；人民還未覺悟。華小栓之死，代表舊傳統勢力還在，努力挽救新中國之失敗❽。其

❽ C. T. Hsia, *A History of Modern Chinese Fiction, 1917-1957* (New Haven: Yale University Press, 1961), p. 34-35。

他兒童之死亡，如〈祝福〉中被狼銜去的阿毛（祥林嫂之子），〈在酒樓上〉的三歲小兄弟（呂緯甫之弟），〈狂人日記〉中的小妹（被大哥吃掉），都象徵中國人日夜追求和等待的新中國都夭逝了。

魯迅小說中第四批「狂」與「死」的家族，主要是農民與一般老百姓，其中勞動婦女有好幾位，像阿Q、閏土、吉光屯被活活打死的人，祥林嫂、單四嫂子、愛姑、順姑、祖母（魏連殳的祖母），狼子村被衆人打死的「大惡人」，都是還未覺醒的老百姓，不管他們如何死亡，被剝削到瘋掉，投水自盡（祥林嫂），砍頭示衆（阿Q）、因恐懼嫁給一個連偸鷄賊也不如的丈夫而瘋狂死去（順姑），都暗喩着舊中國將連同這些舊中國人一同死亡，他們之死或狂，也處處證明〈狂人日記〉中的狂人之控訴：禮敎吃人。

以上這些人物，在魯迅的小說中，形成一個非血統的家族，他們之間雖然沒有血緣關係，但卻反映了作家在創作上的社會思想，在這一點上形成一個家族❾。在這批人中，許多人物都是先狂而後死，可稱他們爲「狂與死」的家族。李樹端曾分析過魯迅小說人物的狂與死的社會意義。阿Q曾進城去偸盜，再以後，他要參加造反隊伍，這都表現他對現實之不滿和反抗。阿Q最後被篡奪了辛亥革命的舉人、趙太爺之流槍斃，這無疑暗喩辛亥革命被槍斃。另外〈藥〉中的夏瑜指革命，被自己的叔父夏三爺告密而被逮捕砍頭，這也象徵中國革命之失敗，他之所以先「狂」，

❾ 見前注❷。

然後死，因爲他身邊的羣衆都是愚昧、痲木的。他的死許多人感到興奮。夏三爺因告密，被賞了二十五兩雪白的銀子，管牢的紅眼睛阿義拿去剝下來的衣服，砍頭時流下的鮮血，劊子手把它賣給華老栓，前者賺了許多銀子，後者高興的拿人血饅頭替兒子治癆病。

〈白光〉裏的陳士成和〈孔乙己〉中的孔乙己由於被四書五經和科舉所毒害，失去了靈魂，成了舊制度的祭品。但是夏瑜、呂緯甫、魏連殳、子君所遭遇到的挫折，表示中國的「革命者還在徬徨之中，因爲傳統舊勢仍在，未覺醒的人更阻撓着革命。」❿

二、廬隱小說中狂與死的女性家族

「問題」小說主要挖究人生和社會，它在五四運動後二、三年間，成爲一股題材熱，當時幾乎所有新小說家作者都寫過「問題小說」。像《新潮》作家羣和文學研究會的人生派作家都寫了很多⓫。冰心以「問題小說」步入文壇，她在一九一九年九月《晨報》上發表的第一篇小說〈兩個家庭〉，也是描寫陳華民（一位英國留學生）回國後，在軍閥統治的社會裏，並不受重用，因此自暴自棄，借酒消愁，積鬱成疾而死。另一方面，作者也否定他的妻子，她是封建官僚家庭培

❿ 見前注❶。

⓫ 錢理群、吳福輝等著《中國現代文學三十年》，頁七九—九一。

養出來的游手好閒的女子。因此陳華民的心理不正常與死，仍然成爲舊制度犧牲的形象⑫。冰心較後的一篇〈最後的安息〉，描寫一個童養媳翠兒，受有虐待狂的婆婆百般折磨而死。翠兒的死，她婆婆的狂，基本上也符合五四小說反傳統的敍事模式⑬。

盧隱（一八九八—一九三四）與冰心差不多同時開始創作，一九二一年以前創作的也大都是「問題小說」。盧隱這些作品出乎意料之外的，竟也創造了一大批狂死的人物。就以她在一九二五年出版的第一本短篇小說集《海濱故人》所收十四篇作品中，竟有五篇有死與狂的事件發生，而且五篇都是在一九二一至二三年間所寫，試看下表（見下頁），她小說中的狂與死的人物都是所謂覺醒的女性。

盧隱受過五四思潮直接之洗禮，也是文學研究會最早的一批成員，所以茅盾說，她與五四運動有「血統」的關係：

> 盧隱與「五四」運動，有「血統」的關係。盧隱，她是被「五四」的怒潮從封建的氛圍中掀起來的，覺醒了的一個女性；盧隱，她是「五四」的產兒……我們現在讀盧隱的全部著作，就彷佛再呼吸着「五四」時期的空氣，我們看見一些「追求人生意義」的熱情的然而

⑫ 楊義《中國現代小說史》，卷一，頁二四六—二四七。

⑬ 關於冰心研究，參看范伯群、曾華鵬《冰心評傳》（北京人民文學出版社，一九八三）。

> 空想的青年們在書中苦悶地徘徊，我們又看見一些負荷着幾千年傳統思想束縛的青年們在書中叫着「自我發展」，可是他們的脆弱的心靈却又動輒多所顧忌。⑭

就是因爲「幾千年傳統思想束縛」，〈一個著作家〉中的邵浮塵和沁芬，〈一封信〉中的梅生，〈或人的悲哀〉裏的亞俠和〈麗石的日記〉中的麗石，才會發狂，然後自殺或病死。這一批以女知識青年爲主的狂死家族，在舊世俗的摧殘下，矛盾而生，矛盾而死⑮。從表面現象看，那是她

小說篇名	人物姓名與身分	狂性的表現	死亡的原因
〈一個著作家〉	邵浮塵（戀愛中的青年）	精神錯亂	用破瓶子刺死自己
同右	沁芬（戀愛中的少女）	精神不定	吐血而死
〈一封信〉	梅生（農家少女）	無	因借錢救病重的祖母，地主逼爲妾，被毒打虐待而死
〈餘淚〉	白吾性（教會學校女教師）	無	在軍閥內戰中，從事紅十字會救護工作，中彈而死
〈或人的悲哀〉	亞俠（知識女青年）	憂鬱症，神經質	投湖自殺
〈麗石的日記〉	麗石（知識女青年）	精神病	醫生說死於心臟病，朋友說死於心病

⑭ 見茅盾〈廬隱論〉，《廬隱選集》（福州：福建人民出版社，一九八五），頁一。

⑮ 參考楊義《中國現代小說史》，卷一，頁二五三—二七五。

們猜不透人生之謎而逃進死亡的深淵，與傳統無關，實際上全是舊傳統設下的借刀殺人的陰謀。所以廬隱小說反傳統的敍事模式，是很典型的五四模式。怪不得茅盾在上面所引一段文字中，重複強調她是與五四有血統關係，她的作品是五四的產兒。

三、郁達夫「私小說」中男性「零餘者」家族的狂與死

郁達夫（一八九六—一九四五）寫小說的理論出發點，與魯迅、冰心、廬隱及其他文學研究會、《新潮》作家羣不同。他不主張描寫社會或人的外表現象，而強調挖掘個人內心苦悶，因此他把小說的焦點從稠人廣衆的街巷，轉移到心理深處。他不但不探討都市與鄉間人民的生活，他甚至主張描寫作家的自我經歷和自我心靈，他把作品視爲作家的自敍傳⑯。

從一九二一年七月發表〈銀灰色的死〉第一篇小說開始，同年十月出版中國新文學史上第一部小說集的《沉淪》，到一九三五年寫最後一篇小說〈出奔〉，他只創作了十五年，共有四十餘

⑯ 郁達夫〈現代小說所經過的路線〉，見《郁達夫文集》，卷六（香港：三聯書店，一九八二），頁一〇八；楊義《中國現代小說史》，卷一，頁五四五—五四七；郁達夫〈五六年來創作生活的回顧〉，見《郁達夫研究資料》（天津：天津人民出版社，一九八二），上册，頁一九八—二〇三。

篇小說。他的作品把中國現代抒情小說，卽所謂「自敍傳」或「自我」小說，推廣和開拓，也就打破了傳統的小說觀念⑰。

我讀郁達夫在第一個十年期間創作的小說，盡管他的表現手法、美學理論雖然與魯迅及其他人生派不同，但是以狂和死的敍事模式仍然存在，試看下面幾篇作品〈銀灰色的死〉（一九二一）、〈沉淪〉（一九二一）、〈薄奠〉（一九二四）及〈微雪的早晨〉（一九二七）有關小說人物死與狂之分析表：

小說篇名	人物姓名與身分	狂性的表現	死亡的原因
〈銀灰色的死〉	y（留學日本青年）	色情狂，神經質	橫死東京女子醫學院前
同右	y的妻子	無	被家婆虐待，得肺病而死。
〈沉淪〉	他（留學日本青年）	神經質，憂鬱症	投海自殺，因感弱國子民之累
〈薄奠〉	他（窮困的洋車夫）	不詳	不知自家沉河還是失足落河淹死
〈微雪的早晨〉	朱雅儒（貧苦農家兒子，大學生）	神經錯亂，大罵軍閥	軍閥強要女朋友發狂而死
〈青烟〉	一個落魄的（四十左右）人	憂鬱症	投江自殺

⑰ 參考錢理群、吳福輝等著《中國現代文學三十年》，頁九三－九八。

郁達夫小說中的形象，像〈銀灰色的死〉中留日學生Y及〈沉淪〉中的「他」，都是作者形象的某種化身。這個形象反映了中國五四運動後知識分子的覺醒、痛苦和不幸。其他人像〈薄奠〉中的洋車夫、〈微雪的早晨〉的朱雅儒、〈青烟〉中的一個落魄者，都是當時中國社會裏被侮辱被損害的弱者，即舊制度的犧牲者。〈銀灰色的死〉是郁達夫第一篇創作小說，作品中的Y使人聯想到魯迅〈白光〉中的陳士成，他考試失敗，追逐金銀財寶的白光，挖地找不到黃金而投身萬流湖自殺。他神經錯亂、悲劇命運及性格與Y相同，雖然後者所處時代不同，前者是清末封建知識分子，走的是封建科舉道路，他的悲劇暴露了封建科舉制度的腐敗，後者是五四運動以後的新知識分子，走的是個性解放、追求社會名譽與女人，他的悲劇也是舊社會所造成的。〈沉淪〉中的主人公，富有反抗精神，出國前在浙江讀書，曾反抗專制的弊風，到日本留學，又陷入民族歧視與民族壓迫的欺辱中，連受人凌辱的日本妓女也因他是「支那人」而加以蔑視。他投海自殺時，大聲呼號：「祖國呀祖國，我的死是你害我的！你快富強起來，強起來吧！你還有許多兒女在那裏受苦呢。」他的苦悶、徬徨、精神上的病態，是黑暗的病態社會所造成的。

四、鄉土小說中的狂與死家族

在新文學的第一個十年裏，魯迅開創了現實文學之主潮，接著問題小說、自敍傳的抒情小說出現，成爲一股大潮流。當創造社的抒情小說方興未艾，描寫故鄉農村或小城鎮的人物與生活，帶有濃重鄉土氣息與地方色彩的小說，悄悄出現。這些鄉土作家不從抽象的社會人生問題出發，不從狹小的城市中個人生活小圈子出發，而去開拓農村稻田小徑上或小城鎮上的鄉土生活⑱。

鄉土小說與問題小說或自我抒情小說比較，自然沒有那樣一般化和觀念化，在作品中我們能看到更廣闊的社會人生，更能看見非觀念化、非個性化的對人的命運與性格的描繪。下面我隨意選了鄉土小說家中王魯彥（一九〇一—一九四四），許欽文（一八九七—一九八四）、蹇先艾（一九〇六—）及臺靜農（一九〇三—一九九〇）等人的幾篇在第一個十年內（卽一九二七）完成的作品。爲了節省篇幅，我先以下表（見下頁）簡要的說明他們小說中的狂與死的人物與事件。

我上面所舉例的鄉土小說作品，以王魯彥的〈秋夜〉開始，因爲它說明了鄉土派的小說也繼承了魯迅反傳統、攻擊禮教的精神。其實這篇王魯彥的小說處女作品本身也受魯迅〈狂人日記〉的影響。它象徵地寫一個戰士（我），孤獨的在黑暗中與敵人搏鬥。他把被害的人視爲兄弟，携槍衝入黑沉沉的曠野，受到趙家羣狗之圍攻。他像「狂人」一樣，他也被稱爲瘋子。王魯彥的〈柚子〉從湖南地方軍閥對付愚昧老百姓的殺頭示衆的殘酷，揭露辛亥革命後政府草菅人命的暴

---

⑱關於鄉土小說之導論，見嚴家炎選《中國現代各流派小說選》，第一冊（北京：北京大學出版社，一九八九），頁一—一一。另見何積全與蕭沉岡編選《中國鄉土小說選》上下冊（貴陽：貴州人民出版社，一九八六）。

小說作者與篇名	人物姓名與身分	狂性的表現	死亡的原因
王魯彥〈秋夜〉（一九二三）	我（知識分子）	他把受害人視爲兄弟，攜槍衝入黑夜，受到趙家的狗圍攻。	夢中落在水中淹死
王魯彥〈柚子〉（一九二四）	我和T君（知識分子）	看湖南軍閥殺犯人稱讚刀法比辛亥時代進步，被人稱爲瘋子。	無
同右	王禿頭		冒充軍人，入縣署強索款項，斬首示衆
王魯彥〈菊英的出嫁〉（一九二六）	菊英（十八歲死，死去十年）	父母關心冥間女人生活。	病死
同右	與菊英冥婚的女婿（已死去十年）	幸福，原始信仰極爲荒唐可笑。	病死
許欽文〈瘋婦〉（一九二三）	雙喜太娘（鄉村青年之媳婦）	不學織布，去褙錫箔，一種新興手藝，因此觸怒家婆，兒子離鄉到城裏酒店當學徒。她思念丈夫，在洗米時被貓叼走魚頭，米被水沖走，因而被婆婆責罰至瘋而死。	被家婆折磨而死

許欽文〈石宕〉（一九二六）	開掘石礦工人，不是咯血身亡就是葬身石窟慘死。	無	咯血病死或死於意外，七個石匠砸死或活埋於石窟之中
許欽文〈鼻涕阿二〉（一九二七）	菊花（維新後，進過夜校，種田丈夫死後，被婆婆賣給錢師爺作妾）	爭取做人的資格	被錢師爺的新相好排擠，在貧病中死去
蹇先艾〈水葬〉（一九二六）	駱毛（民國時梧桐村的一個小偷，他本人也麻木，臨時才覺悟出死的可怕）	罵村人是狗雜種！	因當小偷，被處水葬的酷刑
同右	老太婆（駱毛的寡母）	兒子水葬後，還日夜等待毛兒回家，口裏喊著他的姓名	無
蹇先艾〈鄉間的悲劇〉（一九三四）	祁大媽（勞動婦女）	夫跟地主少爺上京，當公館僕役，少爺賞丫頭爲妻，樂不思家。被遺棄後，精神失常。	沉井自盡
蹇先艾〈在貴州道上〉（一九三一）	趙世順（無家的流浪漢，當過土匪，過著野蠻和原始山國的風習）		擡轎未到目的地，被軍隊捉獲處決，成爲野蠻原始，愚昧風俗之殉葬品
臺靜農〈燭焰〉（一九二六）	吳家少爺（病入膏肓，爲了沖喜還是娶美麗少女翠姑爲妻）	無	妻子入門不到三、四日逝世

臺靜農〈新墳〉(一九二六)	寡婦四太太(辛苦養大兒女，一場兵變中，兒子被殺，女兒被兵殺害，家產被騙走，最後流落街頭，行乞爲生。)	行乞街頭，神志瘋癲，整天慘叫「女兒嫁了，媳婦娶了」	自我焚燒而死
臺靜農〈紅燈〉(一九二六)	汪家大表嬸的兒子得銀(寡母養大後，賣餃子爲生。被土匪頭逼入伙，爲當地駐兵殺頭)	無	因入伙土匪，被殺頭示衆

行。〈菊英的出嫁〉，寫一農家女死了十年，母親擔憂女兒之孤獨，爲他安排冥婚，這又說明宗法制農村中的古舊民俗，殘害百姓之深，不輸給殘暴之軍閥⑲。許欽文〈瘋婦〉中的雙喜太娘，一個健康勤勞的年青媳婦，原本是快樂的，卻被愚昧的家婆折磨到發瘋而死，又是封建陋俗害人的另一個鐵證。許欽文的〈鼻涕阿二〉雖既描繪菊花以自己的青春漂亮去排擠別人，最後又被人鬥倒，悲劇根源出於種田丈夫死後，被家婆賣給錢師爺作妾，他是出於自衞才造成可怕的下場⑳。

其他鄉土作家，蹇先艾、臺靜農，都在探討閉塞的邊遠鄉村的悲劇根源，結論都一樣：人民

⑲ 關於王魯彥之生平與著作，參考《王魯彥研究資料》(南昌：江西人民出版社，一九八四)。〈秋夜〉與〈柚子〉之詳盡分析文章，參考鄭擇魁《魯彥作品欣賞》(南寧：廣西人民出版社，一九八六)，頁四九—六三，六四—七六。

⑳ 有關許欽文的生平寫作資料，見《欽文自傳》(北京：人民文學出版社，一九八六)。

依然受著原始野蠻習俗的殘害。這些封建陋俗、加上辛亥革命後產生的軍閥殘暴之統治，鄉村老百姓更多人被逼成瘋狂，更多悲劇產生。臺靜農〈紅燈〉中的汪家大表嬸的兒子得銀和蹇先艾〈在貴州道上〉的趙世順都一樣，一方面被迫當土匪（象徵封建陋俗），另一方面又受社會的黑暗勢力（地方軍閥）殘暴的殺害。

我選了蹇先艾兩篇一九二七年以後的作品，即〈鄉間的悲劇〉（一九三四）與〈在貴州道上〉（一九三一），主要是要說明，這一批在一九二〇年代中期才成名的作家，他們在一九三〇年代後，還繼續創作有關原始的蠻俗、封建陋俗，以及新興的軍閥，還在鄉村肆虐，不斷製造悲劇。

五、狂與死是五四歷史與文學的特殊現象

在第一個十年的作品中，我們已看見魯迅、廬隱、郁達夫、王魯彥、蹇先艾、許欽文與臺靜農等人筆下出現的一些代表性狂與死人物。雖然他們創作理論的出發點不一樣，魯迅寫小說，是要探討和改造民族靈魂，廬隱代表文學研究會和新潮作家羣，探究人生和社會的問題，而郁達夫代表浪漫派、創造社作家的表現自我，側重暴露內心世界，王魯彥等人的鄉土小說則去觀照被時代遺忘了的偏遠農村以及生活在原始野蠻習俗中的人，可是他們作品中出現的狂死家族，都很有

非血緣之家族關係。魯迅作品中的狂人、瘋子、夏瑜，廬隱作品中的新女性亞俠、麗石，郁達夫的零餘者如他、Y、朱雅儒，王魯彥的他（〈秋夜〉），蹇先艾的鄉下人駱毛等人，都是對封建、新軍閥、或舊世俗的叛逆者。就以〈水葬〉的駱毛來說，他被處沉潭酷刑，因爲他不守本分，去偸人家的東西，而桐村的這種水葬死刑，「古已有之」。偸東西在窮人中，就如高爾基說，偸竊是舊時代窮苦人對於社會的一種反抗㉑。魯迅筆下的阿Q和孔乙己都曾偸竊東西，王魯彥〈柚子〉中被殺頭的王禿頭，他冒充軍人，潛入縣署，強索款項，那也算是犯偸竊罪了。蹇先艾〈水葬〉中的駱毛，偸竊東西被處水葬，另外〈在貴州道上〉的趙世順和臺靜農〈紅燈〉中的得銀，都曾入伙土匪，也是偸搶的行爲。他們實際上都是被迫上梁山的好漢。

狂死家族中人數最多的，應該是那些屬於舊制度、殘酷習俗、暴政下的犧牲者。魯迅狂死家族分析表中「死人家族」九位，加上順姑、阿Q、陳士成、祥林嫂、閏土、單四嫂子都是。廬隱小說人物中的梅生、白吾性、沁芬，郁達夫小說中的Y的妻子、窮困洋車夫、朱雅儒，鄉土小說中的雙喜太娘、菊英、那一大羣石匠、菊花、老太婆、翠姑、寡婦四太太等人都是無辜的祭品，他們的死或狂，代表作者對一切舊傳統之攻擊。他們的狂與死，往往引起我們對舊文化傳統之反思。

在五四時期，對於那些所謂革命徬徨者，作者往往也給予狂與死的下場。魯迅對這種人最無

㉑ 見前注❷。

情，呂緯甫、魏連殳、子君、涓生等人，不是被人以狂人看待，就是遭到死的悲劇。廬隱的女性人物如邵浮生，她先精神錯亂，最後用破瓶子刺死自己，亞俠追求理想人生，結果得到精神病，投湖自殺。郁達夫的男性「零餘者」如〈沉淪〉的「他」，一個留學日本青年，另一個留日學生Y（〈銀灰色的死〉），都被作者判以死作爲結局。

五四時期小說中的狂與死是帶有時代與社會意義的。所有的「狂」，大致上可稱爲被人視爲瘋子的人，另一種「狂」是被逼成了瘋子的人㉒。人物之死亡，可象徵好幾種不同的意義。有些人的死亡，如陳士成、孔乙己、甚至阿Q、吳家少爺及菊英之死亡，是代表舊傳統之死，夏瑜、魏連殳、子君、郁達夫的餘零者，是代表中國革命之失敗與挫折，更多人的死亡，如祥林嫂、洋車夫、祁大娘、寡婦四太太，則象徵對一切舊封建勢力及僞革命軍閥的控訴。

五四時代流行將小說人物以悲劇結局。上面所舉例蹇先艾的〈鄉間的悲劇〉，寫一個祁大娘，每天勤勞的挑揚梅進城，後來知道丈夫在城裏跟地主的少爺當僕役，長年不回家，是因爲少爺把一個丫頭賞給他做老婆，一向倔強地爲一羣子女幹活的她，經過被遺棄和欺騙，便精神失常，投井自殺。小說人物被逼發瘋和死亡，是五四時代的悲劇敘事模式。如果換一個時代，祁大娘既不必瘋，更不必死。蹇先艾在一九四九年後，曾修改〈鄉間的悲劇〉，他不但把題目上的悲劇刪掉，改作意義相反的題目〈倔強的女人〉，而且安排祁大娘倔強地生活下去，不但沒有發瘋，

㉒見前注②。

更沒有投井自殺而死。小說這樣結束：

> ……她不忍心拋棄她的一羣孩子，這個倔强的女人還是決定把莊稼做下去，她要把她的兒女們都養大成人。她不相信窮人就永遠沒有出頭的一天。㉓

這種敍事模式是一九四九年以後，一九七六年以前大陸小說的典型作品。

由此可見，小說中狂與死的悲劇不是純粹生老病死的普通現象，它是五四時代歷史和文學的特殊現象，通過各種形式的狂與死的悲劇，作者提出對中國文化之反思，對舊傳統之攻擊，對理想未來之徬徨。五四時代作家筆下的狂與死，總是緊密的聯繫著中國傳統，它與西方死亡意識極不相同。西方的虛無主義、存在主義哲學思潮，在二十世紀西方小說中，產生了許多狂與死的人物。我看五四小說中的悲劇純是中華民族的，五四時代的，並沒有受西方死亡意識多少影響㉔。小說中人物之瘋狂或死亡，主要是五四時代反傳統主題思想與小說藝術之結晶，然後演變成極流

㉓ 有關研究資料，見宋贇邦、王華介編《蹇先艾、廖公弦研究合集》（貴陽：貴州人民出版社，一九八五）。

㉔ 關於西方二十世紀文學中的死亡意識，見 Charles Glicksberg, *The Tragic Vision in Twentieth-Century Literature* (New York: A Delta Book, 1963)。

行的一種抒情敘事之模式。

這種小說敘事模式，雖然被許多五四時期作家所採用，它並不代表這是他們的小說的唯一或主要敘事模式。在本文所討論的作家之作品中，由於受了五四時期反傳統思想之影響，多多少少針對這種題材，利用這種狂與死的模式寫了不少篇小說。上面所討論過的作家中，魯迅的〈狂人日記〉、冰心的〈兩個家〉、廬隱的〈一個著作家〉、郁達夫的〈銀灰色的死〉、王魯彥的〈秋夜〉等篇，都是作者的小說處女作，這絕不是偶然性的巧合所能解釋的。一個作家在開始創作時，最容易受當時流行的敘事模式之影響，我想這些作品便是在五四時代的思潮衝激下產生的。五四作家，特別是魯迅、郁達夫及鄉土派作家，他們的作品都有其複雜性，我們決不能誤解反傳統是他們唯一或主要的主題或敘事模式，要不然，必然把他們的作品看得太簡單化、把他們看成很觀念化的作家。

魯迅與象徵主義

一、魯迅與象徵主義之關係的再認識與肯定

我在〈從魯迅研究禁區到重新認識魯迅〉一文中指出，象徵主義與魯迅的關係，就如魯迅與髮妻朱安的關係，在中國大陸，曾長期受到禁諱。學者們諱莫如深，盡力廻避躲閃，不敢承認這個事實。可是最近十年來，這禁區已逐漸被解放❶。嚴家炎認爲象徵主義被列進禁區內，主要是受了大陸現實主義獨尊論的影響：

❶ 本人所作〈從魯迅研究禁區到重新認識魯迅〉，見本書第二章。

在魯迅小說中，除了作為主體的現實主義之外，還採取了其他的創作方法，其中尤以象徵主義、浪漫主義最為顯著。這兩種創作方法，有時作為魯迅小說中的成分，與現實主義相結合而存在；有時則各自構成獨立的作品，顯出迥異出衆的風姿。它們都早已是客觀的存在。只是長期以來，或者由於認識上的限制，或者由於受了現實主義獨尊論的影響，我們往往較少提到魯迅小說中的浪漫主義（特別在一九五八年以前），而對象徵主義則乾脆視而不見，不承認它的存在。這就把魯迅小說的創作方法理解得相當狹窄，封閉了本來應該是寬廣的創作道路……❷

王富仁也承認禁區的存在：

毛澤東同志提出「兩結合」的創作方法之前，我們幾乎未曾發覺《吶喊》、《徬徨》中有什麼明顯的浪漫主義因素，只是在此之後，我們才開始認為它們與浪漫主義也有著不可分

❷ 嚴家炎〈魯迅小說的歷史地位〉，見《北京大學紀念魯迅百年誕辰論文集》（北京：北京大學出版社，一九八二），頁一九三。

割的姻緣。近年來，我們又重新肯定了其中的象徵主義因素❸。

從這二段引文，清楚的說明象徵主義與魯迅的關係曾是禁止承認的，它的開放，還是一九七七年以來的事。目前專論魯迅與象徵主義的關係，或涉及魯迅象徵主義思想的論文實在很多，幾乎成爲時髦的論點，只要檢查一下這些年來出版的魯迅研究資料，譬如每月收集在北京中國人民大學複印報刊資料《魯迅研究》便可證明❹。

一九七七年以來，研究魯迅的學者逐漸掙脫馬列研究系統，改變被規定的研究方向。現在他們甚至說「比浪漫主義更應該受到重視的，還是魯迅作品中的象徵主義。」❺因此近二十年研究魯迅的文學成就的學者，都再度肯定其作品中象徵主義之重要性。嚴家炎在檢討魯迅小說的歷史地位時，王富仁在分析〈吶喊〉，〈徬徨〉藝術結構時，溫儒敏在析論魯迅前期美學思想時，曾華鵬、李關元論《野草》的表現手法，都一一肯定象徵主義在魯迅作品中扮演著極重要的角色❻。

---

❸ 王富仁《中國反封建思想革命的一面鏡子：「吶喊」「徬徨」綜論》（北京：北京師範大學出版社，一九八六），頁三。

❹ 《魯迅研究》創刊於七〇年代，每月一期，收集全中國各地報刊所登載研究魯迅之論文資料。

❺ 嚴家炎〈魯迅小說的歷史地位〉，見《北京大學紀念魯迅百年誕辰論文集》，頁一九五。

❻ 這幾位學位者的論文在本文前後會引用，不在此重複。

二、禁止承認前的認識

其實中國學者在《吶喊》出版（一九二三年八月）的時候，就已認識到魯迅小說中象徵主義的手法之運用。茅盾在一九二三年十月，即發表〈讀「吶喊」〉一文，其中針對〈狂人日記〉說：

> 這奇文中冷雋的句子，挺峭的文調，對照著那含蓄半吐的意義，和淡淡的象徵主義的色彩，便構成了異樣的風格，使人一見就感著不可言喻的悲哀的愉快❼。

在一九四九年以前，政治還未完全控制住文學理論與批評時，雖然馬列主義魯迅研究學派在一九三三——一九三六年間已出現和形成，毛澤東神化魯迅的理論系統已經產生影響❽，還是不斷有人認識到魯迅作品中的象徵手法。歐陽凡海《魯迅的書》（一九四二）指出：

❼ 沈雁冰〈小說集「吶喊」〉，載《民國日報・覺悟副刊》，一九二三年八月三十一日。

❽ 參考袁良駿《魯迅研究史》上卷（西安：陝西人民出版社，一九八六），頁七九—一四七。

> 《苦悶的象徵》以為文藝是兩種力量衝突的結果，這在魯迅也是認為當然的。至於這兩種力量相衝突，發生的是苦悶，因而也是文藝，就是說，文藝又只是一種潛在內容的苦悶和顯在內容的象徵的結合物。……廚川白村的這種思想，不但使魯迅發生共鳴，並且還影響了魯迅的創作實踐。《野草》裏的大部分文章，所用的都是象徵的手法……⑨

另外陳紫秋的〈論魯迅先生的詩〉（一九三九）雖受當時馬列獨尊寫實主義的影響，他間接的不得不承認他在技術上、想像上、取材上、表現上，和波特萊爾的詩作十分相似。

> 籠統地說，波特萊爾是一個象徵主義的詩人，魯迅先生却是個寫實主義的詩人，相隔甚遠的。……他在技術上或在表現的方法上許多雖是取著象徵的手法，但他有很正確的觀點，……魯迅先生的藝術有著象徵主義的作風，而其作品價值却超乎象徵派之上⑩。

---

⑨ 歐陽凡海，《魯迅的書》（桂林：桂林文獻出版社，一九四二），頁二六四—二六五。

⑩ 陳紫秋〈論魯迅先生的詩〉，載《國民公論》，第二卷八期（一九三九年十月十六日）引自《魯迅研究史》，頁三九六。

三、魯迅對外國象徵主義作品之肯定

要瞭解魯迅文學思想與創作中，象徵主義的重要性，我認爲從學者的解釋上去認識是不夠完整的，更重要的是要根據魯迅自己對象徵主義的理解與看法，去分析和找出答案。現在讓我們先從他評論他人創作及泛論一般文藝創作問題的文章去瞭解。

魯迅在一九二一年寫的一篇文章中，開始表示對象徵主義極注意和重視。《黯澹的烟靄裏》譯後附記作於一九二一年九月八日，他在介紹安特萊夫（Leonid Andrejev, 1871-1919）的文學特色時，特別強調安特萊夫描寫內心和運用象徵主義的手法：

> 他有許多短篇和幾種戲劇，將十九世紀末俄人的心裏的煩悶與生活的暗淡，都描寫在這裏……
>
> 安特萊夫的創作裏，又都含著嚴肅的現實性以及深刻和纖細，使象徵印象主義與寫實主義相調和。俄國作家中，沒有一個人能夠如他的創作一般，消融了內面世界與外面表現之差，現出靈肉一致的境地。他的著作是雖然很有象徵印象氣息，而仍然不失其現實性

的⑪。

這一篇簡短的後記，是閱讀魯迅的文學作品的人，應該先細讀的重要入門文獻。對魯迅來說，它是他的創作指導原則，他寫這篇後記時（一九二一），正是創作《吶喊》中的小說的前後⑫，應該對他的創作表現手法有極大的影響力。魯迅一定對安特萊夫特別尊敬，要不然當時他不會把馮雪峯所寫〈關於魯迅在文學上的地位〉的草稿上原有托爾斯泰和高爾基兩個名字塗掉，並對他說：「他們對我的影響是很小的，倒是安得列夫（即安特萊夫）有些影響。」⑬這個小事件發生在一九三六年，代表魯迅對當時已形成的馬列主義魯迅研究學派的一種抗議。在當時，左派批評家已流行稱魯迅為「中國的高爾基」。魯迅在他開始寫小說前，即一九〇八年，已在《域外小說

---

⑪〈「黯澹的烟靄裏」譯後記〉，載《現代小說譯叢》，〔魯迅全集〕卷一一（北京：人民文學出版社，一九七三），頁二五九－二六〇。

⑫《吶喊》中的小說共十四篇，作於一九一八至一九二二年間，其中有七篇完成於一九二〇年前，七篇一九二一年後。

⑬馮雪峯〈關於魯迅在文學上的地位〉，現收集於《魯迅的文學道路》（長沙：湖南人民出版社，一九八〇），頁一四－一五，這篇文章是為《魯迅短篇小說集》捷克譯本寫的一篇序（一九三六）。

集》裏譯了安特萊夫的〈漫〉、〈默〉兩個短篇，並有譯後記介紹他⓮。在一九二五年在致李霽野和許欽文的信中，魯迅肯定了安特萊夫象徵主義劇本《黑假面人》和《往星中》的劇本⓯。魯迅特別欣賞安特萊夫，因爲它的作品把人的內心與外在世界深入的揭露出來，而這成功，又在於象徵主義與現實主義融合起來。

一九二一年十一月十五日，魯迅翻譯了迦爾洵的〈一篇很短的傳奇〉，也有編後小記一則說：

他的傑作〈紅花〉，敘一半狂人物，以紅花為世界上一切惡的象徵，在醫院中拼命擷取而死……〈四日〉、〈邂逅〉、〈紅花〉，中日都有譯本，〈一篇很短的傳奇〉，雖然並無顯名，但頗可見作者的博愛和人道底色彩……⓰

⓮〈漫〉、〈默〉及其譯後記，見《域外小說集》，〔魯迅全集〕卷一一（北京：人民文學出版社，一九七三），頁一九一－二一四。

⓯一九二五年二月十七日致李霽野信，一九二五年九月三十日致許欽文信，見〔魯迅全集〕（一九五八年版本），卷九，頁三二七及三六五－三六七。

⓰〈「一篇很短的傳奇」譯後記〉，見《譯叢補》，〔魯迅全集〕（一九七三年），卷一六，頁六〇一－六〇二。

魯迅在一九二五年發表的〈長明燈〉，描寫一個瘋子立志要吹熄社廟中的長明燈，因爲那盞燈是一切災難的來源。這篇小說中的長明燈和瘋子的象徵，很顯然，受過迦爾洵小說中紅花及瘋子象徵結構的影響⑰。

魯迅另一篇重要的有關象徵主義的文章，是一九二四年譯完日本廚川白村的文藝論文《苦悶的象徵》之後所寫的〈「苦悶的象徵」引言〉，它與前述〈「黯澹的烟靄裏」譯後記〉同等重要。魯迅這樣總結《苦悶的象徵》的理論要點：

> 至於主旨，也極分明，用作者自己的話來說，就是「生命力受了壓抑而生的苦悶懊惱乃是文藝的根柢，而其表現法乃是廣義的象徵主義。」但是「所謂象徵主義者，決非單是前世紀末法蘭西詩壇的一派所曾經標榜的主義，凡有一切文藝，古往今來，是無不在這樣的意義上，用著象徵主義的。」⑱

魯迅在一九二四年九月開始翻譯《苦悶的象徵》，十月譯完，同年十二月就出版了。而《野草》中的散文詩創作於一九二四至二六年間，因此《野草》所用的象徵結構比任何魯迅的作品，

⑰ 參考本人所作〈從口號到象徵：魯迅「長明燈」新論〉，收集於本書第三章。

⑱ 〈「苦悶的象徵」引言〉，見《苦悶的象徵》，〔魯迅全集〕（一九七三），卷一三，頁一八。

還要強烈，溫儒敏認爲「魯迅譯介厨川白村著作後，更著力於探索象徵手法，並且與現實主題手法結合起來，運用得很圓熟而富於特色。⑲」

魯迅也欣賞詩中象徵主義手法，這與他自己寫《野草》那種象徵性的散文詩有關。一九二六年未名社出版胡成才的中文翻譯本蘇聯象徵派詩人勃洛克的長詩《十二個》，他爲這本書寫了一個後記，他認爲詩歌中使用象徵手法，打破了中國「館閣詩人、山林詩人、花月詩人」那一套陳舊法則：

從一九〇四年發表了最初的象徵詩集《美的女人之歌》起，勃洛克便被稱為現代都會詩人的第一人了。他之為都會詩人的特色，是在用空想，即詩底幻想的眼，照見都會中的日常生活，將那朦朧的印象，加以象徵化……⑳

魯迅在自己的創作實踐中，把象徵主義都大量運用進去了。關於這方面的研究，目前已有不

---

⑲ 溫儒敏〈魯迅前期美學思想與厨川白村〉，見《北京大學紀念魯迅百年誕辰論文集》（北京：北京大學出版社，一九八二），頁一〇五。

⑳ 〈「十二個」後記〉，收集於《集外集拾遺》，〔魯迅全集〕（一九七三版）卷七，頁七一七—七二五。

少論文，這裏就不細說了㉑。

四、魯迅自己「生發開去」的象徵主義

從魯迅回顧他創作歷程和經驗的文章中，也可以過濾出一些跟象徵主義有關的見識。他在〈我怎麼做起小說來〉（一九三三年）的這一段話值得注意其言外之意：

所寫的事迹，大抵有一點見過或聽過的緣由，但決不全用這事實，只是採取一端，加以改造，或生發開去，到足以幾乎完全發表我的意思為止。人物的模特兒也一樣，沒有專用過一個人，往往嘴在浙江，臉在北京，衣服在山西，是一個拼湊起來的脚色。有人說，我的那一篇是罵誰，某一篇又是罵誰，那是完全胡說的。㉒

㉑ 前引王富仁及嚴家炎的研究論文，均有很好的《吶喊》《徬徨》的實例，關於《野草》，孫玉石《「野草」研究》（北京：中國社會科學出版社，一九八二）也有很好實例，尤其第七章，頁一九六－二三三（〈「野草」的藝術探源〉）。

㉒ 〈我怎麼做起小說來〉現收，《南腔北調》，〔魯迅全集〕（一九七三）卷四，頁一〇六－一一〇。

魯迅在這一段所說「只是採取一端，加以改造，或生發開去，到足以幾乎完全發表我的意思爲止。」這就是作家鑄造象徵的方法和過程。魯迅被稱爲現實主義的象徵主義，正因爲他利用中國富有鄉土和民族性題材來營造他的象徵作品。「生發開去」，在我看來就是產生象徵意義的意思。〈藥〉中的夏瑜原是一個女革命家秋瑾，他被出賣，最後被槍斃，即象徵中國革命得不到愚昧羣衆之支持，中國之革命被槍斃了。華小栓的癆病被人用人血饅頭醫治，象徵傳統的舊方法救不了中國，在稱爲華夏的中國，傳統在死亡，但革命也在死亡。同樣的，魯迅小說中的魯鎮也是指他的故鄉紹興或他母親的鄉下安橋頭，可是一進小說以後，它就被「加以改造」和「生發開去」，從一個特殊的鄉鎭變成具有普遍意義的地方：它是代表一個愚昧、落後、保守、守舊、迷信、閉塞的地方。

因此在〈答「戲」周刊編者信〉（一九三四年十一月）時，魯迅指出：

> 我是紹興人，所寫的背景又是紹興的居多……但是，我的一切小說中，指明著某處的却少得很……㉓

他不要人們把《阿Q正傳》中的未莊只看作紹興的苦心是要達到「像是寫自己，又像是寫一切

㉓〈答「戲」週刊編者信〉，現收《且介亭雜文》，〔魯迅全集〕（一九五七）卷六，頁一一二—一一六。

人」，由此開出反省的道路：

我的方法是在使讀者摸不著在寫自己以外的誰，一下子就推諉掉，變成旁觀者，而疑心到像是寫自己，又像是寫一切人，由此開出反省的道路。㉔

這裏魯迅所用「開出」與前面「生發開去」意義是一樣的。象徵使字面現實的意義產生第二第三種意義，使人產生聯想，放出暗示，所以魯迅說「由此開出反省的道路」是不止是說教育的目的了。

魯迅在〈「出關」的「關」〉（一九三六）一文中，又再論他小說中模特兒之形成。他說作家創作模特兒，有兩個途徑：一是專用一個人，二是雜取種種人，他用的是後者：

但因為「雜取種種人」，一部份相像的人也就更其多數，更能招致廣大的惶怒，我是一向取後一法的。當初以為可以不觸犯某一個人，後來才知道倒觸犯了一個以上，真是「悔之無及」，既然「無及」，也就不悔了。況且這方法也和中國人的習慣相合，例如畫家的畫

㉔ 同上，頁一一四。

人物，也是靜觀默察，爛熟於心，然後凝神結想，一揮而就，向來不用一個單獨的模特兒的。㉕

因爲小說中的人物往往具有普遍性的象徵意義，所以讀者才發現「像是寫自己，又像是寫一切人。」

魯迅雖然沒有用象徵來說明其「手腕高妙」之處，讀了下面這段結論，自然明白賈寶玉、馬二先生都有象徵意義：

……然而縱使誰整個的進了小說，如果作者手腕高妙，作品久傳的話，讀者所見的就是書中人，和這曾經實有的人倒不相干了……這就是所謂人生有限，而藝術却較為永久的話罷。㉖

㉕ ＜「出關」的「關」＞現收《且介亭雜文末編》，〔魯迅全集〕（一九五七版）卷六，頁四二一—四二六。

㉖ 同上，頁四二三。

五、從中外文學影響看魯迅與象徵主義的關係

近二十年，研究日本及西方文學對魯迅創作上的影響的著作很多，這些研究的結論，也處處證明魯迅與象徵主義發生過不尋常的關係。

哈南〈魯迅小說的技巧〉一文，探討了魯迅在小說的敍述方法與小說模式上所受西方文學家的影響。哈南在分析魯迅對安特萊夫的狂熱擁抱，最主要的原因，就是被安特萊夫作品中的象徵主義吸引住了。另一方面哈南認爲魯迅對歐洲的現實主義和自然主義，很不喜歡的程度，幾乎到了要排斥它們的地步㉗。我們在上面，已提起他把高爾基和托爾斯泰的名字，從影響過他的俄國作家名單中剔除。魯迅自稱他的〈藥〉結尾有安特萊夫的「陰冷」㉘。

㉗ Patrick Hanan, "The Technique of Lu Hsun's Fiction", *Harvard Journal of Asiatic Studies* vol.34 (1974)，pp. 53-96, esp.61，此論文中譯又收集於樂黛雲編《國外魯迅研究論集》(北京：北京大學，一九八一)，頁二九三—三三三。

㉘ 〈「中國新文學大系」小說二集序〉見《中國新文學大系》(上海：良友圖書公司，一九三五)，第四冊，頁一—十八。

佛克馬的〈俄國文學對魯迅的影響〉也說魯迅喜歡和翻譯阿爾志跋綏夫（M. F. Artsybashev, 1878-1927）、安特萊夫（L. Andrejev, 1871-1919）和迦爾洵（Garshin, 1855-1888）的作品，主要也是因爲他們作品中的象徵主義，雖然他們不算是俄國的象徵派大師。另外魯迅喜歡這些象徵主義文學，因爲它比現實主義文學更爲猛烈的衝擊了傳統的規範㉙。

我在上面提過溫儒敏〈魯迅前期美學思想與厨川白村〉，他的結論是：魯迅譯介了厨川白村的《苦悶的象徵》後，接二連三地肯定了其他象徵主義作品，「更著力於探索象徵手法，並且與現實主義手法結合起來，運用得很圓熟而富於特色。譬如散文詩《野草》和《奔月》、《鑄劍》等都是《苦悶的象徵》之後的創作。」㉚另外孫玉石，曾華鵬和李關元的研究都一致肯定魯迅散文詩中的象徵手法。㉛

㉙ Douwe Fokkema "LuXun: The Impact of Russian Literature," "*Modern Chinese Literature in the May Fourth Era*, ed.M. Goldmban (Camridge, Ma: Harvard University Press, 1977), pp.89-101,esp. 92-94, 中文譯文見樂黛雲編《國外魯迅研究論集》，頁二七九－二九三。

㉚ 同注⑲，頁一〇五。

㉛ 孫玉石《野草研究》，曾華鵬、李關元〈論「野草」的象徵手法〉《紀念魯迅誕生一百週年學術討論會論文選》（長沙：湖南人民出版社，一九八三），頁一一九－一三〇。

六、「博採衆家，取其所長」

魯迅曾給一位叫董永舒的讀者回信，勸他如果要搞創作，一定要「博採衆家，取其所長」：

此後如要創作，第一須觀察，第二要看別人的作品，但不可專看一個人的作品，以防被他束縛住，必須博採衆家，取其所長，這才後來能够獨立。我所取法的，大抵是外國的作家。㉜

魯迅寫這信時已是一九三三年了，他一九三六年就逝世了。像他這樣的人，決不可能獨尊現實主義的。

㉜ 一九三三年致董永舒函，見〔魯迅全集〕第十册（香港：文學研究社，一九七三），頁一六五。

探索病態社會與黑暗魂靈之旅：魯迅小說中遊記結構研究

一、從遊記到文學

我在柏克萊加州大學圖書館找到一本極有趣的小書《文學之旅》（*The Literature as a Mode of Travel*），裏面收集了六位學者的六篇論文學與遊記的文章，共同探討了旅行家及其遊記，如何對知識之開拓、思想之放大、文化之發揚等方面帶來的貢獻。更重要的，這些文章也討論了旅行家及其遊記對具有創造性和幻想力的純文學作品之貢獻❶。

偉大的旅行家跟大作家有許多相同的地方。旅遊者具有好奇和發現新事物的精神，喜歡深入未開拓的偏遠土地、社會、森林中去探險。探險者往往也有選擇性的、專門性的去觀察某些民情風俗、物產文化。不管他們所看見的是社會生活還是自然景物，所見到的文化比自己國家的優越或低下，他們往往不是爲觀察而觀察，而是利用它來指出自己社會、文化或國民性的缺點。作家其實就是探險家、旅行家，他們不但到各個土地、社會上去旅遊，也到人的內心裏去探險，去發現和了解人類心靈之秘奧。

旅行家、探險家，和作家一樣，當他們有所發現，不管是景物或感想，他們就把旅程中的所見所聞所想寫下來。這些眞實的遊記往往自傳性的成分很高，讀來使人感到親切，又因爲綜合了旅行家的客觀和主觀的見聞、感想與見解，這些遊記便在焦點上與觀點上有很大的不同。有些人寫的是自然，有些人記錄的是文化，有些是宗教。

因此西方許多探險家、旅行家的遊記中的航海故事，啓發了不少劇作家和詩人。史賓塞（Spenser）、莎翁（Shakespeare）、米爾頓（Milton）的作品中，運用了不少當時遊記中的所

---

❶ Warner Rice and W. T. Jewkes (eds.), *The Literature as a Mode of Travel* (New York: New York Public Library, 1963). 其下面三篇與本文有較密切關係：Warner Rice, *Introduction: Travellers and Travel Books* (pp. 7-12); W. T. Jewkes, *The Literature of Travel and the Mode of Romance in the Renaissance.* (pp. 31-52); F. Rogers, *The Road to Reality: Burlesque Travel Literature and Mark Twain's Roughing It* (pp. 85-100). 其中四篇文章，原是應美國哥倫比亞大學英文研究所在一九六一—一九六二年間所提呈的研討會論文。

見所聞。拜倫的長詩〈哈羅得〉(*Childe Harold*) 亦把旅行家主題放進詩裏去了❷。

西方的小說與遊記，從古到今，都有相互的影響和類似的地方。把文藝復興時代的旅遊文學跟當時的長篇愛情小說 (romance) 比較，遊記中的浪漫觀點似乎受了小說感染❸。而馬克吐溫 (Mark Twain, 1835-1910) 的小說《頑童流浪記》(*Roughing It*, 1872) 又被西方評論家看作是歷險記（遊記中的一種）的集大成之作，很成功的把好笑誇張的遊記轉化成一本有文學意義的小說名著❹。

現在西方小說作品的敘事結構，很多都建立在一段旅程上，有些是在異域土地上或海上發生，有些是有關國內的遊歷，有些寫意，有些幻想。遊記對現代小說的影響，從狄浮 (Daniel Defoe, 1660-1731) 的《魯賓遜飄流記》(*Robinson Crusoe*, 1719)，史綏夫 (Jonathan Swift, 1667-1745) 的《格利佛里遊記》(*Gulliver's Travels*, 1726) 開始，便形成一個傳統❺。到了二十世紀，以遊記結構作爲小說的結構的名著更多，我個人特別喜愛的康拉德 (Joseph Conrad) 的《黑暗的心》(*Heart of Darkness*) 和威廉．高丁 (William Golding) 的《蒼

---

❷ 以上的結論見 Warner Rice 導論，同上，頁七—一二。
❸ 同右，W. T. Jewkes 的分析，頁三一—五二。
❹ 同右，F. Rogers 的論文，頁八五—一〇〇。
❺ 同右，頁八—九。

蠅王》(*Lord of the Flies*)，都是以一段寫實的旅程來象徵探討人類心靈和人性的歷程❻。

中國古典小說名著中也有不少以遊記的結構作爲敍事的模式，像《西遊記》就是經典之作。魯迅自己喜愛的譬如清代小說《儒林外史》、《老殘遊記》，甚至《紅樓夢》，都有遊記的結構在內。前二本小說較明顯❼，至於《紅樓夢》，作者在小說開始時就說得很清楚，他要茫茫大士、渺渺眞人帶領那些情鬼（特別是賈寶玉）下凡一走，讓他們在繁華之地，溫柔之鄉的人間遊歷時，從中驚醒過來，不再去謀虛逐妄。這就是暗藏在小說中的人間遊記的結構❽。關於中國古典作家如何把遊記引入小說中，陳平原在《二十世紀中國小說史》與《中國小說

❻ 參考 Bruce Harkness (ed.), *Conrad's Heart of Darkness and the Critics* (Belmont, California: Wadsworth Publishing Co., 1960), 及 James Baker and Arthur Ziegler. Jr. (eds.), *William Goldings's Lord of the Flies, Text, Notes and Criticism* (New York: G. P. Putnam's Song, 1964.).

❼ 參考王瑤《魯迅作品論集》（北京：人民文學出版社，一九八四），頁一一三九，王瑤認爲《儒林外史》對魯迅有極大影響；V.I. Semanov, *Lu Hsun and His Predecessors*, tr. Charles Alber, (New York: M. E. Sharpe, 1980),謝曼諾夫認爲《老殘遊記》對魯迅的小說有密切關係，雖然魯迅有所超越，頁七五一一一九。

❽ 王潤華〈西方的「解脫說」和「紅樓夢」的「還淚說」〉及〈亞里斯多德與中國小說家的「解脫說」之比較研究〉，見《中西文學關係研究》（臺北：東大圖書公司，一九七八）頁一一三五。

敍事模式的轉變》二書中❾曾作分析，尤其是晚清的「新小說」。他指出，遊記是中國自古以來文人騷客所喜歡的一種文體，文人作家很少人沒寫過遊記。不過當小說家把遊記引入小說中以後，它已不再是具有普通意義的遊記了。遊記對小說家的啓示是多方面的，有些小說家利用遊記來加強對山水自然的精細刻劃，有些則更借助傳統遊記「錄見聞」的結構，把作者化身成旁觀者的旅人，置身於陌生的旅途中，耳聞目睹各種奇異事件，藉以批判社會，也作爲一個大時代的見證人，明察暗訪，旁觀民間疾苦，上層社會之腐敗，以完成作家目擊社會變遷的見證人，以「補史之闕」的使命。當然有時小說記錄的不是眞實的遊歷，而只是虛構的旅程，其目的還是一樣的❿。

陳平原在上述二書中，集中考察遊記在清末小說敍事手法所起的作用。除了藉遊記以完成旁觀民間疾苦，補史之闕的使命，他發現把遊記引入小說對藝術手法的最大作用，是限制了敍事觀點，促使第一人稱而不是傳統的全知觀點之產生，把小說中的寫人、敍事、狀物貫串統一在旅人的腳步與眼睛耳朵之內⓫。而這些清末遊記式小說，像《老殘遊記》、《二十年目睹之怪現狀》、

❾ 陳平原《二十世紀中國小說史》，卷一（北京：北京大學出版社，一九八九），頁二二六—二四六；陳平原《中國小說敍事模式的轉變》（上海：上海人民出版社，一九八八），頁一九六—二〇三。

❿ 同注❾（第一本），頁二二六—二三六。

⓫ 同注❾（第二本），頁一九六—二〇一。

《孽海花》及其他新小說作品，剛好都是魯迅所推崇的。謝曼諾夫在《魯迅和他的前驅》曾作過專門的研究⓬。

李歐梵在一篇討論中國現代文學中自我意象的論文中，分析了郁達夫、沈從文和艾蕪等人的遊記作品。他還指出，除了遊記，還有不少小說，也喜歡寫作者自我一人，四處孤獨的探尋人生和社會的意義與問題，這是五四以來小說最常出現的主題⓭。在研究晚清小說時，陳平原也注意到五四小說亦經常引進遊記，特別是「遊子歸鄉」的主題：

> 五四作家也創作遊記式小說，如「遊子歸鄉」這一母題……一個遠遊多年的知識者，回到衰敝破敗的故鄉，耳聞目睹，感慨萬千……⓮

我在下面分析的魯迅的〈故鄉〉便是屬於這類小說。

⓬ 謝曼諾夫著，李明濱譯，《魯迅和他的前驅》（長沙：湖南文藝出版社，一九八七），頁七九—一〇〇。

⓭ Leo Lee, "The Solitary Traveller: Images of the Self in Modern Chinese Literature" in *Expressions of Self in Chinese Literature*, ed. Robert Hegal and Richard Hessley (New York: Columbia University Press, 1985), pp. 282-321.

⓮ 同注❾（第二本），頁二〇三。

遊記與中國文學的相互影響，是一個極有趣的複雜問題，希望以後有人研究。中國現代小說中遊記之引入，正如李歐梵與陳平原指出，是很顯然的事實，不過這也是一個複雜的課題。本文在有限的篇幅裏，只嘗試以魯迅的《吶喊》與《徬徨》二部小說集中的一些作品作爲例子，說明五四時代的小說家，常借助旅人作爲旁觀者或當事人通過旅遊者的所見所聞，有時在陌生的旅途，有時在回鄉熟悉的道路上，把社會的黑暗、民間的疾苦、老百姓的心態表現出來。用寫遊記的方法寫小說，故事限於旅人的耳目，增加小說的眞實感，而又以旅人的遊歷作爲貫串線索，統一敍事觀點，使到小說的各個組成部份更爲緊湊。本文分析的焦點在於旅程的種類，「錄見聞」的內容，以及旅遊的主題思想。本文只探討了一些基本的問題，主要目的是要肯定魯迅小說與遊記在某些撰寫手法上有相似之處。至於魯迅小說中的遊記手法從何而來的影響問題，以及其他更深入細微的問題，則不在本文研究範圍之內，這些問題，尚待研究。

二、「吾將上下而求索」：魯迅論遊記小說

魯迅未開始創作《吶喊》和《徬徨》之前，已對遊記小說發生濃厚的興趣，一九〇三年他翻譯了《月世界旅行》和《地底旅行》，一九〇四年又翻譯了《北極探險記》，譬如他對《月世界

旅行》評論時說：

默揣世界將來之進步，獨抒奇想，托之說部。經以科學，緯以人情。離合悲歡，談故涉險，均綜錯其中。間雜譏彈，亦復譚言微中……⑮

魯迅喜歡的，很顯然，除了科學，最重要者還是能「緯以人情」和「間雜譏彈」。同樣理由他喜歡中國古典神話遊記及具有遊記結構的小說⑯：

……惟假小說之能力，被優孟之衣冠，則雖析理譚玄，亦能浸淫腦筋，不生厭倦。彼纖貌俗子，《山海經》、《三國志》諸書，未嘗夢見，而亦能津津然識長股、奇肱之域，道周郎、葛亮之名者，實《鏡花緣》及《三國演義》之賜也。故掇取學理，去莊而諧，使讀者

---

⑮ 魯迅所譯法國科幻小說家 J. Vernes 的《月界旅行》和《地底旅行》現收集於〔魯迅全集〕卷一一（北京：人民文學出版社，一九七三）。前者最早於一九〇三年十月由東京進化社初版，後者於一九〇六年三月由南京啓新書局初版。《北極探險記》（一九〇四）的譯稿至今未發現。

⑯ 〈「月界旅行」辨言〉引文出自《魯迅論創作》（上海：上海文藝出版社，一九八三），頁三三九—三四〇。又見〔魯迅全集〕卷一一（北京：人民文學出版社，一九七三），頁九—一一。

觸目會心，不勞思索，則必能於不知不覺間，獲一斑之智識，破遺傳之迷信，改良思想，補助文明，勢力之偉，有如此者！

過去學者以及魯迅自己研究中國古典小說著作，都說明像《儒林外史》、《老殘遊記》之類的小說，是他極喜愛之作。後來小說也成為他探索病態社會與黑暗心靈的手段。因為它能在不知不覺，潛移默化間，使人「獲一斑之智識，破遺傳之迷信，改良思想，補助文明。」這種「勢力之偉」，被魯迅看中了，因為他寫作的目的，是要「將舊社會的病根暴露出來，催人留心，設法加以療治。」⑰

魯迅的第一篇小說〈懷舊〉寫於一九一一年，從題目就說明作者把寫小說看作是重回過去生活的回憶裏去探險⑱。到了《吶喊》在一九二三年出版時，魯迅寫了一篇〈自序〉，說明他寫的小說內容都是使他「不能全忘卻的」回憶⑲。魯迅的散文集《朝花夕拾》，原名就叫《舊事重提》

⑰ 〈「自選集」自序〉（一九三二），引文採自《魯迅論創作》，頁四九。

⑱ 關於〈懷舊〉的研究目前已有不少研究論文，其中可參考者有王瑤〈「懷舊」略說〉和《魯迅作品論集》（北京：人民文學出版社，一九八四），頁二五一—二六〇；王富仁〈論「懷舊」〉見《魯迅研究年刊》（陝西人民出版社一九八〇），頁二六八—二七七；溫儒敏〈試論「懷舊」〉，見《魯迅研究文叢》三（長沙：湖南人民出版社，一九八一年十二月），頁二五五—二六九。

⑲ 本文所引《吶喊》文字，均採自《魯迅全集》卷一（北京：人民文學出版社，一九五七）。

（在《莽原》連載時的總題名），他在一九二七年寫的〈「朝花夕拾」小引〉說得很妙：「這十篇就是從記憶中抄出來的。」⑳到了一九二六年出版《徬徨》時，魯迅沒有寫序，只從〈離騷〉中引來以下幾句詩作爲題辭㉑：

朝發軔於蒼梧兮，夕余至乎縣圃；欲少留此靈瑣兮，日忽忽其將暮。吾令羲和弭節兮，望崦嵫而勿迫；路漫漫其修遠兮，吾將上下而求索。

魯迅在〈「自選集」自序〉（一九三二）回憶《彷徨》之出版時，又再次引用了「路漫漫其修遠兮，吾將上下而求索」這句詩。

很顯然的，魯迅寫小說，往往當作回歸到他的回憶中的舊中國去遊歷和探索，因此他的小說絕大多數取自小時紹興故鄉。他要尋求的，就是中國社會的病態症象和中國人心中的黑暗。他在

⑳ 本文所引《朝花夕拾》文字，均採自〔魯迅全集〕，卷二（北京：人民文學出版社，一九五七），〈小引〉見頁二一六。

㉑ 本文所引《徬徨》文字，均出自〔魯迅全集〕，卷二（北京：人民文學出版社，一九五七），《自選集自序》現收《南腔北調集》〔魯迅全集〕卷四（北京：人民文學出版社，一九五七），頁三四七—三四八。

〈我怎麼做起小說來〉承認「我的取材，多採自病態社會的不幸的人們中，意思是在揭出病苦，引起療救的注意。」㉒另外他說寫小說是要畫出「沉默的國民的魂靈來。」㉓因此他甚至旅行到中國國民的靈魂之內去探險。

三、魯迅小說中的遊記結構

魯迅小說中的遊記結構，大致上可分成三類：第一類故鄉之旅，第二是城鎮之旅，第三是街道之旅，下面讓我把這三大類小說的敘事模式以簡表點出其特點：

篇名	故鄉之旅的小說
〈孔乙己〉	「魯鎮的酒店格局，是和別處不同的……這是二十多年前的事……」
〈故鄉〉	「我冒了嚴寒，回到相隔二千餘里，別了二十餘年的故鄉去。」

㉒ 引文採自《魯迅論創作》，頁四三，又見〔魯迅全集〕卷四（一九五七），頁三九三。

㉓ 《俄文譯本「阿Q正傳」序文》，引文採自《魯迅論創作》，頁九，又見〔魯迅全集〕第七卷（北京：人民文學出版社，一九五七），頁七七—七八。

〈社戲〉	「其時恐怕我還不過十二歲。我們魯鎮的習慣，本來是凡有出嫁的女兒，倘自己還未當家，夏間便大抵回到母親家去消夏……這時我便每年跟了我的母親住在外祖母的家裏。那地方叫平橋村，是一個離海邊不遠，極端偏僻的，臨河的小村莊……」
〈祝福〉	「舊曆的年底畢竟最像年底，村鎮上不必說，就在天空中也顯出將到新年的氣象來。灰白色的沉重的晚雲中間時時發出閃光，接著一聲鈍響，是送灶的爆竹；近處燃放的可就更強烈了……我是正在這一夜回到我的故鄉魯鎮的。雖說故鄉，然而已沒有家，所以只得暫寓在魯四老爺的宅子裏……」
〈在酒樓上〉	「我從北地向東南旅行，繞道訪了我的家鄉，就到了S城。這城離我的故鄉不過三十里，坐了小船，小半天可到，我曾在這裏的學校裏當過一年的教員……尋訪了幾個以爲可以會見的舊同事，一個也不在……」
〈孤獨者〉	「有一年的秋天，我在寒石山的一個親戚家裏閒住；他們就姓魏，是連殳的本家……」「恐怕大半也還是因爲好奇心，我歸途中經過他家的門口，便又順便去吊慰……」「從山陽到歷城，又到太谷，一總轉了大半年，終於尋不出什麼事情做，我便又決計回S城了……」

以上六篇都是以回憶方式，倒敍已發生的一段旅程。而這個旅程，全是說回去他的故鄉。其中〈孔乙己〉、〈故鄉〉、〈祝福〉三篇是最典型的、最完整的「故鄉之旅」的小說。〈社戲〉也是，只是小說中的平橋村，就如魯迅母親的安橋頭鄉下，是「我」的母親的故鄉，不過那也算是半個故鄉了。另有兩篇，〈在酒樓上〉和〈孤獨者〉都是因回鄉才見到多年失去聯絡的老朋友呂緯甫和魏連殳。把小說建立在回鄉的路途上，魯迅就用重返小時或少年或年輕時住過的地方，

把它當作中國社會的縮影來描寫，還給予更普遍的全人類的意義㉔。

第二類具有遊記結構的小說，作者是寫前往一個小城，而這地方並沒有點明是他的故鄉，雖然像〈風波〉中的魯鎮，我們知道是作者小說中「我」的故鄉：

篇名	城鎮之旅小說
〈一件小事〉	「我從鄉下跑到京城裏，一轉眼六年了。其間耳聞目睹的所謂國家大事，算起來也很不少……」
〈風波〉	「七斤雖然住在農村，卻早有些飛黃騰達的意思。每日一回，早晨從魯鎮進城，傍晚又回到魯鎮……」
〈阿Q正傳〉	「阿Q又很自尊，所有未莊的居民，全不在他眼睛裏……加以進了幾回城，阿Q自然更自負，然而他又很鄙薄城裏人……」 「在未莊再看見阿Q出現的時候，是剛過了這年的中秋，人們都驚異……」 「革命黨要進城，舉人老爺到我們鄉下來逃難了……」
〈離婚〉	「莊木三和他的女兒——愛姑——剛從木蓮橋頭跨下航船去……」 「不上城……就是到龐莊去走一遭。」

「遊記」結構在〈一件小事〉、〈風波〉及〈離婚〉是顯而易見的，作者一開始就以旅遊家的回憶語氣，把事件的序幕啓開。不過除了〈一件小事〉，以上三篇都不是以第一人稱來敍事，也許

㉔我在〈論「故鄉」的自傳性與對比結構〉裏對這一點有更詳細的討論。此文收入本書第七章。

因爲這原因，作者就不把這城鎮當作是故鄉，雖然〈風波〉中的魯鎮在〈故鄉〉、〈社戲〉中都以故鄉出現。

〈阿Q正傳〉從表面看與遊記手法無關，其實遊記結構也暗藏其間。魯迅利用阿Q進城與回鄉，革命黨人進城，舉人老爺下鄉逃難等事件把小說情節發展開去：第二章由阿Q進了幾回城而自負，把情節展開，第六章由阿Q突回來未莊而帶來驚異，第七章因舉人老爺的船從城裏「將大不安載給了未莊」，第八章因革命黨進城把小說推入另一高潮，最後第九章阿Q被押進城去造成反高潮。

第三組的街道之行小說，雖然路途不遠，作者帶給我們的所見所聞所感，並不輸給前面二種：

篇名	街道之行小說
〈狂人日記〉	「今天全沒月光，我知道不妙。早上小心出門，趙貴翁的眼色便怪：似乎怕我，似乎想害我，還有七八個人，交頭接耳的議論我……」
〈藥〉	「老栓……便出了門，走到街上。街上黑沉沉的一無所有，只有一條灰白的路……」茶客走進華老栓的茶館。夏瑜和華小栓的母親走到西關外的墳場。
〈長明燈〉	三角臉、方頭、莊七光及其他年輕人打破「不宜出行」禁忌，經常走去茶館喝茶聊天。小說分別描寫群衆走到茶館、社廟及四爺的客廳所見所聞。

〈示衆〉	在「首善之區的西城的一條馬路上」的所見所聞。

〈狂人日記〉中的狂人，是因爲走出封建大家庭的大門，在街上才發現衆人都要迫害他。〈藥〉和〈長明燈〉簡直是戲劇，故事情節分別發生在三個不同的舞台上，是三個不同的地方背景，也就是三段不同的旅程。〈示衆〉記述路上所見，是一篇速寫。

在上述三種小說中，「故鄉之旅小說」除了有自傳性、寫實性和地方風俗色彩，正如傳統的遊記所具有的重要元素，它還具有感傷和抒情的筆調，因爲作者所目擊的，都是童年生活的一部份。「城鎭之旅」取消「我」的第一人稱觀點（〈一件小事〉例外），改用第三人稱，那是新聞報導式的報告文學了。第三類更像新聞速寫。

《吶喊》、《徬徨》一共有二十五篇小說，上面三組共計十四篇，其餘小說像〈鴨的喜劇〉也隱藏著遊記模式，可見遊記結構小說在魯迅創作中，成爲他最喜愛的敍事模式。

四、探索病態社會與黑暗魂靈之旅

魯迅六篇「故鄉之旅」的小說中所寫的回鄉的旅程，都是具有高度象徵性的旅程。「我」所回去的不管是魯鎭、平橋村還是S城，都是舊中國的一般農村的縮影。回去故鄉，代表魯迅要重新認識中國農村，甚至整個舊中國社會，喝酒的客人當然成爲中國人民的象徵。他們經常是一羣被人痲醉或自我痲醉的人。酒店中長衫客和短衣幫之分，說明勞動階級與地主和讀書人的階級區分之存在。他們都有一個特點：喜歡酒。那又說明他們被社會或自願痲醉自己，永不淸醒過來。孔乙己固然應該沒落，因爲他是已被社會淘汰的舊知識分子。但其他人對他的冷漠和嘲笑，又代表中國人的愚昧。這種悲劇是舊中國及其人民的悲劇。〈故鄉〉和〈祝福〉的旅程也是一樣，看到農村破落，農民愚昧、墮落的景象，也就看見病態的中國社會和國民的魂靈。〈在酒樓上〉和〈孤獨者〉的旅途中，所看見的二位反封建知識分子，一個（呂緯甫）以教子曰詩云苟活著，另一個（魏連殳）向舊勢力投降後，憤憤而死。作者把中國知識分子的內心黑暗都挖掘出來了。因此這二次旅行，「我」所遊歷的S城，實際上是象徵中國知識分子在新舊交替時代徬徨不安的魂靈。在六次旅行中，魯迅唯一看見光明、歡樂一面的中國，是在〈社戲〉的平橋村裏。不過平橋村是記憶中的地方，天眞活潑的農村兒童，善良的六一公公，好豆與好戲，都已消失了。這段美好的旅程與其他五次不一樣，因爲「我」只在異地夢遊故鄉，看不見現在的黑暗面。其他旅程都有現在和過去的比較。

中國社會和中國人的靈魂，不能單單前往偏遠的鄉村去尋找和觀察，它也存在於城鎭和大街馬路上。因此魯迅又創作了「城鎭之旅」和「街頭之行」二類小說。因爲在城市和鄉鎭，甚至大街小巷，都可以找到中國社會及其國民本質的象徵。在描寫城鎮的小說中，小說焦點同時集中在城市與鄉鎮兩地。〈一件小事〉中的我從鄉鎮到北京城不久。〈風波〉的七斤，每天來回魯鎮與城市之間，帶回來許多有關革命的謠言。〈阿Q正傳〉，正如阿Q的行蹤，來回於未莊和城裏。〈離婚〉敍述愛姑從鄉下到龐莊。「城鎮之旅」和「街頭之行」的小說與故鄉之行的小說有很顯然的不同，它們側重描寫知識份子和革命事件。由此看來，第一組的〈在酒樓上〉和〈孤獨者〉應該置放在第二組中。

魯迅小說中的街道，往往是革命者受到迫害甚至殺頭之地。前面小說中，我們看見阿Q被捉去城裏遊街和殺頭，〈一件小事〉中的知識分子「我」在「京城」的一條大街上因勞動者的品德而感到慚愧。在街道之行小說中，更是集中描寫街頭小景。狂人到門外散步，發現衆人都與他爲敵，想要害他；〈藥〉中的夏瑜和〈示衆〉那位不知身分的人在街頭被斬首示衆；〈長明燈〉的年輕人奔走於街頭，企圖格殺一位想吹熄長明燈的英雄。這些街道，不正是象徵中國社會走向改革之道上常發生的現象？

由此看來，如果把上述小說只分成二組，即回鄉與城鎮之旅的小說，也很恰當，前者反映舊中國、舊社會、舊人民、舊知識份子，而城鎮小說則描寫中國革命的興起及其幻滅。

五、結　論

我在本文開始時，曾引述《文學之旅》一書關於遊記與文學的關係及其表現手法之共同特點。魯迅的小說很多都建立於遊記的結構中，第一組「故鄉之旅」小說，完全運用自傳性、第一人稱手法來敍事，第二及第三則採用客觀的、現代新聞報導的第三人稱來報導。這些旅人，大多數的身份就像清末遊記式小說中的人物一樣，多數是旁觀者，在陌生的旅途上，耳聞目睹各種奇人異事，成爲社會弊病、人民劣根性的見證人。這些旁觀者的旅人，如〈孔乙己〉、〈一件小事〉、〈在酒樓上〉、〈孤獨者〉的我，都是錄見聞的旅人，不過他們與主角或事件的關係已不是完全毫無關係的旁觀者。像〈祝福〉的我，他是那一家族的一個成員，而〈故鄉〉、〈社戲〉、〈狂人日記〉的我，已由旁觀者改爲當事人。從這一點看，魯迅小說中的遊記結構，應該與現代作家遊記更爲接近，如果把魯迅的小說與郁達夫、沈從文、艾蕪等人的遊記比較一下，尤其是沈從文的《湘西散記》與艾蕪的《南行記》㉕，敍事方式與主題意義都很相近，只是魯迅的作品因

㉕ Leo Lee, "The Solitary Traveler: Images of the Self in Modern Chinese Literature", *op. cit.*, pp. 294-306.

爲是小說，藝術技巧則更複雜和高超。

正因爲魯迅是一流的小說家，他把引入小說中的遊歷文學化，壓縮成回鄉、街頭之行，卽使寫山水也只用象徵性的簡要文字來刻劃，這些寫法，全是受了短篇小說形式的限制。在有限的篇幅裏，遊記形式之使用，就該與清末長篇小說中的遊記不同。因此魯迅小說中的旅人不會像《西遊記》的孫悟空，上天入地，還西出印度，也沒有老殘那樣四處觀賞山水，他的旅人受到最嚴厲的控制，只讓他到街上一走，最遠的也不過讓他回故鄉一趟，或在故鄉的城鎭一遊。

魯迅小說很符合遊記的實用目的，譬如像開拓知識(extended knowledge)，放大思想(enlarged ideas)。魯迅自己一向強調他寫小說的動機原是「揭出病苦，引起療救的注意」，另外他又說：「我便將所謂上流社會的墮落和下層社會的不幸，陸續用短篇小說的形式發表出來了。原意其實只不過想將這示給讀者，提出一些問題而已。」㉖所以魯迅要用小說強調和放大的思想、要開拓的知識，焦點在於「舊社會的病根」，然後「設法加以療治」㉗。西方與中國的遊記小說，英國的《格利佛里遊記》或中國的《鏡花緣》、《老殘遊記》，都是通過旅遊者所見所聞來暴露和指責自己社會的弊病與國民的劣根性。關於這一點，魯迅研究七十年來，已有太多論

㉖〈我怎麼做起小說來〉，〈英譯本「短篇小說選集」自序〉，見《魯迅論創作》，頁四三及四六，又見〔魯迅全集〕卷四（一九五七），三九三，卷七，頁六三二。

㉗〈「自選集」自序〉，同上，頁四八，又見〔魯迅全集〕，第四卷，頁三四七—三四八。

文討論，這裏不必細說。

《文學之旅》也強調好的遊記，作者往往以自己的眞知灼見把遊記加以深度化和思想化，因此旅行家常常給某國某地創造了一些有代表性的意象。譬如泰國是神的故鄉，日本的櫻花代表日本人的愛國精神。我們今天讀魯迅的小說，最驚訝的，就是他的小說中的意象突出、鮮明，而且都具有象徵意義。譬如魯鎭、吉光屯，都是代表愚昧、閉塞、落後、保守、守舊、迷信的象徵。咸亨酒店和華老栓的茶館及其家人，都是代表中國社會及其群衆自私、互不關心和同情、不醒悟、階級分明的病態。如果拿現代旅行家來比較，魯迅簡直是一個攝影家，他善於攝取有象徵性的景物。魯鎭是一幅中國農村的縮影，茶館酒店是中國社會近鏡頭的特寫場面。有了這些照片，我們讀魯迅的小說，才感到意象具體，思想深入。也正因爲魯迅小說中具有這種視覺的特點，畫家特別喜歡爲他的小說背景、人物、情節作畫。魯迅的小說，無疑的，是現代作家中最受畫家注意的作品㉘。

㉘ 豐子愷爲魯迅所作的畫最多，如《豐子愷繪畫魯迅小說》（杭州：浙江人民出版社，一九八二）。

西洋文學對中國第一篇短篇白話小說的影響

周樹人（一八八一—一九三六）的〈狂人日記〉作於一九一八年❶。用魯迅爲筆名，寫了這篇小說之後，他的文學創作生涯便宣告開始❷。這篇小說不但是他的處女作，同時也是中國第一篇白話小說❸。所謂「白話小說」，是指用白話爲語言，以西洋現代小說形式爲體所寫的小說。〈狂人日記〉不但給中國文學傳統帶來新東西，而且作爲一個作家的處女短篇小說，受到這樣多

---

❶〈狂人日記〉作於一九一八年四月一日，發表在《新青年》一九一八年五月號上頭，後來收集在《吶喊》（一九二三）中。

❷魯是他母親之姓，他在一九〇七年的一篇文章，曾以迅行爲筆名。這是第一次用魯迅爲筆名來發表作品。

❸魯迅事實上早在一九一一年冬天寫了一篇小說〈懷舊〉，不過是以文言文作的，後來用周逴爲筆名，發表於《小說月報》。捷克漢學家普魯克（J. Prusek）認爲它在中國白話小說史有特別的地位，見〈魯迅的「懷舊」：中國新文學之先驅〉，《哈佛亞洲研究學報》（一九六九），頁一六九—一七六。

人閱讀和廣泛的討論，恐怕是世界少有的例子吧。

本文所用「影響」一詞，主要內涵表示一部作品的思想內容對另一部作品所引起的效果。指出一個作者受過別人的影響，並沒有貶低其獨創性之意。影響不是模倣，而是說受影響的作者創作出一部屬於自己的作品。邵約瑟（Joseph Shaw）說，「在一個國家文學要發展起來，某種文學傳統要激烈的改變方向時，文學影響最常發生，同時也最有效果。此外，影響常跟隨或隨同社會與政治運動前來，尤其是遇到大動亂的時候」❹。中國在二十世紀初葉的時候，情形正是如此。由於跟政治動亂和西化運動有緊密之關係，中國文學也經過革命之洗禮，所以中國新文學的產生及其成長，西方文學曾直接給予很大的刺激及學習作用。中國文學這樣廣泛深入的受到西方作家之影響，在中國歷史上還是第一遭。〈狂人日記〉本身的完成，正好說明新文學形成的過程，因此研究這篇小說所受到歐洲文學的影響的種種問題，也就是研究西洋文學對中國新文學的影響的一個例證研究。

本文的研究中心，是考察西洋文學作品對〈狂人日記〉的種種影響。我不但追究每種形式、

---

❹ 見J. T. Shaw著，王潤華譯，〈文學影響與比較文學研究〉，《比較文學理論集》（臺北：國家出版社，一九八三），頁六三—八四。或*Comparative Literature Method and Perspective*, ed. by Newton P. Stallknecht and Horst Frenz (Carbondale: Southern Illinois University Press, 1961), p.66。

風格、內容、主題思想，甚至每個意象、場景等等的來源出處，同時密切注意一切外來影響的東西。哪一部分被吸收？哪一部分被排斥掉？作者爲什麼原因和怎樣選擇與吸收，並將之溶化在自己的作品裏？我這裏只分析影響〈狂人日記〉最深入的三種文學作品，那是俄國果戈理的〈瘋人日記〉，俄國迦爾洵的〈紅花〉，及德國尼采的《察拉圖斯忒拉這樣說》（或譯作《蘇魯支語錄》）❺。文學作品影響文學作品，往往可以令人信服的考證出來，在美學上的意義也最重大。〈狂人日記〉正好顯示這方面的意思。本文的目的，不但希望增長現代文學史的知識❻，同時也幫助了解作爲一篇有藝術價值之作品之創作過程❼。

❺ 關於〈狂人日記〉中醫學知識與尼采哲學思想之運用，J. D. Chinnery有一篇論文研究，見"The Influence of Western Literature on Lu Hsun's Diary of a Madman," *Bulletin of London University, School of Oriental & African Studies.* Vol. X XIII (1960), pp. 309-322。

❻ 中國新文學由於跟西洋文學關係密切，因此了解前者對後者之影響，是做文學史的人所不能忽略的大問題。像 Bonnie McDougall的 *The Introduction of Western Literary Theories in Modern China* （東京：東西文化研究中心，一九七一），是研究中國新文學史必讀的書。

❼ 過去的人對〈狂人日記〉之社會價值評價很高，把它看作中國現代社會的思想文獻來研究，從這角度來研究的論文目錄附錄於本人所作英文論文 "The Influence of Western Literatuer on China's First Modern Story,"《南大學報》第八及九期（一九七四—七五），頁一四四—一五六。

一、作者對其文學影響之回顧

一八九八年，魯迅十八歲，他離開他的故鄉紹興縣，前往南京。他在江南水師學堂念了大約一年，由於不滿意某些學校內的問題，第二年他就轉學到南京路礦學堂去了。這時期他開始第一次接觸到西方的知識學問與文學。在學堂裏，他學到很多新科目，他後來回憶說：

> 終於到N去進了K學堂了，在這學堂裏，我才知道世上還有所謂格致，算學，地理，歷史，繪圖和體操⑧。

他看了嚴復（一八三五—一九二一）翻譯赫胥黎（Thomas Huxley, 1825—1895）的《天演論》，非常感動。據說他後來還能背誦其中很多段落。在南京求學的四年裏面（一八九九—一九〇二），他把嚴復翻譯的西方哲學政治書籍全部讀光了，同時還花了很多時間去閱讀維新派所辦

⑧《吶喊》自序，見〔魯迅全集〕（北京：人民文學出版社，一九五七），卷一，頁三—四。

的報紙❾。

留學日本念醫科期間（一九〇二——一九〇九），魯迅才發現革命詩人如拜倫、雪萊、海涅、普希金和裴多菲的存在。他也看了很多西洋小說，決心把西方思想與文學介紹到中國去。他開始寫一些文章，論述西洋文學❿；此外他也翻譯了一些西洋短篇小說⓫。他的醫學訓練與知識，以及對西洋文學的認識，對〈狂人日記〉的寫作有很大的貢獻。一九三三年，他自己承認說：

> 我的來做小說，也並非自以為有做小說的才能，只因為那時是住在北京的會館裏的，要做論文罷，沒有參考書，要翻譯罷，沒有底本，就只好做一點小說模樣的東西塞責，這就是〈狂人日記〉。大約所仰仗的全在先前看過的百來篇外國作品和一點醫學上的知識，此外的準備，一點也沒有。⓬

---

❾ 許壽裳等著，《作家談魯迅》（香港：文學研究社，一九六六），頁一〇—一一。關於嚴復之翻譯作品與維新派所辦之書目，見費正清與劉廣京合編的 *Modern China: A Bibliographical Guide to Chinese Works, 1898-1937* (Havard University Press, 1950), 頁一三八—四四五及五〇三。

❿ 這些文章，現在收集在〔魯迅全集〕中，見卷一，頁一五三—三六〇。

⓫ 收集於與周作人合譯的《域外小說集》中。一九〇九年初版於東京，一九二〇年由上海群益書社再版。

⓬ 〈我怎樣寫起小說來〉，〔魯迅全集〕卷四，三九三頁。

一九三五年談起創作〈狂人日記〉之經過時，魯迅特別提起果戈理(N. Gogol, 1809—1852)的〈瘋人日記〉(The Diary of a Mad Man) 及尼采 (F. W. Nietzsche, 1844—1900) 的〈察拉圖斯忑拉這樣說〉的影響：

> ……一八三四年頃，俄國的果戈理就已經寫了〈狂人日記〉；一八八三年頃，尼采也早借了蘇魯支 (Zarathustra) 的嘴，說過「你們已經走了從蟲豸到人的路，在你們裏面還有許多份是蟲豸。你們做過猴子，到了現在，人還尤其猴子，無論比那一個猴子」的。⑬

除了這兩篇小說，迦爾洵(V. Garshin, 1855—1888)的〈紅花〉(The Scarlet Flower)，對魯迅的小說也產生很大的影響作用。下面我先檢查和比較果戈理和〈狂人日記〉的關係，然後研究迦爾洵的〈紅花〉對魯迅的影響，最後比較尼采之哲學散文與魯迅之小說在風格上之相似點。

---

⑬ 見《中國新文學大系》小說二集之〈導言〉(趙家璧主編，上海：良友圖書公司出版，一九三六)，頁一四七五—一四七六。

二、果戈理〈瘋人日記〉之影響

果戈理和魯迅的小說都命名爲狂人日記，兩篇都是借用一個瘋子所寫的日記爲文體。果戈理的小說是一篇關於一個人神經逐漸失常的記錄，他的神經病大概是幻想往上爬而引起的。果戈理小說中的瘋人，是一個職位卑微，在政府部門當小差的抄寫員。雖然他的社會地位低微和貧窮，但他整天沉湎在幻想中：

> 我是一位貴族哪。我會步步高升上去的。我還只有四十二歲——這正是大有作為的時候。等著瞧吧，朋友！我會做到上校的，也許，天幫忙，官還會做得大些。名氣還會比你響些。你憑什麼以為，除了你就再沒有一個正派人。給我穿上一件時髦的魯奇公司製的燕尾服，再給我打一個像你一樣的領結——那時候，你要做我的鞋底都不配呢。苦的就是沒有門路和辦法。⑭

⑭ 本文所引譯文，是借用滿濤的譯文〈狂人日記〉，收集於《彼得堡的故事》（北京：人民文學出版社，一九五七），一六四—一八九頁。我作了少許修改。在中國最早之中譯，大概是耿濟之的〈瘋人日記〉，發表於《小說月報》，第十二卷，第一期（一九二一年十月）。

他眞是不知天高地厚，竟單戀上他那部門的首長的女兒。當他知道他的愛人跟一位侍從軍官訂婚，他幻想過度，終於神經失常。他把自己想像成西班牙的君王。最後他被送去瘋人院，受盡看管老爺的折磨。

果戈理的〈瘋人日記〉是一篇刻劃一個小職員的現實小說。這個人有自卑感又有自大狂，最後因想得天花亂墜而神經失常。魯迅的「狂人」是一個寓言人物，作者利用他來發表他的社會批評。果戈理小說中對社會也有所批評，不過不明顯，而且批評對象很含糊。魯迅小說中的思想主張，尤其那些作者對中國社會的看法，與對中國問題的了解，非常複雜，那絕不能解釋爲模仿他人而寫的。譬如，驅使魯迅之狂人走向瘋狂的因素，就包涵著中國社會問題。他胡思亂想，神經失常的毛病，是由於封建制度會吃人的恐怖所促成的，他日夜恐懼的大哥、趙貴翁等人便是封建制度之化身。果戈理的狂人不一樣，他的神經失常，是由於他自卑感過重，妒忌他的上司以及搶走他單戀的女子的那位侍從軍官。

當然，有某些地方，果戈理的影響被吸收進魯迅的心靈後，並沒有完全不露痕跡的溶化掉。當我們把兩篇小說對照地看，明顯的相似點馬上會引起讀者注意。點點滴滴的文字形式和思想內容的相似，使我們不能不相信果戈理的狂人小說一定幫助過魯迅去創作他的〈狂人日記〉，而且這角色對後者的內容與形式之構成，有很重大的意義。

果戈理的〈瘋人日記〉有十九則，每一則有日期記載。魯迅的〈狂人日記〉有十三則，每則沒有日期，此外還有一段前記。兩個狂人，開始都是走出門外，在街上觀察到別人要迫害他們的跡象。在果戈理小說的第六則，那瘋人在街上遇見兩條狗，感慨說：「狗是聰明的傢伙，他們懂得一切政治關係。」在魯迅的〈狂人日記〉的第一則中，狂人在街上也遇到一條狗，他懷疑趙家的狗也跟他們一樣要陷害他。果戈理和魯迅小說中都有一個傭人，前者女傭人瑪符拉（Marva），後者有陳老五。這兩位僕人最接近瘋人，親眼看著他們逐漸瘋狂。果戈理在小說結束時呼籲：「媽呀，救救你可憐的孩子吧！」令人驚奇的，魯迅用同樣的語調來結束他的〈狂人日記〉：

沒有吃過人的孩子，或者還有？

救救孩子……

下面所引的句子，只要望一眼就看得出兩者之相似。這些證據有力的說明果戈理的〈瘋人日記〉對魯迅〈狂人日記〉之催生作用，後者似乎隨意改造和借用，以求幫助自己表達所要表達的問題：

一、果：我看見美琪在嗅那條跟在兩個人後面走的狗……我得承認，我聽見狗說起人話來是不勝驚奇的。

魯：那趙家的狗，何以看我兩眼呢？

二、果：狗是聰明的傢伙，他們懂得一切政治關係……

魯：前天趙家的狗，看我幾眼，可見他也同謀，早已接洽。

三、果：據說，英國有一條魚浮出水面，用古怪的語言說了兩句話，害得學者們研究了三年工夫，至今還是無從索解。我又在報上讀到兩頭牛跑到舖子裏去，要買一磅茶葉。

魯：今撮錄一篇，以供醫家研究⑮。

四、果：然而，今天我突然恍然大悟起來。當記起我在湟瓦大街上聽到的那條狗的談話。

魯：今天才曉得他們的眼光，全同外面的那伙人一模一樣。

五、果：因此，我就出去蹓了一個彎，把這件奇遇前前後後揣摩一下。這一回我終於要把整個事件、計畫，一切這些動機探聽清楚，終於要挖這個根兒。這些信件會把一切都向我說明的。

魯：凡事總須研究才會明白……我翻開歷史一查，這歷史沒有年代，歪歪斜斜的每頁都寫著「仁義道德」幾個字。

⑮ 根據周作人的解釋，這是當時中國報紙常用的一句話，因為一九一〇年的時候，中國報紙常刊登諸如一牛有兩個頭的奇聞。見周遐壽（即作人），《魯迅小說裏的人物》（上海：上海出版公司），頁八一九。

六、果：媽呀，救救你可憐的孩子吧……媽呀，可憐可憐患病的孩子吧！……

魯：沒有吃過人的孩子，或者還有？救救孩子……

三、迦爾洵〈紅花〉之影響

魯迅〈狂人日記〉也有很多段落與迦爾洵的〈紅花〉相似。迦爾洵多數小說是日記體、書信體和回憶錄的形式。魯迅留學日本的時候，迦爾洵是他最喜愛的小說家之一。他雖然沒有將〈紅花〉翻譯成中文，卻閱讀過[16]。他在日本的時候翻譯過兩篇迦爾洵的短篇，後來收集在《域外小說集》裏[17]。

〈紅花〉中的狂人，決心要將瘋人院窗外的兩朶紅花摘下來。他認爲那紅花是一切罪惡的根源。盡管看守的人想盡辦法來阻止他行動，但是他把摘花看作一件英烈的行爲，他有義務一定要

---

[16] 見周遐壽，《魯迅的故家》（香港：大東書局，一九六二），頁一六三。

[17] 魯迅翻譯了迦爾洵的〈四天〉（*Four Days*）和〈邂逅〉（*Meeting*），後來收集在《域外小說集》中。

將這任務完成。他先後把兩朵紅色的罌粟花摘掉。後來第三朵開放時，他雖然也成功地把它摘下來，卻由於攀越瘋人院的圍牆時摔倒受傷，終於過度疲勞而死。〈紅花〉影響魯迅的〈長明燈〉要比〈狂人日記〉來得大。〈長明燈〉的情節和主題都受〈紅花〉的影響。〈長明燈〉的故事是講一個吉光屯的年輕人瘋了，被人關在廟裏。因他要把神臺上的長明燈吹熄，村裏的人迷信燈熄後，會有災難，因此想把關在廟堂一暗室的他幹掉。而瘋子卻認爲燈不吹熄，就會有蝗蟲，有猪瘟⑱。

〈紅花〉是用第三人稱的語氣來敍述的小說。但是整個故事順著時間先後之秩序發展，與日記無多大差別。迦爾洵那三朵紅色的罌粟花象徵世界上的一切罪惡：

全世界中存在的罪惡都集中在這朵鮮艷的紅花上。他知道鴉片烟是拿罌粟做成的；也許是這個思想在他的心中擴大，採取了一種大得可怕的形體，使他為他自己創造了這個可怕的、怪異的幻影。在他的眼睛裏，這朵花便是一切罪惡的化身。它拿一切的無辜者的血做養料（這就是它這麼紅的原因），拿一切的眼淚，拿一切的人類的惡毒做養料。⑲

---

⑱ 黃松康（Huang Sung-K'ang）在她的英文著作 *Lu Hsun and the New Culture Movement of Modern China*（Amsterdam: Djambatan, 1957），第五三頁中，說〈狂人日記〉是唯一受外國文學影響的創作。根據我上面的理由，她的結論爲本人所不能接受。

魯迅〈狂人日記〉中的舊封建家族制度被形象化了，而且會吃人。在兩篇小說中，想要消滅罪惡的根源的人都被人殘酷無情的加上「狂人」之罪名，然後再把他置之於死地。這是兩篇小說的主題思想。

迦爾洵的狂人在夜裏不能入睡，他東想西想，最後決心去採摘窗外的紅花。魯迅的狂人覺醒也是在有月色的夜晚，試比較下面的幾段：

迦：月光穿過鐵格子窗射進屋子裏來，照在地上，還照亮了床的一部分，照出那個閉著眼睛睡在床上的病人的憔悴……過了一忽兒他醒過來了，腦子非常清楚，好像是一個健康的人一樣……他整夜都沒有睡覺。他摘了這朵花，因為他把這行動看做一樁他應當來完成的功業。

魯：今天晚上，很好的月光。
我不見他，已是三十多年；今天見了，精神分外爽快。才知道以前的三十多年，全是發昏；然而須十分小心……

⑲ 本文所引迦爾洵的〈紅花〉（*The Scarlet Flower*）中譯是根據香港上海書局（一九六六）之《一件意外事》，頁六〇—八八。譯者姓名不詳。

晚上總是睡不著。凡事須得研究，才會明白……

迦爾洵的狂人罵瘋人院的醫生是劊子手，在他的眼中，瘋人院的人都是無病，而且有著偉大思想的人，所以他說他們都是受折磨的無辜。魯迅的狂人是一個要除舊革新的人，滿腦子的新思想，同樣的，他用相似的語言將醫生毒罵一頓：

迦：您（指醫生）為什麼幹最罪惡的事情？您為什麼聚了這一羣不幸的人把他們關在這兒呢？……這一切的拷打，有什麼作用？對一個腦子裏有著偉大的思想，共同的思想的人，……

魯：這老頭子是劊子手扮的，無非借了看脈這名目，揣一揣肥瘠：因為這功勞，也分一片肉吃……

在這些相似點的後面，貫穿小說的社會意識是不一樣的。迦爾洵的狂人因爲有偉大的思想，而遭到醫生的折磨。他企圖消滅的是人類本性的惡劣和他那時代的社會不公正之事情。魯迅的狂人感到會被人生吞活剝吃掉的危險。吃人是指中國的封建制度和儒家壞的倫理道德。魯迅的醫生的特別涵義是指中國不科學的中醫。迦爾洵的小說世界不會很複雜，主要是狂人最後所採取毀滅罪惡之花的行動，而魯迅的〈狂人日記〉具有更廣大的社會意識，它簡直是他以後作品的一篇序言。

四、尼采〈「察拉圖斯忒拉」的序言〉之影響

單單很多外在的證據，就使人相信尼采的《察拉圖斯忒拉》（或現譯《蘇魯支語錄》）對魯迅的〈狂人日記〉產生過很大的影響。魯迅在日本留學時，就接觸過尼采的哲學著作，那時他雖然念醫科，對尼采卻很狂熱，因此回中國以後，寫了好幾篇介紹尼采及其哲學的文章[20]。

尼采的哲學著作中，魯迅最推崇《察拉圖斯忒拉》。一九一八年，魯迅在創作〈狂人日記〉的同時，用文言翻譯了〈「察拉圖斯忒拉」的序言〉前三段。不知爲了什麼原因，這篇譯文在他生前沒拿出來發表[21]。〈狂人日記〉發表了兩年左右，魯迅再把〈「察拉圖斯忒拉」的序言〉翻譯一次，這次是全譯，而且改用白話文來譯。譯文後面還附了一篇後記，把全序每一節加以解

---

[20] 見曹聚仁，《魯迅評傳》（香港：三育書店，一九六七），頁五〇—五六。及注釋第十一。魯迅通曉德文，不過在日本的時候，他的書架上只有寥寥幾本德文書，尼采的《蘇魯支語錄》（*Thus Spake Zarathustra*）就是其中一本。參考周作人的《魯迅的故家》，二〇七頁。

釋。這篇譯文發表於一九二〇年的《新潮》雜誌上頭㉒。

我在本文前頭引用過魯迅自己的話，他不但承認〈狂人日記〉的影響，而且特別指出《察拉圖斯忑拉這樣說》一書對他的影響。傳記資料證實了直接的影響關係，但是更重要的，我們要在作品之內求取證據。〈「察拉圖斯忑拉」的序言〉眞的在主題思想和文字形式上幫助塑造〈狂人日記〉嗎？爲了這答案，我們需要小心的比較這兩篇小說，看看它們在氣氛上、場景處理上、意象、主題思想、敍事的方法等等的相似點。下面的分析，只把焦點放在序言上，因爲《察拉圖斯忑拉這樣說》全書其他部分和〈狂人日記〉沒有什麼直接的關係。

三十九歲那年，尼采非常孤單寂寞，一個人住在阿爾卑斯山上，於是他開始用察拉圖斯忑拉爲主角，寫一部哲學散文。他說：「我可以通過他唱一首歌，我一定要唱，雖然我獨自住在一間空洞的屋子裏，我要唱給我自己的耳朵聽。」他嘆息地說，在沉睡中的人們，是沒有希望將他們

㉑ 尼采（Friedrich W. Nietzsche）*Thus Spake Zarathustra* 一共有四章。第一章是〈序言〉（Introductory Discourse），共有十則。魯迅第一次的節譯題爲〈察羅堵斯德羅緖言〉，現在附錄在《魯迅譯文集》中（北京：人民文學出版社，一九五九），第十册，頁七七三—七七八。

㉒ 當全譯〈序言〉在《新潮》（一九二〇年六月號）發表時，魯迅用唐俟爲筆名。他在後記中說計畫將全書譯出來。可是後來並沒有繼續譯下去。這篇譯文收集於《集外集拾遺》（香港：新文藝出版社，一九七〇），頁三三—五九。本文所引〈序言〉部分，全是魯迅所譯。

喚醒的了㉓。

奇怪得很，魯迅在一九一八年，那就是寫〈狂人日記〉那年，他和尼采的年齡差不多——三十七歲。當他構想〈狂人日記〉時，也是過著寂寞的生活，而且也是住在一間空屋裏。他回憶說：

> S會館裏有三間屋，相傳是往昔曾在院子裏的槐樹上縊死過一個女人的，現在槐樹已經高不可攀了，而這屋還沒有人住；許多年，我便寓在這屋裏鈔古碑……㉔

尼采用察拉圖斯忒拉——古波斯火神教的教主，一個傳奇人物做他的代言人，通過他的嘴巴來宣傳他的超人哲學。魯迅選擇狂人，目的是要發表他反舊反封建的革命思想。大概因爲沒有希望驚醒酣睡中的人們，察拉圖斯忒拉用晦澀的語言，唱給自己的耳朵聽。雖然兩者的呼籲都被人唾棄，魯迅的狂人卻憤怒的大叫，希望毀破鐵屋，叫醒所有在夢鄉的人：

㉓ 見 *Thus Spake Zarathustra, trans.* A. Tille and rev. M. M. Bozman (London: J. M. Dent & Sons, 1950), III, p. 172。

㉔ 見《吶喊》自序，〔魯迅全集〕，頁七。

> 假如一間鐵屋子，是絕無窗戶而萬難破毀的，裏面有許多熟睡的人們，不久都要悶死了。然而是從昏睡入死滅，並不感到就死的悲哀。現在你大嚷起來，驚起了較為清醒的幾個人……㉕

〈「察拉圖斯忒拉」的序言〉一共有十則。它和〈狂人日記〉的長度差不多一樣，約十二頁。序言的內容，都是察拉圖斯忒拉的內心獨白的片斷，完全反映獨白者頭腦中的思想。因此兩篇小說的敘事觀點和方法非常相近。

察拉圖斯忒拉和狂人的生涯也有好些相似的地方。察拉圖斯忒拉在三十歲那年，覺悟世事之非而走到山林去頓悟。在山林沉思了十年，他的精神面貌全部變了，於是帶著超人的意志與哲學回到城市來。這序言的頭一段這樣寫道：

> 察拉圖斯忒拉三十歲的時候，他離了他的鄉里和鄉里的湖，並且走到山間，他在那裏受用他的精神和他的孤寂，十年沒有倦。但他的心終於變了，——一天早晨，他和曙光一齊起，進到太陽面前對他這樣說：……

㉕ 同右，頁七。

狂人也是在三十多歲的時候才開始明白很多社會黑暗。察拉圖斯忒拉下山去宣傳他的超人哲學時，背景有個早晨的大太陽，狂人到街上去見證封建吃人時，背景也有個光亮的月亮。試比較下面兩段與上引尼采的文字：

今天晚上，很好的月光。

我不見他，已是三十多年；今天見了，精神分外爽快。才知道以前的三十多年，全是發昏；然而須十分小心……

察拉圖斯忒拉譴責和批判的是西方的基督教教義壞的教條，另一方面他提倡超人的意志，由於宣布神已死亡，他要人根據自己的意志而活著。狂人明白舊制度吃人之黑暗時，他高喊要打倒傳統的家族制度與社會制度。尼采的歐洲經過文藝復興和工商業革命，已經進入文明社會，所以日正當天。太陽那意象便有這些意思。魯迅的中國是在清末民初，還在最混亂，最黑暗的盡頭，因此狂人被安排在黑暗的晚上出現，使狂人「明白」很多道理的月色是象徵那時候的新思潮。從「太陽」變成「月亮」的更換，也許意味著魯迅創作時照顧到自己的社會意識與時代之需要。

上面比較的是兩篇小說開始部分。它們第二部分的布局和結構，相似之處也很多。爲了要宣布「神已死亡」的眞理和發揚他的「超人」意志，察拉圖斯忒拉下山到一個市集裏去。在樹林中，他遇到一個年老的聖者，並且歌頌上帝，市集的人羣都以嘲笑來迎接他。當他講演他的那一套眞理，羣衆不理睬他（大人小孩都如此），都圍過去看在街頭走江湖者的走索把戲。在路上他又遇到好幾種人，大家都敵視他。挖墓兼收埋死屍者（沒眼光的，笨劣的歷史家）嘲罵他，牧羊者（上帝見證人）誣蔑他爲「強盜」，連小丑也哄笑他。下面是有關這方面描寫的片斷引文：

一、察拉圖斯忒拉這樣說了的時候，於是所有羣衆都笑察拉圖斯忒拉。

二、察拉圖斯忒拉說了這句話的時候，又看着羣衆而且沉默了。「他們在這裏站着」，他對他的心說，「他們在這裏笑，他們不懂我，我不是合於這些耳朵的嘴……」

三、現在他們鄙視我而且笑，而且他們正在笑，他們也仍嫌忌我。這有冰在他們的笑裏。

四、在市門口，他遇見了掘墳人：他們用火把照在他臉上，認識察拉圖斯忒拉而且對於他很嘲罵……他們大家都哄笑而且將頭湊在一處。

魯迅的狂人出場時，也走到街上踹躂。路上的人都像對他有仇恨地以奇怪的態度看他。首先遇到趙貴翁，一個代表地主封建的人物，然後有一羣人都交頭接耳在議論著他，惡狠狠的盯住他，大家都說他是「瘋子」。下面這些片斷與剛才所引尼采的那些應該有些血緣：

一、早上小心出門，趙貴翁的眼色便怪：似乎怕我，似乎想害我。還有七八個人，交頭接耳的議論我。又怕我看見。一路上的人，都是如此。其中最凶的一個人，張著嘴，對我笑了一笑……

二、最奇怪的是昨天街上的那個女人，打他兒子，嘴裏說道：「老子呀！我要咬你幾口才出氣！」他眼睛却看著我。我出了一驚，遮掩不住；那青面獠牙的一伙人，便都哄笑起來……」

三、我插了一句嘴，佃戶和大哥便都看我幾眼。今天才曉得他們的眼光，全同外面的那伙人一模一樣。

四、……佃戶說了這許多話，却都笑吟吟的睜著怪眼睛看我。

五、還怕已經教給他兒子了；所以連小孩子，也都惡狠狠的看我。

由於上面尼采的文字也是魯迅自個兒的翻譯，因此看起來，連筆調也非常神似。察拉圖斯忑拉和狂人都發現人們已經墮落，拼命互相殘殺，弱肉強食。所以前者說：「我在人間比在禽獸裏更危險。」狂人更大膽更明確的將人的劣根性暴露出來，他說：「自己想吃人，又怕被別人吃了，都用著疑心極深的眼光，面面相覷……」魯迅至少有一段文字和內容，都是模仿尼采的而來，試比較這段進化論的文字：

尼采：你們已經走了從蟲豸到人的路，在你們裏面還有許多份是蟲豸。你們做過猴子，到了現在，人還尤其猴子，無論比那一個猴子。」

魯迅：大哥，大約當初野蠻的人，都吃過一點人。後來因為心思不同，有的不吃人了，一味要好，便變了人，變了真的人。有的却還吃——也同蟲子一樣，有的變了魚、鳥、猴子，一直變到人。有的不要好，至今還是蟲子。這吃人的人比不吃人的人，何等慚愧。怕比蟲子的慚愧猴子，還差得很遠很遠。

一篇有創造性的作品，很多東西不是隨意就可將別人的借用過來，它一定要根據自己的文學傳統、時代的需要而加以消化和改造。上面指出尼采的「黎明」變成「夜晚」，「太陽」變成「月亮」，就是很好的例子，說明所謂影響，實在是創造。尼采的重要主題思想是「上帝已死亡」和「我教你們做超人」。魯迅革命性的宣言是：「打倒吃人的舊禮教」和吃人的人要「從眞心改起」。在尼采之前的歐洲，「褻瀆神是最大的褻瀆」。在魯迅的小說裏，最不可冒犯者是封建禮教。狂人被人迫害，因為他「二十年以前，把古久先生的陳年流水簿子，踹了一腳」。

尼采的〈序言〉中運用了好幾種動物和飛禽來象徵各種意思，魯迅對這些象徵很注意，譬如在翻完〈序言〉後，在後記中特別指出：「鷹與蛇都是標徵：蛇表聰明，表永遠輪迴；鷹表高傲，表超人。聰明和高傲是超人；愚昧和高傲便是羣衆……」因此當我們讀〈狂人日記〉時，也應該留意裏面出現的野獸。譬如「海乙那」（hyena），「眼光和樣子都很難看，時常吃死肉，連極大的骨頭，都細細嚼爛，嚥下肚子去」，這跟小說的主題有密切意義。當然表現方法不一樣，這些野獸在〈狂人日記〉不是象徵，而是寓言性的動物（allegorical figures）。

五、結　論

要論斤算兩的給這些影響估價是不可能的。因爲我們不能夠追踪各種在魯迅頭腦中奥妙的變化，更何況作者可能吸取靈感的書籍事物，理論上可以多到不計其數，我們永遠也沒辦法知道。因此這種影響研究是有其限度的。

雖然如此，從上面所舉出的各種內外證據中，我們可以肯定這三篇作品都給〈狂人日記〉很好的模型和啓示作用。但是從整篇小說來說，它是魯迅自己的創作，不是模仿。魯迅只不過是隨意改造地借用，表達自己，把作品更加豐富化而已。

探訪紹興與魯鎮的咸亨酒店及其酒客

——析魯迅〈孔乙己〉的現實性與象徵性

一、三間不同的咸亨酒店

一九八九年五月二十一日，當我走出東昌坊口（現稱魯迅路二百號）魯迅故居新臺門黑油油的石庫臺門，紹興的天氣，依然像魯迅小說所描寫的，陰沉沉的，刮着冷風，下着冷雨。雖然這是夏天的下午三點鐘，感覺上還是魯迅的鄰居秋瑾所說，秋風秋雨愁煞人的季節❶。

從魯迅故居步行到魯迅路中段的咸亨酒店，向西北方向走，只需十分鐘左右，低矮古樸的店屋，就在路邊，坐北朝南。黑簷下的門楣掛着巨大長形的橫匾招牌，白底黑字，寫着「咸亨酒

---

❶ 我一九八九年訪問魯迅故居及其他小說中描寫過的地方，後寫成散文〈訪紹興魯迅故居及其小說世界〉，發表於臺北的《聯合文學》第六卷第三期（一九九〇），頁二〇—三〇。

店」四個大字，而且還是照傳統習慣從右到左書寫。店面分左右兩邊。左邊是曲尺形的賣酒櫃臺，另外左邊臨街還設有一個小店舖，專賣下酒物，如茴香豆、五香豆腐乾、毛豆等等，而且負責咸亨酒店的售票（付帳）工作，因此「掌櫃的」便消失了。

顧客們買了酒，端着茴香豆或五香豆腐乾，便到右邊雅座慢慢的吃喝。酒客們灰藍的衣著與長形樸實的木板桌和長板櫈，使得雅座更加黝暗，人們的臉孔模糊不清，談話聲卻吵雜無比。現在幾乎沒有人像「短衣幫」那樣，站在曲尺形櫃臺前，站着喝，匆匆而來，匆匆而去，所有人都像當年的「長衫主顧」：「要酒要菜，慢慢地坐喝。」❷

做溫酒工作的不再是小孩，而是穿上制服的婦女，來喝酒的人，老中青都有，很多穿着西裝，幾乎看不見戴着烏氈帽，穿長衫的酒客。當然更不可能要求賒帳，把拖欠暫時記在粉板上，甚至還要先買票呢。

魯迅在一九一九年告別故鄉，至今已七十年了❸。即使他現在回來紹興，在昏暗的天色中，他還是認得出這是重建給沒有深度的遊客看的咸亨酒店，雖然這是模仿〈孔乙己〉小說中魯鎮的咸亨酒店的格局而建造，而且保持了原有古樸的風貌。所以目前在紹興的魯迅路中段的咸亨酒

❷ 本文所引〈孔乙己〉原文，均見《魯迅全集》。

❸ 關於魯迅在一九一九年十二月最後一次回鄉賣屋搬家到北京，見《魯迅日記》（北京：人民文學出版社，一九六二），頁三七〇－三七二（即十二月一日至二十九日日記）。

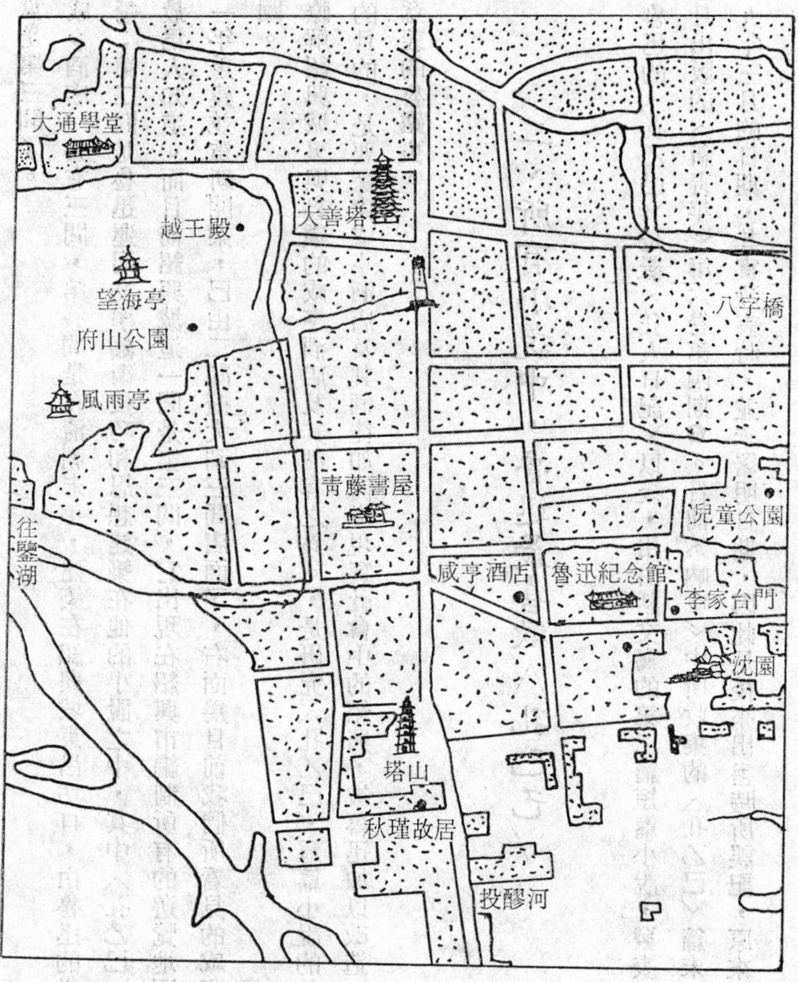
大通學堂
越王殿
大善塔
望海亭
府山公園
風雨亭
八字橋
青藤書屋
兒童公園
往鑒湖
咸亨酒店
魯迅紀念館
李家台門
沈園
塔山
秋瑾故居
投醪河

店，算是第三間了。

咸亨酒店一共有三間，第一間是在清朝末年，建築在紹興城東昌坊口，由魯迅的從叔周仲翔所經營；第二間是魯迅運用文學藝術技巧和思想建築在他的小說之中，其中〈孔乙己〉一篇所描述的最爲人知道。而目前紹興城這一間是第三間，它出現在紹興市編制所有的遊覽地圖上，在一九八一年重建並重新開業，已由二間擴大到三間店面了，右面爲目前我們所看見的咸亨酒店位置示意圖。

瞭解紹興城裏與魯鎭的咸亨酒店及其酒客之異同，是研究〈孔乙己〉這篇小說的基礎。因此本文的目的，是要探索咸亨酒店及其酒徒如何從現實社會中的紹興，被魯迅加以改造，放進具有象徵意義的魯鎭裏。

二、所有小說中，魯迅最喜歡〈孔乙己〉

魯迅的〈孔乙己〉是繼〈狂人日記〉以後，用白話文寫的第二篇短篇小說，發表於一九一九年四月出版的《新青年》第六卷第四期[4]。目前《吶喊》中所收集的〈孔乙己〉篇末，都署了一九一九年三月的日期，其實發表時，並未署明日期，因此是後來出書時所誤記，原來發表時篇末附有後記，說是「去年冬天做成」，可見它是一九一八年冬的作品：

> 這一篇很拙的小說，還是去年冬天做成的。那時的意思，單在描寫社會上的或一種生活，請讀者看看，並沒有別的深意。但用活字排印了發表，却已在這時候，——便是忽然有人用了小說盛行人身攻擊的時候。大抵著者走入暗路，每每能引讀者的思想跟他墮落：以為小說是一種潑穢水的器具，裏面糟蹋的是誰。這實在是一件極可歎可憐的事，所以我在此聲明，免得發生猜度，害了讀者的人格。一九一九年三月二十六日記。❺

這篇後記一方面說「單在描寫社會上的或一種生活」，另一方面，又說作者往往會「走入暗路」，可是它既寫實又具有更深一層的，隱藏在現實中的象徵意義。因此〈孔乙己〉使人讀後，

---

❹《新青年》第六卷，第四期（一九一九年四月），頁三七五—三七八。魯迅在這之前，曾用文言文寫過〈懷舊〉短篇小說，為許多人所重視，如 Jaroslav Prusek, "Lu Hsun's 'Huai Chiu': A Precursor of Modern Chinese Literature," *The Lyrical and The Epic*, ed. Leo Ou-fan Lee (Bloomington: Indiana University Press, 1980), pp. 102-109; 又見 William Lyell, JR., *Lu Hsun's Vision of Reality* (Berkeley: University of Caliofrnia Press, 1976), pp. 103-120.

❺同右《新青年》，頁三七八。

更加「發生猜度」其「深意」。

〈孔乙己〉全篇只有兩千二百五十字，而且是他所寫第二篇白話小說，但是魯迅晚年在所有小說中，最喜歡這一篇。孫伏園曾親自問過魯迅：

我嘗問魯迅先生，在他所作的短篇小說裏，他最喜歡那一篇。他答覆我說是〈孔乙己〉。

有將魯迅先生小說譯成別種文字的……如果這位譯者要先問問原作者的意見，準備先譯作者最喜歡的一篇，那麼據我所知道，魯迅先生也一定先薦〈孔乙己〉。❻

孫伏園也問過魯迅爲什麼最喜歡〈孔乙己〉？魯迅告訴他，第一主要用意「是在描寫一般社會對於苦人的涼薄」。其次作者的描寫方法與態度「從容不迫」，不像寫〈藥〉當時「氣急虺隤」，因爲我們讀完〈藥〉之後，覺得社會所犯的是彌天大罪，個人所得是無限的同情❼。

魯迅喜歡〈孔乙己〉的第一個原因：「描寫一般社會對於苦人的涼薄」，是比較容易瞭解

---

❻ 孫伏園《魯迅先生二三事》（長沙：湖南人民出版社，一九八〇，原版重慶作家書屋，一九四二），頁一六。

❼ 同右，頁一八。

的。他自始至終相信小說要反映不幸的人們：

> 自然，做起小說來，總不免自己有些主見的。例如，說到「為什麼」做小說罷，我仍抱着十多年前的「啓蒙主義」，以為必須是「為人生」，而且要改良這人生。……所以我的取材，多採自病態的社會的不幸的人們中，意思是在揭出痛苦，引起療救的注意……❽

至於所謂〈藥〉的描寫不夠「從容不迫」，像〈孔乙己〉那樣，除了指攻擊社會的火藥味太重，對窮人太多「無限同情」甚至推崇之外，我想「從容不迫」應該也跟表現手法有關係。〈藥〉正如許多學者所指出，它的結構謹嚴，而且深受外國文學的影響❾。就由於〈藥〉需要借助於許多技巧和影響，它沒有〈孔乙己〉的自然，眞是司空圖所說「俯拾卽是，不取諸鄰。倶道適往，著手成春。」❿

❽〈我怎麼做起小說來〉《魯迅論創作》（上海：上海文藝出版社，一九八二），頁四三。

❾ 參考 M. Dolezelova-Velingerova, "Lu Xun's 'Medicine'," in *Modern Chinese Literature in the May Fourth Era*, ed. Merle Goldman. (Cambridge, MA. Harvard University Press, 1977), pp. 17-36; Patrick Hanan, "The Technique of Lu Hsun's Fiction", *Harvard Journal of Asiatic Studies*, vol. 34 (1974), pp. 53-96. (esp: 61-65).

❿ 司空圖著，郭紹虞集解《詩品集解》（香港：商務印書館，一九六五），頁一九。

我覺得〈孔乙己〉是一篇很不平常的作品。魯迅第一篇〈狂人日記〉，正如他自己所說，「大約所仰仗的全在先前看過的百來篇外國作品和一點醫學上的知識。」⓫第三篇〈藥〉也受西方小說技巧的影響。第二篇卻任由中外學者去搜索分析，發現幾乎沒有受影響的痕迹⓬。可見魯迅對〈孔乙己〉的獨創性，感到特別的滿意，我覺得這是最能代表魯迅小說風格的成熟之作，它全篇只有二千字，完全符合他在〈我怎樣做起小說來〉所說的中國藝術的簡潔傳統。緊接着我在上面所引「引起療救的注意」那段，魯迅說：

所以我力避行文的嘮叨，只要覺得夠將意思傳給別人了，就寧可什麼陪襯拖帶也沒有。中國舊戲上，沒有背景，新年賣給孩子看的花紙上，只有主要的幾個人……我深信對於我的

⓫ 同註❽。關於〈狂人日記〉所受西方文學的影響，我有一文討論這問題，見〈西洋文學對中國第一篇短篇白話小說的影響〉《中西文學關係研究》（臺北：東大圖書公司，一九七八），頁二〇七—二二六。

⓬ 目前在衆多分析魯迅小說的論文中，只有 Patrick Hanan 把〈孔乙己〉放在反諷技巧（ironic technique）中，而他認爲魯迅的反諷筆調是向果戈理、顯克微支等人學習過，見"The Technique of Lu Hsun's Fiction", *Harvard Journal of Asiatic Studies*, vol. 34 (1974), p. 75-81. 不過反諷恐怕來自晚清小說可能性更大。滕雲把魯迅對酒店之描寫與巴爾札克在《高老頭》中公寓之描寫加以比較，發現有類似之處，不過沒肯定其影響，見〈從「孔乙己」談魯迅小說的藝術成就〉《魯迅創作藝術談》（天津：天津人民出版社，一九八二），頁五〇—六八。

目的，這方法是適宜的，所以我不去描寫風月，對話也決不說到一大篇。⓭

中國舊戲、新年的畫都是通過象徵的力量，把意義傳給觀衆或讀者。〈孔乙己〉的力量也在於象徵事物、人物之使用。

三、從東昌坊口的兩間酒店加以改造……

〈孔乙己〉也是一篇用來說明魯迅如何從社會生活尋找、觀察、分析，和提煉具有象徵意義的事件和人物。讓我再引〈我怎麼做起小說來〉的話來作爲探討〈孔乙己〉小說的生活和人物原型的開始：

所寫的事迹，大抵有一點見過或聽到過的緣由，但決不全用這事實，只是採取一端，加以改造，或生發開去，到足以幾乎完全發表我的意思為止。人物的模特兒也一樣，沒有專用

⓭ 同注❽，頁四三—四四。

過一個人，往往嘴在浙江，臉在北京，衣服在山西，是一個拼凑起來的角色。⓮

現在讓我們考察一下魯迅如何從複雜的社會現象中，提煉出一篇具有深刻意義的小說來。〈孔乙己〉這篇小說的背景是魯鎮的咸亨酒店。孫伏園說魯鎮是一個創造的地名，基本上代表魯迅父系故鄉紹興城和母系故鄉紹興東臯鄉安橋頭⓮。而咸亨酒店，卻是一個眞店號，就在紹興東昌坊口。周作人很早就證實咸亨酒店的存在：

孔乙己的故事不但出現於魯鎮，而且是以咸亨酒店為舞臺的，因此可以說這是指著者的故里東昌坊口，因為咸亨是開設在那裏的。這是一個小酒店，却有雙間店面，坐南朝北，正對着魯迅故家新臺門的大門。這是周家的幾個人所開設，請了一個夥計一個徒弟照管着，但是不到兩年就關門了。這年代已經記不清楚，但可能在光緒甲午、乙未，即一八九四年至九五年，因為記得看見孟夫子總是在魯迅的父親伯宜公去世之前。⓯

⓮ 同注❻，頁一七。

⓯ 周遐壽（周作人）《魯迅小說裏的人物》（香港：中流出版社，一九七六，原版一九五四由上海出版公司出版），頁一六。

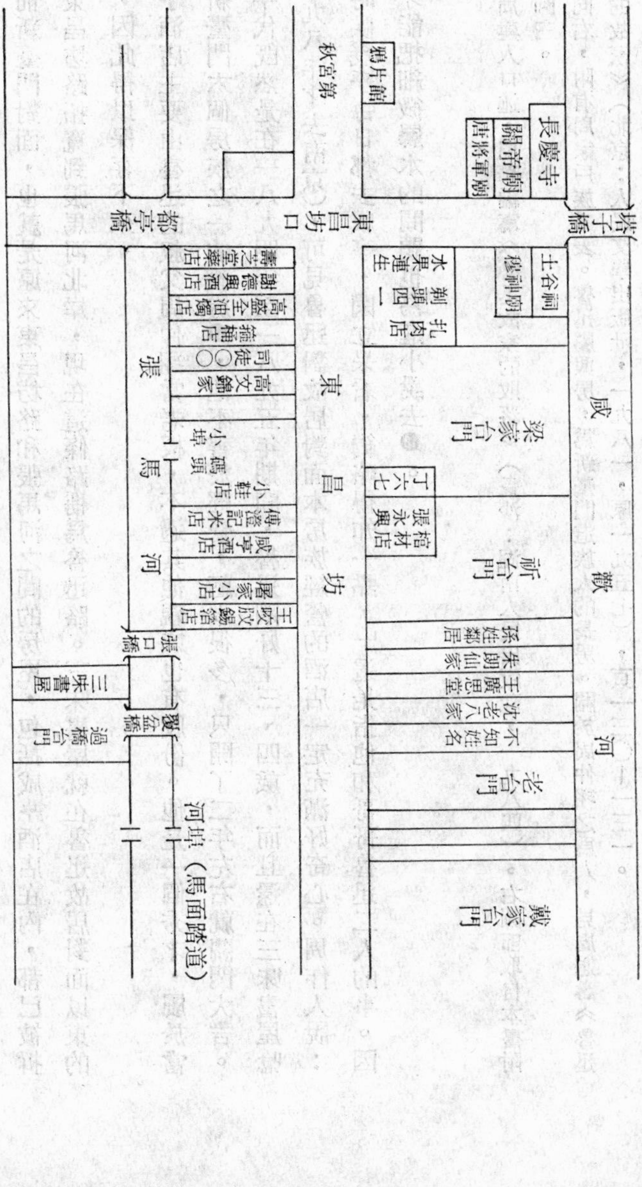

塔子橋
長慶寺
關帝廟
唐將軍廟
鴉片館
秋宮第
咸 歡 河
土谷祠
穆神廟
水果連生
剃頭四一
扎肉店
梁家台門
丁六七
張永興棺材店
新台門
孫姓鄰居
朱朗仙家
王廣思堂
沈老八家
不知姓名
老台門
戴家台門
東昌坊口
東 昌 坊
壽芝堂藥店
謝德興酒店
高盛全油燭店
蘊桶店
司徒○○家
高文錦家
小碼頭埠
小鞋店
傅澄記米店
咸亨酒店
屠家小店
王咬臤錫箔店
都亭橋
張 馬 河
張口橋
三味書屋
覆盆橋
過橋台門
河埠（馬面踏道）

晚清東昌坊口示意圖

魯迅的三弟周建人還提供咸亨酒店當年在東昌坊口的地理位置，正如周作人所說，就在他們故家新臺門的斜對面，坐南朝北，因此從魯迅家門口歷歷可見酒店來往的客人⑯。

目前新臺門對面，也就是原來東昌坊路和張馬河之間的房屋，包括咸亨酒店在內，都已被拆除，把東昌坊路拓寬到張馬河北岸，現在這條路稱爲魯迅路。三味書屋就在魯迅故居對面以東的河對岸，因此得以保存下來。

咸亨酒店主要由魯迅的叔父周仲翔當老板，不過其他親戚也有股份。他是一個秀才，屬於當年住在新臺門六個房族之一的義房⑰，他不善於經營，虧本很多，只開了二年左右就關門大吉。經營的年代既然是在一八九四年至一八九五年期間，魯迅剛好十三、四歲，而且還在三味書屋唸書(一八九八年才去南京)，可見魯迅對故居對面本房族經營的酒店一定充滿好奇心。周作人說：「在小時候幾乎每日都去咸亨，閑立呆看，約略得知一點，」這是指他和哥哥魯迅二人的事。因此魯迅才能把細微曆水的問題也寫進小說去⑱。

---

⑯ 周建人口述，周曄編寫《魯迅故家的敗落》(長沙：湖南人民出版社，一九八四)。右圖卽取自本書附圖三。

⑰ 同右，附有周家戶族系表。魯迅屬興房，爲新臺門這族人的長房。關於周仲翔之爲人，見周遐壽《魯迅的故家》(北京：人民文學出版社，一九八一，原一九五七)，頁一三〇—一三一。

⑱ 同注⑮，頁一七。

根據周作人的回憶，原來酒店的格局與小說所描寫有些不同：

門口曲尺形的櫃臺，靠牆一帶放些中型酒瓶……橫櫃臺臨街，上設半截柵欄，陳列各種下酒物。店的後半就是雅座，擺上幾個狹板桌條櫈，可以坐上八九十來個人，就算很寬大的了。⑲

不同之處在於雅座是在店的後半，而不是在曲尺形的對面。魯迅在〈孔乙己〉小說中說：「只有穿長衫的，才踱進店面隔壁的房子裏，要酒要菜，慢慢喝。」可見它的格局，像目前重建的，曲尺形櫃臺與雅座分店面的左右兩邊。此外小說沒有寫到臨街的橫櫃臺，就像目前重建的店面，最右邊還有一販賣部。可見重建咸亨酒店時，參考了原來的眞店和小說中的酒店格局，然後各取一半而建成。

魯迅小說中的咸亨酒店所依據的模型，可能是雜取的或「拼湊」起來的。周作人說，他們家的酒店「沒有葷腥味，連皮蛋也沒有，更不要說魚乾鳥肉了。」⑳此外他又說葷菜魚乾之類當時只有在大雅堂那種酒店所有㉑。當時在東昌坊路口，咸亨酒店西鄰約七、八間店屋，便有一間比

---

⑲ 周遐壽《魯迅的故家》，頁一三一。

⑳ 同右，頁一三一—一三二。

㉑ 《魯迅小說裏的人物》，頁一五。

較有名氣的，格局相似的謝德興酒店，周建人說：

在十字路的東南角，是謝德興酒店，一間門面，門口有一個曲尺形櫃臺，靠牆放着玫瑰燒、五加皮等酒瓶，直櫃臺下面放酒壇，橫櫃臺臨街，臺上有半截柵欄，柵欄裏放着茴香豆、雞肫豆……進櫃臺就是雅座，幾個長板桌條櫈，可以坐十來個人。……㉒

這間酒店開設在東昌坊口（小說是「在鎮口」）時間較長，咸亨酒店關門以後還經營着，也在魯迅故家斜對門不遠，大概也給他很深的印象。

所以從紹興的咸亨酒店到小說中的咸亨酒店，證明魯迅「所寫的事迹，大抵有一點見過或聽到過的緣由，但決不全用事實，只是採取一端加以改造。」小說中的「掌櫃是一副凶臉孔」，對工人和顧客都嚴厲以待，可是從周作人對周仲翔之描述一點也不像，要不然就不必在二年左右倒閉了。我在推測，那個掌櫃的嘴臉是不是取自謝德興酒店？這間店經營了二、三十年。

四、「我」當伙計的經驗與感受

㉒《魯迅故家的敗落》，頁三八。

〈孔乙已〉中的敍事者「我」，從十二歲起就當起小伙計，他的地位低微。掌櫃嫌他「太傻」，對他擺出一副凶臉孔，不准他侍候長衫客，他主管溫酒工作，短衣幫怕他羼水，對他沒有「好聲氣」，掌櫃也說他幹不了，但基於介紹人情面大，辭退不了。這個我在咸亨酒店的工作何止單調無聊！他是深深感到自己的卑下。二十多年後，他感到唯一有點輕鬆的是孔乙已的出現，因爲這小伙計「可以附和着笑，掌櫃是決不責備的」。

我在上一節指出周家經營咸亨酒店期間，魯迅大約十三、四歲，而小說中的伙計的年齡也很相近：他從十二歲做起，如果幹了一年左右孔乙已出現，他也十三歲了。周作人說「在小時候，幾乎每日都去咸亨，閑立呆看，約略得知一點，」可見他們周氏兄弟對這小店有很深的參與經驗。

魯迅當時家境還算好，不至於要到店裏幫忙。但是當伙計受損害的遭遇，他該有深切的感受。我每次讀周氏兄弟的回憶錄，發現他們對共住臺門內族人的敗落都表痛心，而對家族中一些少爺淪落到東昌坊一帶的商店當伙計，更加感慨萬千。譬如有一位桐生（鳳桐），根據周作人的說法，他在東昌坊口的藥店當過伙計，而且推薦人是個有頭有臉的周家的秀才周仲翔，他就是咸亨酒店眞正的老板：

> 桐生是敗落大家子弟……起初有一個時期在藥鋪裏當伙計，那是義房的仲翔、伯撝等人替

他弄到的職業。藥鋪名叫泰山堂，開在東昌坊口的西南角……㉓

這個親戚天資有點遲鈍，又不大認識字，令人想起酒店裏被掌櫃罵「樣子太傻」的小伙計。周作人又說：

桐生這藥鋪伙計也不知道他是怎麼當的，他不認識什麼字，更不必說那些名醫龍蛇飛舞的大筆了。他替人家「撮藥」不會弄錯麼？我們小時候買玉竹來當點心吃，到泰山堂去買，桐生倒也不曾拿錯，却是因為本家的緣故，往往要多給些，這在他是好意，不過我們也要擔心，假如藥方裏有麻黄，他也照樣的多給了，那豈不糟麼？……㉔

周建人也有相似的回憶：

桐叔識字不多，也不會辦事，簡直沒有法子謀生。仁義房裏的謙叔、仲翔叔和別的人給他想辦法，先後到大藥店、典當、布店學生意，最後到壽芝堂藥店做了伙計。

㉓《魯迅的故家》，頁九二—九三。

㉔同右，頁九三。

桐叔是個羞澀、軟弱、講話說不出口的人，心裏善良厚道，我們到藥店去買玉竹……桐叔常多給我們一些。㉕

由此可見伙計的「樣子太傻」和「薦頭的情面大」之後面該蘊藏著許多辛酸的周家敗落的感受。另外魯迅本人很喜歡的老臺門的本家周心梅叔叔，「他從十四歲學徒到現在五十多歲一直在大路元泰紙店工作」，魯迅一九一九年最後一次回故家，還跟他見過面，這是周建人對他的印象：

像住在老臺門的勇房的心梅叔，在元泰紙店裏做伙計，巴巴結結地幹活，家裏給他送長衫去，他說：「你們快拿回去，我不要穿長衫，我在這裏不光是站櫃臺賣賣紙，還要進貨，要扛紙，怎麼能穿長衫？」紙老板說他好，不像個少爺……㉖

明白這些，我們就知道小說中的「我」，並非單純爲了第一人稱敍事觀點而製造的一種技巧的化身，「我」也是一個病態社會中不幸的人，它有深刻的含義。孔乙己也看出「我」是一個永無翻身的人，因此嘗試教他寫字，懇切地教他，目的是希望他能有一天翻身，躍上掌櫃的職位

㉕《魯迅故家的敗落》，頁一三一—一三二。

㉖ 同右，頁一三二。

上。而「我」卻不醒悟，覺得他像「討飯一樣」的人，不配向他學習，另一方面「我」生長在窮人受盡欺凌的社會裏，也不敢抱著一線希望，「我暗想我和掌櫃的等級還很遠呢。」

五、孔乙己的原型一：孟夫子的竊書行為

魯迅除了上引〈我怎麼做起小說來〉所說，他的人物模特兒沒有專用一個，是拼湊起來的。另外在〈「出關」的「關」〉一文中，他也有一段類似的話：

作家的取人為模特兒，有兩法。一是專用一個人，言談舉動，不必說了，連微細的癖性，衣服的式樣，也不加改變。……二是雜取種種人，合成一個，從和作者相關的人們裏去找，是不能發現切合的了，但因為「雜取種種人」，一部分相像的人也就更甚多數，更能招致廣大的惶怒。我是一向取後一法的。……當初以為可以不觸犯某一個人，後來才知道倒觸犯了一個以上……[27]

[27] 〈「出關」的「關」〉《魯迅論創作》（上海：上海文藝出版社，一九八三），頁三八—三九。

「雜取種種人，合成一個」的創作方法最適用來解釋孔乙己的人物原型。首先很多人都知道一個叫孟夫子的眞人跟孔乙己的人物創作上的淵源聯繫。周作人說：

> 他本來姓孟，大家叫他作孟夫子，他的本名因此失傳……他是一個破落大人家的子弟和窮讀書人的代表……他讀過書，但終於沒有進學，又不會營生，以致窮得幾乎討飯。他替人家抄書，可是喜歡喝酒，有時候連書籍紙筆都賣掉了。窮極時混進書房去偷東西，被人抓住，硬說是「偷竊」書不能算偷，這些都是事實。他常到咸亨酒店來喝酒，可能住在近地，却也始終沒人知道，後來他用蒲包墊著坐在地上，兩手撐了走路，也還來喝過酒，末了便不見了。魯迅本家中間也見過類似的人物，不過一鱗一爪，沒有像他那麼整個那麼突出的，所以就寫了他，而且說也奇怪，本家的那些人，似乎氣味更惡劣，這大概也是使他選取孟夫子的一個原因吧。㉘

孟夫子常出入魯迅的新臺門故居。原來魯迅故居的結構非常宏大，目前僅有魯迅本家住屋保存下來，遺址已跟東鄰幾戶人家的地方合併，卽是目前紹興魯迅紀念館所在地。下面是新臺門在

㉘《魯迅小說裏的人物》，頁一四—一五。

晚清即孟夫子之時代的房屋結構圖：

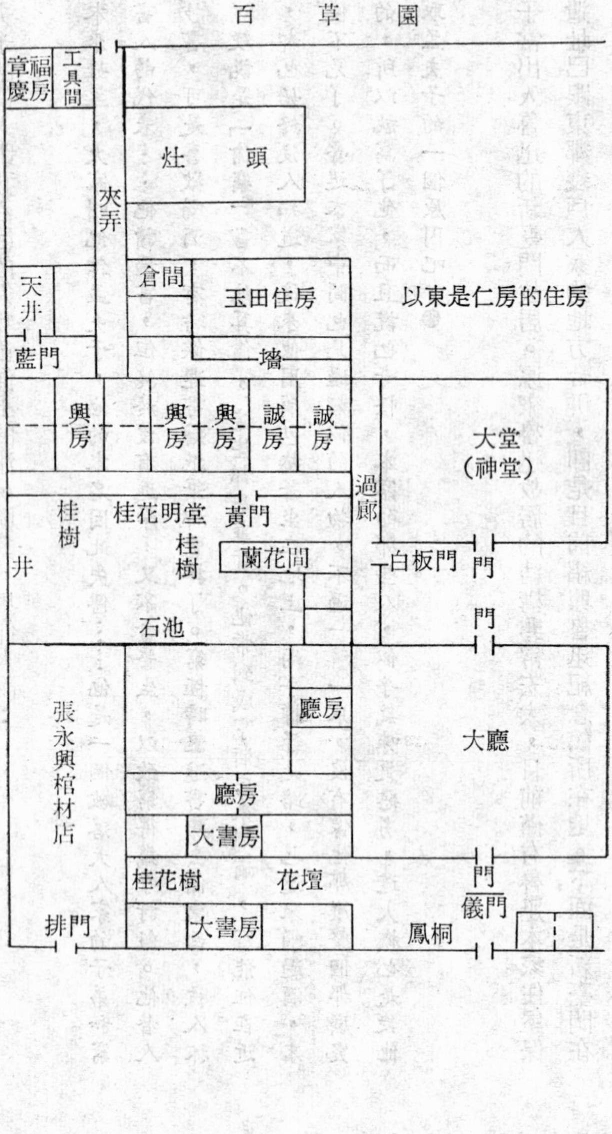

大書房是各房人物公用的讀書地方。周作人與周建人都記得偷書一事發生在故家內的大書房。當時幾個房族的孩子由玉田公公天天負責教他們讀書，一時很熱鬧，這是周建人的回憶：

街坊有一個綽號叫孟夫子的，也常常到大書房來，他是一個很窮的讀書人，衣服十分破舊，但還是一副文縐縐的樣子。他有時看他們下棋，有時看他們讀書，有時也順手拿一部書出去，被玉田公公碰見，問他為什麼偷書，他總是回答：「竊書不算偷。」玉田公公把書拿回，也就讓他走了。㉙

魯迅在一八八七年六歲（即中國人說七歲）那年開始跟自己的周玉田公公念私塾，一八九一年初才離開，去跟另一位叔祖周子京讀書㉚。因此魯迅對這事件應該很熟悉吧。小時候在家中讀書見到，過了幾年，在一八九四年或一八九五年又在家人經營的咸亨酒店內常遇見，怎能叫一個小孩忘掉？怪不得三兄弟都爲他寫了不少回憶。

㉙《魯迅故家的敗落》，頁二〇，又見周作人的回憶，《魯迅的故家》，頁八五。

㉚朱忞、謝德銑、王德林、裘士雄等編著《魯迅在紹興》（杭州：浙江人民出版社，一九八一），頁六八—七〇，關於魯迅去南京前跟三位私塾老師（另一位是三味書屋的壽鏡吾）讀書的情形，見頁六八—一〇〇。

六、孔乙己的原型二：鳳桐的乞丐與酗酒形象

上一節周作人說他們周家中也見過類似孔乙己的人物，而且指出「本家那些人，似乎氣味更惡劣。」我讀周氏兄弟的回憶著作，也遇過幾位像孔乙己的人物。上節提過少年時代的鳳桐叔，他的後半生潦倒和惡劣氣味又令人想起魯迅筆下的孔乙己和阿Q。我這裏只引出使人喚起孔乙己的乞丐形象的文字，至於像阿Q的部份暫時不管。

特別是鳳桐，已經窮困潦倒，和乞丐差不多了。他腦後的辮子蓬亂，身上的大衫都是窟窿。就這樣的人，臺門外任何人見了他，還都得稱他為桐少爺，就是吆五喝六的地保，見到他也得恭恭敬敬地垂手而立，喊一聲「桐少爺」，等他走過，自己才開步。這使他忘乎所以，覺得自己了不起，他常挨餓，可是只要一有錢，就到酒店去喝酒，一反他羞澀的常態，變得非常活躍，愛發議論，愛開玩笑，但又講不出什麼風趣的話來，只是喊「倷爹，倷爹」（即你的爹），討人便宜……他面上一塊青，一塊腫，他從來不把被打吃虧的事情告訴別人，也不圖報復……㉛

孔乙已的乞丐及受污辱的形象、酗酒醜態畢露無餘，雖然周建人這段回憶不是爲解釋魯迅的小說而寫的。周作人對鳳桐的晚年也有清楚的記憶：

> 仲翔給他募集一點錢，買了一套賣麻花燒餅的傢伙，又替他向東昌坊口西北角的麻花攤擔保，每天付給若干貨色，至晚清算，如有短欠，由保人歸還。……桐生賣了幾時，倒也規規矩矩的，但是他有一個小毛病，便是愛喝老酒，做買賣得來的利潤只夠糊口，有時喉嚨太乾了，他就只好將付麻花攤的錢挪去給了酒家，結果要保人賠一天的錢，有時還把竹籃也賣掉了。這種事情有過二三次之後，大家覺得不是辦法，只好中止……㉜

鳳桐替賣麻花「把竹籃也賣掉」的行爲自然令人想起孔乙已替人抄書，不到幾天，「便連人和書籍紙張筆硯，一齊失踪。」這些事發生在魯迅從日本回到紹興教書期間，家門敗落到這地步，魯迅一定傷透了心。

鳳桐的下場就像孔乙已。最後他完全失去依靠，只好沿街乞討，終於倒斃在塔子橋（在東昌坊口北邊不遠的咸歡河上）下的雪地上，地保討了一具薄棺，把他葬在義冢地裏。不過周建人說

㉛《魯迅故家的敗落》，頁二九一－二九三。

㉜《魯迅的故家》，頁九三－九四。

這是「賣去新臺門以後」的事。故家在一九一八年就議決賣掉，一九一九年尾魯迅回鄉搬家時，其他房族的人已搬空㉝。而魯迅〈孔乙己〉在一九一八年終創作，雖然魯迅在一九一九年三月二十六日才寫小說的後記寄去《新青年》發表。因此〈孔乙己〉也許就在鳳桐逝世之前或剛好逝世之後作。無論如何，孔乙己的死是過了「年關」發生的，而且也是「失踪」，死的時間與情況，和鳳桐少爺很相似。

七、孔乙己原型三：穿長衫的人

「孔乙己是站著喝酒而穿長衫的唯一的人」。這是含意極深的一筆。孔乙己站著喝，表示窮困潦倒，地位卑下，而他不肯脫掉那件長衫，因爲他不肯忘記讀書淸高的身分和大家庭出生的背景。他既爬不上去又不肯承認現實，與勞動窮人認同，他既被人隔離起來又自我放逐，因此成爲一個畸「多餘的人」㉞。

在新臺門敗落時，不肯脫下長衫的周氏族人是最令魯迅兄弟心痛的事。譬如周作人說，當魯

㉝《魯迅故家的敗落》，頁一一一二，及頁三一八。

㉞邱文治《魯迅各篇析疑》（西安：陝西人民出版社，一九八一），頁二六。

迅在一九〇九年從日本留學，這情景最顯眼：

> 我們臺門比大哥離家前更破敗了。人們雖然還穿大衫，但不是油污，就是破洞，特別是鳳桐，已經窮困潦倒，和乞丐差不多了。[35]

除了鳳桐，四七伯伯，原是住在新臺門的一房大戶人家也有副敗落相：

> 四七看他的臉相可以知道他是鴉片大癮，又喜喝酒，每在傍晚常看見他從外邊回來，一手捏著尺許長的潮烟管，一手拿了一大「貓砦碗」的酒……身穿破舊齷齪的竹布長衫，頭上歪戴了一頂癟進的瓜皮秋帽，十足的一副癟三氣，但據老輩說來，他並不是向來如此的，有一個時候相當的漂亮，也有點能幹，雖是不大肯務正路……[36]

「身穿破舊齷齪的竹布長衫」的沒落不長進的大戶人家兼腐迂讀書人，在鳳桐的弟弟身上鳳

[35] 〈魯迅故家的敗落〉，頁二九一。

[36] 〈魯迅的故家〉，頁八七，又見周建人相似的回憶，〈魯迅故家的敗落〉，頁一八。

岐也出現。他原是教師，遭開除，在屢受打擊之後，心灰意冷，便墮落了㊲。另外四七的兄弟五十也是這類人㊳。後來成爲〈白光〉那篇小說人物的原型的周子京更是如此㊴。

魯迅故家新臺門的各房族人物，從他出生以來逐漸沒落，我們閱讀他們兄弟的回憶，處處都有身穿破舊齷齪長衫的人物出現。魯迅說，他的小說人物，「多採取病態社會的不幸的人們中」，或者說：「所寫的事迹，大抵有一點見過或聽到過的緣由。」這說來倒輕鬆，其實他寫作時「那一把辛酸淚」，在〈魯迅小說裏的人物〉、〈魯迅的故家〉、〈魯迅故家的敗落〉及其他許許多多研究之前，又「誰解其中味？」大家只知道他寫實，反映社會，其實許多人物，許多事件都是生活或發生在新臺門內外，連咸亨酒店的原型也是他們家開設的。

八、人物事迹進了小說以後

作者的生活經驗與作品之間還有連繫性的、類似的、轉彎抹角的相似、變相的反映等關係存

㊲ 同右，頁二七二—二七三。
㊳ 《魯迅的故家》，頁九〇。
㊴ 有關子京作爲創造出陳士成之討論，見王永生《魯迅文藝思想初探》（銀川：寧夏人民出版社，一九八一），頁一四三—一四五。

在，但是他的經驗，他的生活往往是經過戲劇化，經過文學傳統和形式之改變。此外實際的生活經驗又以它在作品中的用途而運用㊵。因此許多人物，許多事件，從新臺門走進《吶喊》中的小說，也就是從個人或個別事件進入藝術中之後，原來個人的意義便失去了，而變成具有社會或普遍性人類主題，而且與作品的其他部份不可分割㊶。因此魯迅在我上面引用〈「出關」的「關」〉那段話之後，接下去又說：

> 然而縱使誰整個的進了小說，如果作者手腕高妙、作品久傳的話，讀者所見的就是書中人，和這曾經實有的人倒不相干了。例如《紅樓夢》裏賈寶玉的模特兒是作者自己曹霑，《儒林外史》裏馬二先生的模特兒是馮執中，現在我們所覺得的却只是賈寶玉和馬二先生，只有特種學者如胡適之先生之流，這才把曹霑和馮執中念念不忘的記在心兒裏：這就是所謂人生有限，而藝術却較為永久的話罷。㊷

㊵ Rene Wellek and Austin Warren, *Theory of Literature*, Third Edition (New York: Harcourt, Brace & World, 1956), pp. 75-80. 譯文見王潤華編譯《比較文學理論集》（臺北：國家出版社，一九七二），頁一六五—一七二。

㊶ 同右。

㊷ 《魯迅論創作》，頁三九。

所以〈孔乙己〉小說完成後，當年新臺門內外的咸亨酒店、謝德興酒店、孟夫子、鳳桐、鳳岐、四七等等人物事迹的重要性便失去了，他們原來的意義也改變了。魯迅是個「手腕高妙」的作家，〈孔乙己〉是一篇「久傳」的「作品」，今天我們讀〈孔乙己〉，那些人一點都不重要，除非是硏究魯迅的創作過程與手法。相反的，如果我們要眞正瞭解這篇小說之意義，就應該把它與原型生活與原型人物隔絕起來，一旦成爲小說，它形成一個獨特的個體，它和現實的關係，跟一本傳記、回憶錄和現實的關係不一樣。

魯迅自己特別欣賞〈孔乙己〉不「氣急虺隤」，也就是從容不迫，不動聲色的藝術手法。因此我在上面列述的一些原始素材，凡氣味太惡劣或有流氓相的，如抽鴉片、歪戴瓜皮帽、駡人的素材大都捨棄，爲了表現主題與刻劃人物的需要，吸取了討飯的乞丐相、穿著破舊長衫破落的舊知識份子模樣，臉部受傷，腿被打斷，偸書賣書的行爲，這些細節都具有高度表現力。而那些把賣廡花燒餅的本錢拿去喝酒、把竹籃也賣掉、賣藥材時常多給親戚一把，因爲與酒店故事和舊讀書人的形象無關自然淘汰了。

從那些瑣碎生活事迹中，魯迅提煉出具有高度象徵性的地方（咸亨酒店），及其酒客（孔乙己及其他酒客）。下面我們將分析隱藏在這現實表象下的豐富內涵。

九、咸亨酒店：舊中國社會的象徵

〈孔乙己〉的故事發生在魯鎮裏的咸亨酒店。《吶喊》裏的〈明天〉也發生在魯鎮，小說中的人物（羣衆）常去喝酒的地方也叫咸亨酒店。小說一開始就寫道：

> 原來魯鎮是僻靜地方，不上一更，大家都關門睡覺。深更半夜沒有睡的，只有兩家：一家是咸亨酒店，幾個酒肉朋友圍着櫃臺，吃喝得正高興；一家便是間壁的單四嫂子，他自從前年守了寡，便須專靠着自己的一雙手紡出棉紗來，養活他自己和他三歲的兒子，所以睡的也遲。[43]

酒客中紅鼻子老拱，藍皮阿五，包括掌櫃的都是些無賴之流，不是想調戲婦女，就是騙錢混飯。另外〈風波〉也有魯鎮和咸亨酒店，不過這次魯鎮是個水鄉，而酒店卻在城裏，收集在《徬徨》裏的〈祝福〉背景也叫魯鎮。

---

[43] 〈明天〉引文取自《吶喊》。

魯鎮在魯迅小說中，就像以其他地名出現的背景如〈故鄉〉中的故鄉，〈阿Q〉的未莊、〈長明燈〉的吉光屯、〈在酒樓上〉的S城，不但地方原型都是紹興(包括他母親故鄉安橋頭)，這些地方都是象徵舊中國社會，以前我用〈故鄉〉中的故鄉作爲例子分析過這個象徵結構之內涵㊹。魯鎮也好，故鄉也好，只是一個大背景，魯迅喜歡把舊中國的社會及其羣衆濃縮成一間酒店，在〈孔乙己〉、〈明天〉、〈風波〉、〈祝福〉中這意象叫作咸亨，在〈長明燈〉和〈藥〉裏只稱作茶館，沒有明確的招牌。

在魯迅故家對面，同時又是由周家的親戚經營的酒店，一旦寫進小說後，就變成舊中國的一個縮影，怪不得他在這篇小說的後記中說：「這一篇很拙的小說……單在描寫社會上的或一種生活。」這個酒店的酒客，很清楚有二個不同的等級：出賣勞力爲生的短衣幫和以地主、讀書人、有錢人爲主的長衫客兩種。短衣幫只能站立在櫃臺外喝酒，長衫客則可走進屋裏的雅座，叫酒叫菜，慢慢吃喝。在這小小的酒店裏，除了顧客與顧客之間的有階級差別，酒店職員也有極大的等級差別。掌櫃的嚴厲冷酷，對小伙計常擺出一副凶臉孔，嫌他「太傻」，不准他侍候長衫客，「幸虧薦頭的情面大」，才沒有被辭退。小伙計連言笑都要看掌櫃的臉色。顧客與掌櫃、小伙計之間也不信任，因爲掌櫃唯利是圖，賣酒要羼水以牟取利潤。孔乙己固然窮困潦倒，地位低微，

㊹ 王潤華〈論魯迅「故鄉」的自傳性與對比結構〉，見本書第七章。

掌櫃、長衫客把他踐踏，但其他同樣被侮辱、被損害者，如短衣幫，也同樣對孔乙己冷酷無情，加以譏笑，連可憐的、地位低微的小伙計對懇切教他寫字的孔乙己也反感，認爲他是「討飯的人」，不配考他。

咸亨酒店的人與人之間的關係，國民精神的麻木愚昧、冷酷無情，孔乙己雙層性的悲劇：被壓迫與被侮辱者的悲劇，這些不正是當時中國「病態社會」及其「不幸的人們」的象徵嗎？就因爲魯迅把舊中國縮小成一個魯鎮，又把焦點放在咸亨酒店，舊社會的各種癥結都立體的通過酒店這個象徵表現出來。

魯迅的象徵現實主義（Symbolic realism）是使他的寫實小說比其他同代人的要複雜和具

㊺ Patrick Hanan 認爲魯迅寫《吶喊》小說期間，對象徵主義，大大擁抱，對寫實主義、自然主義不感興趣。"The Technique of Lu Hsun's Fiction," *Harvard Journal of Asiatic studies*, vol 34 (1974), p. 61.

㊻ 就以較近期的一些研究來看，中國的嚴家炎以〈狂人日記〉、〈藥〉、〈白光〉、〈長明燈〉爲代表作，而美國的李歐梵以〈狂人日記〉和〈藥〉來闡釋其象徵作品，見嚴家炎〈魯迅小說的歷史地位〉《北京大學紀念魯迅百年誕辰論文集》（北京：北京大學出版社，一九八二），頁一八三—二〇九；Leo Ou-fan Lee, *Voices from the Iron House: A Study of Lu Xun*, pp. 65-68. 另外滕雲說「這是（〈狂人日記〉）一篇現實主義其裏，象徵主義其表的小說。不到一年之後，魯迅創作的〈孔乙己〉，卻沒有絲毫象徵手法的痕跡」，見〈從「孔乙己」談魯迅小說的藝術成就〉，《魯迅創作藝術談》（天津：天津人民出版社，一九八二），頁五八。

有深度的一大原因㊺。可惜目前一般人只注意〈狂人日記〉和〈藥〉㊻，而這篇小說是「氣急虺隤」的作品，不算是最好的作品。魯迅的另一篇象徵現實主義代表作是〈故鄉〉，其中故鄉這一象徵也是強有力的代表舊中國之一個象徵㊼。這兩個象徵成爲互相配合的一對。故鄉以故家爲縮影，人物事件發生在房屋內，而魯鎮以大門敞開的酒店爲焦點，悲劇在街邊的櫃臺旁產生。

十、魯迅為孔乙己塑造的四座銅像

魯迅在他的生活經驗中，在衆多有相關的人物身上，整理出一些跟孔乙己這個舊知識分子的典型形象有關的特點，然後創造了一系列具有象徵性的形象、場景和對話。就因爲通過這個結構，這篇只有二千多字才能產生強大的爆炸力。

我讀〈孔乙己〉，首先是感觸到它的視覺意象特別強烈。魯迅把孔乙己複雜的一生，把原來應該運用的敍述文字，節縮、提煉成一座座雕塑。孔乙己在小說中只出現四次，每次魯迅都用一座塑像代替了許許多多的敍述文字。第一次，孔乙己是以這樣的形象出現在咸亨酒店：

㊼ 我有一篇文章探討這個問題，見〈論魯迅「故鄉」的自傳性與對比結構〉，收入本書第七章。

孔乙己是站着喝酒而穿長衫的唯一的人。他身材很高大；青白臉色，皺紋間時常夾些傷痕；一部亂蓬蓬的花白的鬍子。穿的雖然是長衫，可是又髒又破，似乎十多年沒有補，也沒有洗。他對人說話，總是滿口之乎者也。

第一個句子「孔乙己是站着喝酒而穿長衫的唯一的人」是這尊雕像的主要相貌，它是一部洋洋萬言的孔乙己一生，包括他的身分、身世、性格及其生活的社會背景。他身材高大，受人注目，因爲他原是讀過書的人，只是在連半個秀才撈不到後，才淪落潦倒，以致偷東西被人打斷腿。最後出現，斷了腿，爬着走路，櫃臺裏的人都看不見他，那是象徵他已被賤踐、潦倒卑下了。他的破爛長衫是他忘記不了讀書人、君子、高尚身分的內在意識的標誌。他有高大身材（有力氣）可以勞動，中了舊思想的毒素，使他遭受被上下階層的人所踐踏。

孔乙己「臉上皺紋間時常夾着些傷痕」，這些新舊的疤痕又包涵着多少社會的殘酷，及他自己好吃懶做的性格。孔乙己的悲劇是雙重性的，他一方面是舊讀書人的悲劇，也是低層社會被壓迫與被侮辱者的悲劇㊽。

孔乙己第二次出現在小說裏，是以這尊雕像出現的，他的身邊多了一位小伙計：

㊽ 參考滕雲〈從「孔乙己」談魯迅小說的藝術成就〉，《魯迅創作藝術談》，頁五五。

孔乙己剛用指甲蘸了酒，想在櫃臺上寫字，見我毫不熱心，便又歎一口氣，顯出極惋惜的樣子。

當孔乙已在第三次出現時，更被一羣孩子包圍住，「他便給他們茴香豆吃，一人一顆。」這座雕像刻上他和孩子們。這表示在他迂腐的思想之內，還有一顆善良和懇切的心。他在咸亨酒店，品行比別人都好，老實，從不拖欠。他的嘆息，除了因爲瞭解到自己的卑下，成爲衆人輕視、嘲笑、欺凌、侮辱的對象，也悲嘆年青一代居然也參加進入以他人的恥辱和痛苦爲快樂的羣衆隊伍。他原來覺得成人社會的冷酷與無情，才轉向小孩求取安慰，而他們也很現實（「眼睛都望着碟子」）、絕望（不敢企望能成爲掌櫃，因此不需學寫字）、和冷酷無情（「討飯一樣的人，也配考我麼？」）。

第四次也是最後一次出現時，魯迅把原來高大的孔乙已，突然縮小成被打斷腿，用手走路的乞丐：

他臉上黑而且瘦，已經不成樣子；穿一件破夾襖，盤着兩腿，下面墊一個蒲包……滿手是泥，原來他便用這手走來的……

原來高大的孔乙己現在站不起來了。因爲偷了一些書紙筆硯，先後被何家和丁舉人吊起來打，最後腿也被打斷了。魯迅便以這尊雕刻來代表孔乙己永恆的、最後的悲劇。

十一、象徵戲劇的對白

小說中連聲音都具有象徵的結構。

孔乙己一共出現咸亨酒店四次，每次都與人作簡短的對話。第一回向羣衆申辯竊書不能算偷。第二回與小伙計對話。第三回的對話是對貪吃的小孩子說的。第四回是與掌櫃的對話：

一、「你怎麼這樣憑空汚人清白……」

「竊書不能算偷……竊書……讀書人的事，能算偷麼？」

二、「你讀過書嗎？」

「讀過書，……我便考你一考。茴香豆的茴字，怎麼寫的？」

「不能寫罷？……我教給你，記着！這些字應該記着。將來做掌櫃的時候，寫賬要用。」

三、「不多了，我已經不多了。」

「不多不多！多乎哉？不多也。」

四、「溫一碗酒。」

「這……下回還清罷。這一回是現錢，酒要好。」

「不要取笑！」

「跌斷，跌，跌……」

滕雲在〈從「孔乙己」談魯迅小說的藝術成就〉一文中分析得很好：

這十一句話裏有孔乙己的自持與辛酸，有他的卑微與良善，有他的性格與神情，有他的每下愈況的沉淪。……這十一句話，句句是人物的靈魂的自白……[49]

其實這四次對話，孔乙己或他人的，都是現代象徵戲劇中的語言，俱有豐富的聯想力，它是讓人聽見後再去感受其內涵，它不是普通的小說人物的對話。羣衆、掌櫃、小伙計的面目都不清

[49] 同右，頁六六。

楚，我們需要這些充滿視覺意象的聲音去認識他人的面貌。譬如掌櫃的說了四次話，每次只有一句，而且關心的是孔乙已欠下的十九個錢：

一、「孔乙已長久沒有來了。還欠十九個錢呢！」

二、「孔乙已麼？你還欠十九個錢呢！」

三、「孔乙已還欠十九個錢呢！」

四、「孔乙已還欠十九個錢呢！」

一直到孔乙已大約已的確死了，掌櫃的才停止那句話，它雖然簡，但對窮人來說，比子彈還可怕，它是殺人不見血的武器。這是任何社會都可聽見的聲音，因爲任何社會都有窮人，也有像掌櫃的市儈氣十足、落井下石的人。

如果從另一個角度來看，羣衆、小伙計、小孩子們、掌櫃輪流向孔乙已的對話，我們發現都是攻擊性，對準他的弱點、隱痛，使他難堪。最後由何大人與丁舉人來把他打得遍體鱗傷，最後死於嚴寒的冬天。「中秋過後，秋風是一天涼比一天，看看將近初冬」，孔乙已生活的那個對苦人涼薄的社會風氣還不是跟天氣一樣？所以孔乙已最後死於冬天。請看小說中三種人的口裏或心中所說的一些話：

一、有的叫道：「孔乙己，你臉上又添上新傷痕了！」

・他們又故意的高聲嚷道：「你一定又偷了人家的東西了！」

二、・「我想，討飯一樣的人，也配考我麼？」

・又好笑，又不耐煩，懶懶的答他道：「誰要你教，不是草頭底下一個來回的回字麼？」

三、・掌櫃也伸出頭去，一面說：「孔乙己，你還欠十九個錢呢！」

・掌櫃仍然同平常一樣，笑着對他說：「孔乙己，你又偷了東西了！」

孔乙己像一個垂死的人，正在被一羣尖聲叫着的狼羣拼命的向他攻擊。

十二、從中國到世界性的意義

孫伏園在簡括魯迅當年告訴他最喜歡〈孔乙己〉的意見時說：「〈孔乙己〉作者的主要用意，是在描寫一般社會對於苦人的涼薄。」[50] 因此我們讀〈孔乙己〉不一定永遠都把它放在中國

[50] 孫伏園《魯迅先生二三事》，頁一七—一八。

特定的社會環境中來解釋其意義。過去多數人以科舉制度對中國人民的毒害的角度來解釋，孔乙己代表典型的舊知識分子，成爲封建社會的犧牲品[51]。但是正如魯迅所說：「誰整個的進了小說，如果作者手腕高妙、作品久傳的話，讀者所見的就是書中人，和這曾經實有的人倒不相干了。」因此他堅持要瞭解《紅樓夢》就不要去追究曹霑，從他身上去瞭解賈寶玉或小說的意義。因爲「人生有限，而藝術卻較爲永久」。同樣的，我們可以超越寫作時中國特定的社會背景來讀〈孔乙己〉，它一樣具有普遍性的意義。

當我們不把這篇小說局限於中國封建社會中來解釋，它就是「描寫一般社會對於苦人的涼薄。」這個苦人在世界各地都可找到。這個涼薄的社會，全世界都一樣，古代和現代，今天和明天都不會消失。魯迅表面上寫發生在中國清末的社會與中國人，實際他也同時在表現人類及其社會中永恆的一個悲劇。表面上孔乙己是一個受了科舉制度毒害，「萬般皆下品，惟有讀書高」，但他也是普遍性的代表了個人與社會之衝突的多種意義的象徵。在任何國家任何社會中，多少人就像孔乙己那樣，不爲社會所接納，被羣衆嘲笑、欺凌和侮辱，只是原因不同而已。不過孔乙己基本上是代表理想或幻想與現實社會的衝突，他的悲劇在於他分不清理想（或幻想）與事實的區別。在科舉時代偸書不是一件可恥或甚至犯罪的行爲，他染上這種舊習後，社會卻改變了。因此

[51] 徐中玉〈孔乙己研究〉見《魯迅生平思想及其代表作研究》（頁一二九—一四二）卽是這方面較好的研究。

咸亨酒店，那個小小的社會對孔乙已，永遠是一個埋葬他、置他於死地的陷阱。

今天，從東方到西方，多少人是根據自己的思想、理想、幻想或價值觀而生活，而他自己又不瞭解或醒悟他是生活在夢幻中，他生活的社會根本不能容納像他那樣的人。離開那個框框讀〈孔乙已〉我們更能感到這篇小說的意義的豐富，而且具有很普遍的世界性的意義。孔乙已和卡繆（Albert Camus）的《異鄉人》（*The Stranger*）的異鄉人，羅梭·米勒(Arthur Miller)的〈推銷員之死〉中的推銷員（Willy Loman），同樣是屬於同一具有全人類意義的代表人物[52]。

附錄：魯迅周家房族表

覆盆橋周家房族：

---

[52] 有關卡繆《異鄉人》，本文有中文譯本及其分析，《異鄉人》（臺北：巨人出版社，一九六五）。米勒的戲劇中的推銷員深信做一個衆人所好的大好人就是成功的要訣。結果他的價值觀已不爲美國社會（也是今天所有社會）所接受，導至他生活在幻想中，吃盡人間之苦頭。

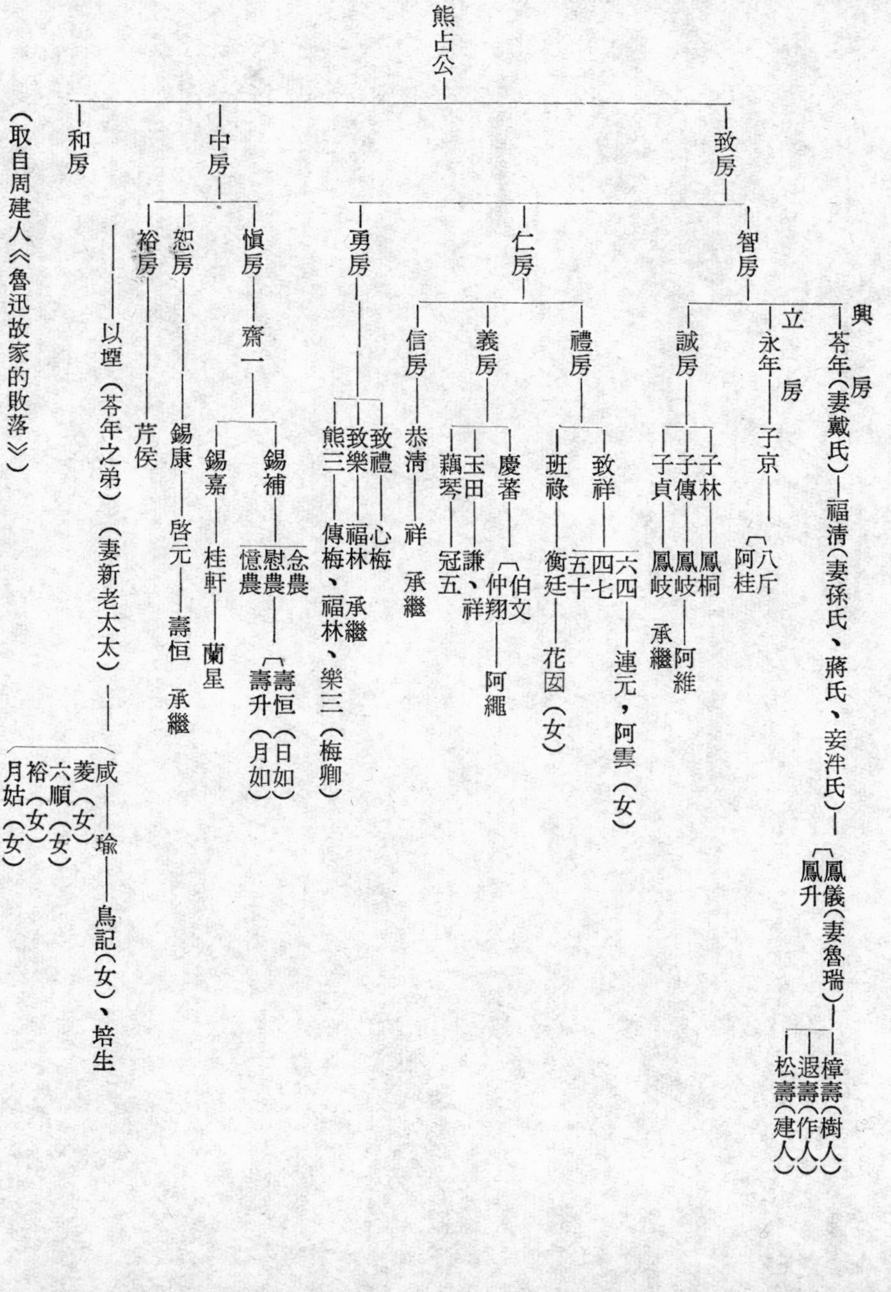

（取自周建人《魯迅故家的敗落》）

論魯迅〈故鄉〉的自傳性與對比結構

一、日記與回憶錄中的故鄉之行

魯迅的紹興故居新臺門，原來爲興（魯迅家所屬）、立、誠、禮、義、信六房所擁有，清朝末年以後，家族的衰微，臺門的敗落，正如魯迅的三弟周建人所說，「好像春雪溶化一樣」。先是賣掉各自名下的田地，接着又聯合起來賣掉祭田和房產。最後在一九一九年，新臺門的故家變賣給東鄰第二家的朱姓人家。周建人對新臺門的敗落感受最深，因爲當時兄弟中只有他還住在故家：

買主朱朗仙多次來催促，要我們趕緊把房子出空，最後的期限定在一九一九年底。現在，樹倒猢猻散，這一代已是末代子孫了，把祭田賣了，祖墳不管了，祭祀也免了，各自拿了有限的金錢，營造安身立命的小窩。大家明白，今後已沒有什麼祖業可依靠了，這有限的金錢，究竟能維持多少時日，誰也沒有把握。可是，如果不賣田賣屋呢，眼前就要餓死了。❶

朱朗仙就在第二年，將房屋大部分拆除重建，怕周家敗落的窮困的壞運氣留給他，而且把周家地基深翻三尺，把敗落之氣挖掉❷。

新臺門全部房屋園地面積，約一一二五平方米，共計售價一萬三千元。由六房人平分，其實所得並不多❸。當時住在北京的魯迅，在其日記中，詳細的記錄了他在北京，把賣得的錢在北京城內八道彎買了一所房屋，門牌一一號，後來魯迅、周作人、周建人三家和母親魯瑞曾共同住在

❶ 周建人口述，周曄編寫《魯迅故家的敗落》（長沙：湖南人民出版社，一九八四），頁三。
❷ 朱忞、謝德銑、王德休、裘士雄編《魯迅在紹興》（杭州：浙江人民出版社，一九八一），頁三三一－三四。
❸ 同❷，頁三三。

這裏一個時期。請看一九一九年（己未日記）的幾則日記❹：

一、七月廿三日：午後擬買八道彎羅姓屋。同原主赴警察總廳報告。

二、八月十九日：上午往浙江興業銀行取泉。買羅氏屋成。晚在廣和居收契並先付見泉一千七百五十元，又中保泉一百七十五元。

三、十一月四日：下午同徐吉軒往八道彎，會羅姓並中人等，交與泉一千三百五十，收房屋訖。

四、十一月十三日：上午托齊壽山假他人泉五百，息一分三厘，期三月。在八道彎宅置水道……

五、十一月廿一日：上午與二弟眷屬俱移入八道彎宅。

六、十一月廿六日：上書請歸省。

從上面選錄日記中的幾則有關買屋之事，可見魯迅爲新臺門之敗落，而自己又是門內長孫，四處奔跑，他在日記中雖未寫下一字以表內心之感慨，我們也可想而知。其中向浙江興業銀行所

❹《魯迅日記》上卷（北京：人民文學出版社，一九六二），頁三六一—三六三及三六八—三七二。魯迅後來因與周作人夫婦不和，於一九二三搬離此宅。

提之款項，相信主要是賣故家六戶人平分所得款項；而向人借款，是因爲買屋後，錢已用光，尚欠裝修費。

魯迅非在交屋期限之前趕回紹興老家不可，因爲只有他才有資格代表興房參加族裏的會議，在賣屋契約上簽字畫押，祭掃祖父祖母的墓，給父親安葬，遷移四弟的墳墓❺，並不是爲了告別老屋這麼簡單。當時仍住在紹興老家的周建人回憶說：

在深冬的寒冽中，我和家人們都懷着動蕩不寧的心在等待我的大哥。很多事情，還得由他來才能決定；在這大家族還沒有各奔東西以前，他還是興房的長子，只有他才能作為我們這一房的代表。

一個雨夜……大哥出現在我們的面前。我母親在高興中藏着淒涼，我在安心中帶着迷惘……❻

魯迅在一九一九年十二月一日離京南下，四日晚上在雨中抵達紹興故家，下面是日記中幾則

---

❺ 同❹，頁一一。

❻ 同❶，頁二及四。

返鄉紀事⑦：

一、十二月一日：晨至前門乘京奉車，午至天津，換津浦車。

二、十二月二日：午後到浦口，渡揚子江，換寧滬車，夜抵上海……

三、十二月三日：晨乘滬杭車，午抵杭州……

四、十二月四日：雨，上午渡錢江，乘越安輪，晚抵紹興城，卽乘轎回家。

五、十二月廿二日：與三弟等同至消搖漊掃墓，晚歸。

六、十二月廿四日：下午以舟二艘奉母偕三弟及眷屬，携行李發紹興。蔣玉田叔來送。

七、十二月廿九日：晨發天津，午抵門站，重君、二弟及徐坤在驛相迓……下午俱到家。

由此可見，魯迅除了往返在路上的日子不算，一共在紹興停留了廿一天。同行的人，周作人（卽日記中在天津接車的二弟）說，「事實上同走的連他自己共有七人，其中兩個小孩都是三弟婦的，長女末利三歲，長子沖兩歲，時在鄉下病卒，次子還沒有名字，生後七個月，小說中便將他詩化了，成爲八歲的宏兒」⑧。這裏所說七人，是指周建人夫妻及二個孩子，魯迅及其母親，另

⑦ 同④，頁三七〇—三七二。

⑧ 周遐壽（周作人）《魯迅小說裏的人物》（香港：中流出版社，一九七六），頁六〇。

外還有朱安（魯迅在日本念書時由父母定親，他於一九〇六年夏天回家結婚。雖然朱安陪着他母親過了一生，魯迅始終不接受她爲妻子）。其實還有家中的工人王鶴照還未算進去。王鶴照追隨魯迅去北京，他還記得他們是乘晚上的船離開，就在新臺門對面不遠的張馬橋上船：「十二月二十四日下午五時，天還未黑，魯迅先生奉母親魯老太太同三弟建人先生及眷屬趁二隻四道明瓦烏蓬船從張馬橋落船，出東郭門到五雲橋頭，天才暗下來。魯迅先生不時從船艙伸出頭來，看看熟悉的故鄉……」❾。

這是魯迅最後一次離開紹興，從此就永別了他的故家。大約一年之後，由於回鄉二十一天感觸很大，他寫了一篇小說〈故鄉〉，目前文末寫作日期是一九二一年一月。《魯迅日記》中一九二一年二月八日所記「上午寄新青年社說稿一篇」❿，大概就是指〈故鄉〉，因爲它在同年五月一日出版的《新青年》月刊（九卷第一號）發表。後來收集在一九二三年八月新潮社出版魯迅的第一本短篇小說集《吶喊》裏⓫。魯迅本人似乎也很看重這篇作品，因爲一九二三年出版《魯迅

❾ 王鶴照口述，周芾棠整理〈回憶魯迅先生〉《中國現代文藝資料叢刊》第一輯（上海：上海文藝出版社，一九六二），頁一三四—一五一。關於魯迅與朱安女士結婚及離開故鄉北上，見頁一三六，及一四八。

❿ 同❹，頁四〇四。

⓫ 紀文〈魯迅著譯繫年目錄〉（上）《中國現代文藝資料叢刊》第一輯（上海：上海文藝出版社，一九六二），頁七五。

自選文集》時，他從《吶喊》中選了五篇，其中一篇便是〈故鄉〉⓬。

〈故鄉〉雖然深受研究魯迅小說的學者之推崇，但是由於作者在這篇小說中，利用一九一九年回故家賣屋的所見所聞所感作爲素材，又以童年時代認識的閏土作爲模特兒，一般學者便強調〈故鄉〉的抒情性及寫實性。徐中玉認爲它的成功，在於作者以第一人稱「我」來直抒胸臆，因爲眞實，即使「沒有曲折的情節，錯綜的戲劇性的結構」，「作品還是充滿了深刻的社會意義和詩的抒情性」⓭。許傑也說，「因爲這一篇小說，與其說是小說，倒毋寧說是抒情詩還來得確當。他本來就沒有一般的小說論上所謂結構的結構。他淡淡寫來，頗像一篇散文隨筆，而感情也是淡淡的……連小說的結構，是沒有所謂衝突，糾葛最高點或高潮的」⓮。李歐梵也把〈故鄉〉列入自傳小說，以抒情筆調取勝的作品⓯。

但是魯迅這篇小說，它最成功之處，就在於結構嚴謹而又自然，許欽文很早就提出這種看法：

⓬《魯迅自選文集》（上海：天馬書店，一九三三）。

⓭徐中玉《魯迅生平思想及其代表作品研究》（上海：上海自由出版社，一九五五），頁一七四。

⓮許傑《魯迅小說講話》（西安：陝西人民出版社，一九八一），頁九三。

⓯Leo Ou-fan Lee, *Voices from the Iron House: A Study of Lu Xun* (Bloomington: Indiana University Press, 1987), pp. 58-80.

〈故鄉〉並非單是抒情的記事文，主題很明顯，是一篇結構嚴密的小說。有些人只感到這篇抒情的濃烈，以為無非真人真事的記述，那是沒有從旁考查而仔細研究的緣故。⑯

本文將「從旁考查」和「仔細研究」〈故鄉〉的兩種結構：小說中的自傳性及對比手法。自從周作人的《魯迅小說裏的人物》、《魯迅的故家》出版後，近年來還有更坦誠眞實的回憶錄出版，如周建人的《魯迅故家的敗落》、王鶴照《回憶魯迅先生》等許多有關魯迅回紹興的新資料⑰，使到考證〈故鄉〉中的自傳成分容易多了，另外近幾十年分析魯迅小說之藝術技巧的著作也很多⑱，也容易鑒定他常用的手法。

---

⑯ 許欽文《「吶喊」分析》（香港：香港文采出版社，一九七〇重印本），頁四九。

⑰ 這些著作見前注①、⑧、⑨。另外編輯在一冊的資料，如謝德銑等編《魯迅在紹興》（杭州：浙江人民出版社，一九八一），及《回憶魯迅資料輯錄》（上海：上海教育出版社，一九八〇），也很方便檢查和引用。

⑱ 關於研究魯迅之書錄甚多，比較方便參考，有關世界各國學者分析魯迅小說的專書與論文，見下面三書所載目錄：

Leo Ou-fan Lee, *Voices fron the Iron House: A Study of Lu Xun* (Bloomington: Indiana University Press, 1987), pp. 234-246; Leo Ou-fan Lee (ed.), *Lu Xun and His Legacy*, Berkeley: University of California Press, 1985), pp. 275-286. William Lyell, *Lu Hsun's Vision of Reality* (Berkeley: University of California Press, 1976), pp. 341-348.

希望通過考證魯迅的生活原型和作品中的記事的異同，分析對比之運用在這小說中所產生的藝術效果，幫忙我們認識〈故鄉〉是一篇結構嚴密的小說。

二、從傳記到小說

文學作品的產生最重要的因素當然是作者，因此古今探討文學原理的書，就如韋勒和華倫 (René Wellek and Austin Warren) 的《文學原理》(*Theory of Literature*)，文學與傳記 (Literature and Biography) 往往是其中最重要的課題之一[19]，因爲一個作家主觀也好，客觀也好，個人的生活經驗和思想多少都會被他們寫進作品中。主觀詩人或小說家，常把自傳性的敍述帶進作品裏，不過它一旦出現在文學作品中，爲其主題而服務時，它和作者的關係就改變了。在〈故鄉〉中，它包涵了一些可以辨認出來的傳記成分，而它已被魯迅重新安排和改頭換面，以致失去原來個人的意義，或失去與當時現實的意義，而變成一般人間事件，因爲回鄉之行、閏

[19] René Wellek and Austin Warren, *Theory of Literature*, Third Edition (New York: Harcourt, Brace, 1956), pp. 75-80. 其中〈文學與傳記〉一章中文翻譯，見王潤華譯《比較文學理論集》(臺北：國家出版社，一九八三)，頁一六五－一七三。

土或其他事物，已被藝術化，成爲小說不可分割的一部分，魯迅自己對「文學與傳記」的看法，與二十世紀新批評理論家的主張完全一樣：

所寫的事迹，大抵有一點見過或聽到過的緣由，但決不全用這事實，只是採取一端，加以改造，或生發開去，到足以幾乎完全發表我的意思為止。人物的模特兒也一樣，沒有專用過一個人，往往嘴在浙江，臉在北京，衣服在山西，是一個拼湊起來的脚色。……⑳

魯迅在他所寫的二十五篇小說中，就如周作人《魯迅小說裏的人物》、《魯迅的故家》及周建人《魯迅故家的敗落》等書所證實，幾乎每篇都有取自個人的親身經驗的素材，所以他不得不有言在先，免得後人爭論不休。

華玆華斯（William Wordsworth）是浪漫詩人，他的詩論主張詩是表現自我的個性，要給自己畫自畫像，他的長詩〈序曲〉（*Prelude*），自稱是一篇傳記。後來美國學者梅耶（G. W. Meyer）曾將〈序曲〉的自述與華玆華斯的實際生活加以考證和比較，發現作者將生活寫進詩裏

⑳ 魯迅〈我怎麼做起小說來〉，《魯迅論創作》（上海：上海文藝出版社，一九八三），頁四三—四四。

後，就跟原來的大大不同㉑。因此韋勒與華倫的《文學原理》對文學與傳記的關係作了這樣的結論：

> 文學是純粹且單純的自我表現的藝術，它是個人感情和經驗的記錄——這整個理論可以被證明是錯誤的。卽使藝術作品和作者生活具有密切的關係，也不能被解釋為文學作品只是生活的複製品……㉒

三、回到別了二十餘年的故鄉

現在我們來考察一下〈故鄉〉中魯迅的眞實生活經驗之改變過程。

小說一開始，就說：「我冒了嚴寒，回到相隔二千餘里，別了二十餘年的故鄉去。」㉓他從

㉑ *Theory of Literature*, p. 78. 此處指 George W. Meyer, *Wordsworth's Formative Years* (Ann Arbor: Michigan University Press, 1943).

㉒ 同㉑，頁七八。譯文引自王潤華譯《比較文學理論集》，頁一六九。

㉓ 本文所引〈故鄉〉之文字，根據〔魯迅全集〕第一冊（香港：文學研究社出版，一九七三），頁六一—七一。

北京回紹興把家人接走的事發生在一九一九年十二月，當是冬天，而且路途遙遠，十二月一日出發，四日晚上才到家。不過他說：「回到別了二十餘年的故鄉去」是爲了小說的主題，而把事實改變了。魯迅在一八九八年離開紹興故家去南京水師學堂念書，到一九一九年最後一次回鄉，確有二十一年。可是一八九八年以來，他回家之次數很多，譬如，一八九八到一九〇二年在南京念書時，就經常回家。試看《魯迅年譜》：㉔

一、一八九八年十一月：請假回紹興探親。
二、一九〇〇年一月：回家探親。
三、一九〇一年一月：回家探親。
四、一九〇二年二月：返紹興向母親告別（去日本）。

從一九〇二到一九〇九年魯迅在日本留學期間，也曾回紹興故家一次。那便是一九〇六年六月，他奉父母之命，回紹興與朱安女士結婚。一九〇九年八月他結束日本八年的留學生活，回到紹興住一個時候才去杭州教書㉕，接着在一九一〇和一九一二年左右他都在紹興教書㉖。以後又

㉔ 鮑昌、邱文治《魯迅年譜》上册（天津：天津人民出版社，一九七九），頁二三—三三。
㉕ 同㉔，頁五三、六九及七三。
㉖ 同㉔，頁七三—九一；又見朱忞等編《魯迅在紹興》，頁一四七—一八三。

先後三次，即一九一三年六月從北京回鄉探親，一九一六年一月四日回鄉爲母親慶祝六十壽辰。最後一次是一九一九年十二月四日㉗。

〈故鄉〉寫於一九二一年一月，距離一九一九年最後一次回家，只有兩年。小說中把眞事隱去，主要是要加強對故鄉的懷念和感傷語調，表示故鄉在這麼多年不見，竟從記憶中美麗靜穆的農村，變成「蕭索的荒村」。

我在本文前面，曾引述《魯迅日記》，知道他在一九一九年十二月回紹興前，已經買了北京西直門內公用庫八道灣十一號的房屋，是一大住宅㉘，可是小說中只說「外間的寓所已經租定」，這也完全是配合塑造一個家門敗落，故鄉蕭條，被迫離鄉背井，到外地謀食的知識份子之形象。魯迅撒謊，主要是爲了小說藝術，因此只裝窮，這樣才能塑造出流落他鄉，不得志不滿現實的知識份子之形象，其實細讀魯迅當年日記，當時生活得挺好，到了北京，雖然臺門賣了，他的與房一家，又在北京建立三代同堂的大家庭。怪不得跟隨他去北京的工人王鶴照回憶說，當時對面街的寶林娘（即小說中豆腐西施）看見，故意挖苦他說：「鶴照，主有福，將有力，你總也

㉗ 同❷，頁二〇四—二一〇。

㉘ 魯迅住院中三間南房，北房周作人一家住，另有周建人一家及數位工人住屋。可見是一大宅。《魯迅年譜》上册，頁一四八。

好哉！」㉙

四、早晨回到家門口，看見瓦楞上的枯草

我在上面引用《魯迅日記》，知道他明明是在晚上抵達故家：「雨，上午渡錢江，乘越安輪，晚抵紹興城，即乘轎回家。」當時住在老家的周建人也說：「一個雨夜……大哥出現在我們的面前。」可是在小說中，卻這樣寫道：「第二日早晨我到了我家的門口了。」魯迅把晚上改作早晨，主要是配合小說要刻劃農村經濟崩潰，他的故鄉變成蕭索的荒村，他的故家也敗落不堪！因為是早上，他才能看見他家的新臺門「瓦楞上許多枯草的斷莖當風抖着，正在說明這屋難免易主的原因。」完全是營造悲涼的氣氛而揑造出來的㉚。周作人認為瓦楞上的枯草是詩化的幻想，以他瞭解他家不會如此：

但實際上南方屋瓦只是虛疊着，不像北方用泥和灰粘住，裂縫中容得野草生根，那裏所有

㉙ 王鶴照口述、周芾棠整理《回憶魯迅先生》，頁一四七。

㉚ 許欽文早已在《吶喊分析》一書中指出這點，見頁四九。

的是瓦松，到冬天都乾萎了，不會像莎草類那麼的有斷莖矗立着的。[31]

其實當時魯迅本家所住的樓房並不舊，一九〇六年家裏爲了他結婚，曾大大改造過[32]。這又證實《文學原理》中有關文學與傳記看法之正確：

> 卽使一部文學作品中包涵一些可以辨認出來的傳記成分，它們已經被重新安排和改頭換面，以致失去原來個人的意義，而變成只是具體的人事資料，和一部作品的其他成分不可分割。[33]

五、閏土是章福慶與章運水父子的混合形象

魯迅這次回故家，在一九一九年十二月四日晚上到家，二十四日傍晚離開，前後二十天。可

[31] 同[8]，頁五六。
[32] 周作人《知堂回想錄》上册（香港：三育圖書，一九七〇），頁一七一—一七二。
[33] 同[19]及[22]。

是在小說中，「我」說回家三、四天後見到閏土，「又過了九日」就動身回北京，總共不過十二、三天㉞。這個時間之縮短，一來造成回鄉時間之匆忙，表示他爲生活而奔波，二來對破落的故鄉也無多停留的心情。回家之短，閏土來看「我」二次，也暗示了友誼之可貴。〈故鄉〉的抒情筆調，敍事的節奏與旋律，如夢幻中發生的事，急速地來，飛快地去，逗停的天數當然不能太多。因此這是造成〈故鄉〉的節奏感成功之重要因素。

同樣的，魯迅這次回紹興不只遇到閏土、楊二嫂、和水生三人。如果詳看《魯迅日記》，除了陳子英、張伯熹、阮久蓀、周心梅、酈辛農、車耕南等朋友與親戚，他還探望三個臺門裏的本家親戚，參加族裏有關賣屋賣田的會議㉟。而魯迅小說中只寫閏土和楊二嫂。因爲這是一篇有關農村破落的情景、描寫農民悲慘的命運，表現理想與現實之衝突的小說，不是傳記，更不是日記，因此他沒必要像記流水賬一樣的把所有遇到的人都一一寫進去。閏土和楊二嫂，再加上「我」本人，正好符合〈故鄉〉的主題而運用，不過他們的原來的面貌也被藝術上的需要和小說形式有所改變了。換句話說，不能將生活原型和作品中的人物等同起來。他們都戴上了假面具。

在〈故鄉〉小說中，魯迅心目中覺得故鄉最可愛的人物，便是自己童年時代的伴侶——閏土。坦白說，在現實生活中恐怕並不是那一回事。魯迅最後一次回鄉時，他心中最要見的人物，

㉞ 這一點許欽文已有所指出，同⑯，頁五〇。

㉟ 同①，頁一一一二。

都出現在他的日記中，閏土才不值得一提。魯迅要見的是一起留日的陳子英（魯迅特地寫信約他來見面）或其他搞革命的知識分子。當時在老家的周建人回憶說：

> 大哥很忙，要看望三個臺門的本家，光城裏就有不少親戚，還要接待一些客人，表弟阮久蓀來了……心梅叔也來了，和陶煥卿、徐錫麟一起鬧革命，後來在日本和大哥認識的陳子英也來了，還有張伯燾，先後在會稽縣學堂和紹興府中學堂教音樂，也教過我……㊱

魯迅在自傳性的〈從百草園到三味書屋〉散文中，根本沒提到跟閏土玩在一起，說的是慶叔的事，只是用「閏土的父親」這稱呼而已。如果魯迅與他眞如小說中的關係，這篇文章該會寫幾筆與他一道玩的往事㊲。

根據周建人的回憶（恐怕多少也受小說故事的影響），閏土是母親魯老太太叫周建人寫信通知而來的，主要是幫忙收拾東西：「母親告訴他，寫了信給運水，希望他能來，既來幫我們搬

㊱ 同⑭，頁一一。

㊲ 魯迅〈從百草園到三味書屋〉，《魯迅全集》第二冊（北京：人民文學出版社，一九五七），頁二二五四。

家，也來和我們告別。大哥很高興他又要見到運水了。」㊳運水清理東西，主要由周建人指揮，他對當時的閏土有這樣的印象。與〈故鄉〉所寫有些相似，試看下面兩則㊴：

運水接到我的信趕來了，他帶來了大兒子啓生。啓生很像他，只是臉有點扁扎扎的，十一、二歲，像運水小時候一樣，頭頸裏掛着銀項圈，頭上戴着小氈帽。母親安排他們父子臨時住在灶頭。白天，他就和鶴照（工人）一起幫我們理東西。

運水要了幾件東西，運水要的是兩條長桌，四把椅子，一副香爐和燭臺，一杆擡秤。他又要所有的草灰……

周建人對當時的運水（閏土）印象是「忠厚老實」，「滿是皺紋的蒼老的臉。」魯迅小說中的閏土，大概就是根據這簡單的印象來塑造一個被剝削的農民形象吧。周建人的這段回憶跟〈故鄉〉所描寫很相似，希望沒有受〈故鄉〉的影響。

周作人給我們描繪另一幅不同的閏土的形象。他說一九〇〇年以後：

㊳ 同❶，頁四。

㊴ 同❶，頁一〇。

> 慶叔顯得衰老憂鬱，聽魯老太太說，才知道他家境不好，閏土結婚後與村中一個寡婦要好，終於鬧到離婚，章家當然要花了些錢。在閏土不滿意於包辦的婚姻，可能是有理由的，但海邊農家經過這一個風波，損失不小，難怪慶叔的大受打擊了……㊵

在同一段文字裏，周作人記得有一次閏土去測字，魯迅和他陪同，結果閏土聽後垂頭喪氣，魯迅便嘲笑他迷信。周作人後來想起，才悟解閏土當時正鬧着婚姻問題吧。

〈故鄉〉中的閏土是章福慶與章運水父子二人的混合作爲模特兒。小說中閏土教「我」裝弶捕小鳥是他父親章福慶的事，正如魯迅在〈從百草園到三味書屋〉所描寫，而周作人所說慶叔「衰老憂鬱」，「家境不好」，恐怕也是小說中閏土窮苦樣子帶來一些靈感吧。

魯迅家中的工人王鶴照在一段回憶錄中，所描述章運水來送行的情景，與小說中的一模一樣，恐怕是受了魯迅文筆之影響吧，他自己說他看得懂魯迅所寫的小說：

> 但這一次運水來送行，却大變樣了。三十幾歲的人已滿臉皺紋，眼圈腫得通紅，手掌如松樹皮一樣，戴一頂破毡帽，穿一件極薄的棉衣，手裏提着一個紙包和一支長烟管，愁眉苦

㊵同❽，頁五三。

臉的。魯迅先生看見運水，就問老太太：「阿水為啥介勿高興？」魯迅先生很同情地對運水說：「阿水，你介老了。」運水說：「大少爺，你做官，做老爺了！我因負擔重，小人多，捐款重，年歲差，生活勿落去。」當時運水的大兒子啓生也跟着來的，臉孔扁扎扎，十一、二歲年紀，銀項圈和小毡戴戴，總老是跟在父親的背後，一步也不敢離開，膽子小得很。啓生的項圈就是他父親戴過的，現在這個已經上垢的銀項圈，已由啓生的妻子送給紹興魯迅紀念館保藏。㊶

王鶴照在一九〇一年到魯迅家當工人，後來還跟隨到北京，他在回憶錄中談到他常與運水來往，因他每月必到周家挑灰土。王鶴照記得新臺門對面寶林娘順手拿狗氣殺的事：

正在準備搬家北上時，新臺門對面的寶林娘到魯迅先生家裏來，看見魯迅先生就說：「小時候長媽媽抱出來，我也抱過，現在做官哉！」順手就拿了一個狗氣殺……寶林娘，年輕時開豆腐店，相貌很好，脚彎小，人頎長，眉毛極細，我們都喊她「草舍美女」、「豆腐西施」。㊷

㊶ 同❾，頁一四七—一四八。
㊷ 同❾，頁一四七。

周建人當時負責收拾工作，在回憶錄中，並沒有提到寶林娘或閏土偷藏碗碟之事，他只說一幅趙孟頫的畫、一把寶劍被人偷了，另外還有不少「順手牽羊隨便拿走東西」的人。㊸〈故鄉〉中爲了經營對未來美好生活的希望的故事情節，魯迅小說中創造了一個八歲的宏兒，這樣便可以跟十一、三歲的水生交上朋友。我前面已說過，搬家北上時，同行的小孩有三位，都是三弟周建人的孩子。長女末利三歲，次子誕生才七個月，還沒有名字。當時二歲的長子冲剛逝世不久。魯迅爲了配合小說的結尾部份主題思想與情節的需要，把二位小孩化爲一位，而且把年齡加大，這樣便把希望寄托在宏兒和水生身上。

魯迅在創作小說時，即使連人物的姓名也把它們跟小說主題思想與情節形成血肉的關係。因此現實生活中的章運水成爲閏土，啓生成爲水生，寶林太娘成爲豆腐西施，都是鄉土化的命名，尤其閏土更象徵着精神上的損害，他最後的迷信，早就隱藏在名字中了。

六、當人物和事件進入小說以後

我所以不厭其煩的列舉這麼多「被重新安排和改頭換面，以致失去原來個人的意義，而變成

㊸ 同⑨，頁七一八。

只是具體的人事資料」的事實，主要就是要證實〈故鄉〉是一篇在敍事方式，故事情節上都是經過嚴密組織的小說，是經過匠心安排的，絕不是一篇散文隨筆，由一段回憶、一段揷敍所組成。魯迅本人及其回鄉經驗，他的生活，已經經過小說傳統和形式改變過了。當然魯迅本人及其回鄉之經歷與作品之間，還是有「連繫性、類似、轉彎抹角的相似、變相性的關係存在。」㊹

魯迅在〈「出關」的「關」〉說：

然而縱使誰整個的進了小說，如果作者手腕高妙，作品久傳的話，讀者所見的就只是書中人，和這曾經曾有的人倒不相干了。例如《紅樓夢》裏寶玉的模特兒是作者自己曹霑，《儒林外史》裏馬二先生的模特兒是馮執中，現在我們所覺得的却只是寶玉和馬二先生，只有特種學者如胡適之先生之流，這才把曹霑和馮執中念念不忘在心兒裏：這就是所謂人生有限，而藝術却較為永久的話罷。㊺

我在上面已經指出，魯迅回鄉時，章運水在他的心目中，遠遠不如小說中的閏土之重要。我並沒有意思否定魯迅對窮苦人家之友情和同情，完全是從藝術結構分析所得出的結論。

㊹ 同⑲，頁七九。譯文見《比較文學理論集》，頁一七一。

㊺ 魯迅〈「出關」的「關」〉，同⑳，頁三九。

《文學原理》有這樣的一段話：

> 文學作品可能反映作者的「夢」，而不是他的實際生活。作品可能是隱藏自我的「假面具」或「反自我」，或者所寫的生活景象正是作者所要逃避的。此外，我們不能忘記，作家會用他的作品作為經驗人生的工具……㊻

我認爲魯迅在〈故鄉〉中，反映的是他的「夢」，他嘗試利用這篇小說，作爲經驗人生的工具。正如我下面所分析的，他在〈故鄉〉中不但探索了中國現實社會的問題，也觸及了現代人的精神困境，一些具有世界性，普通性的問題，如現實與理想之研究，現代人的疏離感等尖端現代人類的問題。

七、〈故鄉〉的對比結構

不管你從什麼觀點讀魯迅的〈故鄉〉，不論你探討它的什麼問題，小說中的對比結構，多少

㊻ 同⑲，頁七八。譯文見《比較文學理論集》，頁一七〇。

都會引起學者的注意。周作人在《魯迅小說裏的人物》介紹〈故鄉〉的寫作背景時說：「魯迅在〈故鄉〉這篇小說裏紀念他的故鄉……結果是過去的夢幻被現實的陽光所衝破。」接着又說：「這裏前後有兩個故鄉，其一是過去，其二是現在的。」㊼這裏周作人洩露了小說中理想與現實衝突，過去的故鄉與現在的不同的對比結構之存在。許欽文在他的《吶喊》分析中討論〈故鄉〉那一章中，第一段就指出：「這篇小說的人物，以閏土為中心。從小英雄的閏土變成一個木偶人的閏土。」㊽許欽文指出的是同一個人物，也有過去和現在對比鮮明的不同形象。徐中玉在分析〈故鄉〉也一開始就指出：「在他兒時的記憶中，故鄉是美麗的，他眼前的故鄉，卻已變成了『沒有一些活氣』……『幾個蕭索的荒村。』」㊾他指出的是小說中「我」的兩個對比的印象的重要性。不過比較廣面的注意到這篇小說對比結構的學者，是許傑對〈故鄉〉分析。㊿

我不必再舉例下去，差不多每篇討論〈故鄉〉的文章，多少都會觸及它對比的結構，從內容的對稱到對稱的思想主題，從對比的人物形象到對比的內在心情。魯迅通過對比來使到全篇的情

㊼同❽，頁四九。

㊽同⓰，頁四六。

㊾同⓭，頁一六四。

㊿同⓮，頁九四—九八，九六—九七及九九。許傑分析〈故鄉〉一文，作於中國抗戰之前。William Lyell在*Lu Hsun's Vision of Reality* (Berkeley: University of California Press, 1976) 一書中也注意到魯迅小說的對比結構，見該書頁二六三—二六六。

節、主題思想、人物刻劃前後呼應外，他更運用這個特殊結構創造出一篇具有複雜意義的小說。周汝昌用「處處用對稱法，筆筆具對稱義」來形容《紅樓夢》的獨特結構，如果我借用來說明魯迅精短的〈故鄉〉，恐怕也不過分。更何況周汝昌說，他注意到魯迅論《紅樓夢》時，總以其對稱結構立論[51]。

八、兩個故鄉

讓我們先考察小說的故事背景，因為魯迅運用這個大對稱法來布置其他的構局。讀者一旦踏進這個故鄉，他會走進又走出，走出又走進兩個不同的故鄉。首先是現在的，呈現你眼前的故鄉：

> 時間既然是深冬……天氣又陰晦了。冷風……嗚嗚的響……蒼黃的天底下，遠近橫著幾個

---

[51] 周汝昌〈曹雪芹獨特的結構學〉，見《紅樓夢大觀》（香港：百姓月刊出版社，一九八七），頁二五八—二七〇。

蕭索的荒村，沒有一些活氣……

近看時，故鄉變成自己故家的老屋：

瓦楞上許多枯草的斷莖當風抖著，正在說明這老屋難免易主的原因。幾房的本家大約已經搬走了，所以很靜。

緊接著你又踏進另一個夢幻般的過去的故鄉：

深藍的天空中掛著一輪金黃的圓月，下面是海邊的沙地，都種著一望無際的碧綠的西瓜。

這個故鄉是屬於「我」和閏土的，充滿農村大地的閒適生活：

我們日裏到海邊撿貝殼去，紅的綠的都有，鬼見怕也有，觀音手也有。晚上我和爹管西瓜去，你也去。

沙地裏，潮汛要來的時候，就有許多跳魚兒只是跳，都有青蛙似的兩個脚……

再往前走，目前的故鄉立體的濃縮成只有幾樣景象：

多子，飢荒，苛稅，兵，匪，官，紳……

故家也只剩下一個空殼：

這老屋裏的所有破舊大小粗細東西，已經一掃而空了。

最後眼前的故鄉在黃昏中，變成模糊的風景，而眼前卻浮現過去的故鄉：

一片海邊碧綠的沙地，上面深藍的天空中掛著一輪金黃的圓月。

兩個故鄉在過去與現在的門口輪流出現，主要把兩個印象，兩種觀感互相對置起來，在不同的時間和空間上，我們更清楚的看到人事之變化了。

九、兩個「我」，兩個閏土，兩個楊二嫂

魯迅爲了強調小說中有兩個「我」，兩個閏土，兩個楊二嫂，他根據時空之不同，給予他們不同的稱呼。爲了節省文字，我下面簡要概括地把小說中的素描列成對照表，我盡量引用原文，以保留他們眞實的像貌：

現在		過去	
老爺	1.在「異地」「謀食」。 2.「辛苦展轉」而生活。 3.「幾房的本家大約已經搬走了」，「多年聚族而居的老屋，已經公同賣給別姓了。」	迅哥兒	1.「父親還在世，家景也好，我正是一個少爺。」 2.「聚族而居。」 3.「那一年，我家是一件大祭祀的值年……所以很鄭重；正月裏供祖像，供品很多，祭器很講究，拜的人也很多……」
閏	1.「先前的紫色的圓臉，已經變作灰黃，而且加上了很深的皺紋；眼睛也像他父親一樣，周圍都腫得通紅……他頭上是一頂破氈帽，身上只一件極薄的棉衣，渾身瑟索	閏	1.「深藍的天空中掛著一輪金黃的圓月，下面是海邊的沙地，都種著一望無際的碧綠的西瓜，其間有一個十一、二歲的少年，項帶銀圈，手捏一柄鋼叉，向一匹猹盡力

土哥	著，手裏提著一個紙包和一支長煙管，那手也不是我所記得的紅活圓實的手，卻又粗又笨而且開裂，像是松樹皮了。」 2.「多子、饑荒、苛稅、兵、匪、官、紳都苦得他像一個木偶人了。」 3.「什麼地方都要錢，沒有定規……收成又壞。種出東西來，挑去賣，總要捐幾回錢，折了本；不去賣，又只能爛掉……」
土	的刺去，那猹卻將身一扭，反從他的胯下逃走了。」 2.「紫色的圓臉」，「紅活圓實的手。」 3.「那西瓜地上的銀項圈的小英雄……」
楊二嫂	1.「一個凸顴骨，薄嘴唇，五十歲上下的女人站在我面前，兩手搭在髀間，沒有繫裙，張著兩脚，正像一個畫圖儀器裏細脚伶仃的圓規。」 2.「迅哥兒，你闊了，搬動又笨重，你還要什麼這些破爛木器，讓我拿去罷。我們小戶人家，用得著。」 3.「一面絮絮的說，慢慢向外走，便將我母親的一幅手套塞在褲腰裏，出去了。」 4.「那豆腐西施的楊二嫂，自從我家收拾行李以來，本是每日必到的，前天伊在灰堆裏，掏出十多個碗碟來，議論之後，便老說是閏土埋著的……自已很以爲功，便拿了那狗氣殺，飛也似的跑了……」
豆腐西施	1.「我孩子時候，在斜對門的豆腐店確乎終日坐著一個楊二嫂人都叫伊「豆腐西施」，但是擦著白粉，顴骨沒有這麼高，嘴唇也沒有這麼薄……那時人說：「因爲伊，這豆腐店的買賣非常好。」 2.「不認識了麼？我還抱過你咧！」

「我」以前是一位「少爺」，現在「辛苦展轉而生活」，在「異地」「謀食」，不但沒有「聚族而居」的大宅第，目前連寓所也是租來的。閏土原來健康俊美，聰明伶俐，是一個天眞活潑的「小英雄」，現在卻變成一個木偶人。楊二嫂原先還算貌美、含蓄，雖然需要擦著白粉以招徠生意，可是現在不但被生活壓力折磨成很醜陋，而且凶悍尖刻、行爲放肆而自私。

魯迅通過「我」對兒時生活的回憶和回鄉所見所聞，對過去的懷舊，對現在的感傷之強烈對照，先寫出農村破產的荒涼外貌，然後便一步一步走進農村的內在世界：他發現農民如閏土，小市民如楊二嫂，卽使包括逃離農村小鎭的「我」，都是襤褸落魄。其實如果詳細分析上面魯迅爲他們所立的塑像，他們不但外形襤褸，內心都已被殘酷的現實生活扭曲，他們的心理都已變態。首先「我」自己見到閏土，先有「隔了一層可悲的厚障壁」的心理，他自己的問題是逃避現實，「辛苦展轉而生活」，抱著渺茫的希望而活著。閏土「辛苦麻木而生活」，抱著烟管、香爐和燭臺，必要時還想偷碗碟。楊二嫂不但又醜又瘦，也是一位市儈女人，而且非常無賴。

十、宏兒與水生：過去的「我」與閏土

魯迅在小說結尾時，描寫「我」的侄兒宏兒在想念水生，因爲水生約他到他家玩。這簡單的

「後輩還是一氣」的場面，才使讀者醒悟，原來八歲的宏兒和十幾歲的水生是魯迅和閏土過去的影子，也是一種對比。請看下面的對稱文字：

過去的閏土	現在的水生
1.「他見人很怕羞，只是不怕，沒有旁人的時候，便和我說話。」	1.「閏土說著，又叫水生上來打拱，那孩子卻害羞，緊緊的只貼在他背後。」
2.「於是不到半日，我們便熟識了。」	2.「宏兒聽得這話，便來招水生，水生卻鬆鬆爽爽同他一路出去了。」
3.「現在太冷，你夏天到我們這裏來……晚上我和爹管西瓜去，你也去。」（閏土說）	3.「可是，水生約我到他家玩去咧……」（宏兒說）

過去的迅哥兒（我）	現在的宏兒
1.「有一日，母親告訴我，閏土來了，我便飛跑的去看。」	1.「母親和宏兒下樓來了，他們大約也聽到了聲音。」
2. 閏土約「我」去鄉下玩。	2. 水生約宏兒去鄉下玩。
3.「不到半日」他和閏土「便熟識了。」	3. 一見面，「水生卻鬆鬆爽爽同他一路出去了。」

魯迅在《吶喊》的〈自序〉中說，〈藥〉結尾時，他在「瑜兒的墳上平空添上一個花……，」

因爲五四運動的主將不主張消極52。同樣的，「我」和宏兒，閏土與水生的對比，目的是要「他們應該有新的生活，爲我們所未經生活過的」，「希望他們不再像我，又大家隔膜起來。」所以它的作用是來一個反高潮，反消極。在這之前的一個個對比是推向感傷和失望的頂峯。魯迅在〈藥〉結束時，給失敗的革命帶來一線希望，「所以我往往不恤用了曲筆」，那麼宏兒和水生當然也是曲筆了。他希望新生的一代不但打破隔離的高牆，還有新的生活。

十一、多層次的主題結構

在懷舊與感傷，過去與現在的對比之下，魯迅表現了一個人類永恒的痛苦：過去的、理想的、記憶中的事物永遠是美麗的、可愛的，「我」兒時記憶中的故鄉是美麗的，可是一旦走了二千里路，當它出現在跟前時，卻變成一個荒村。記憶中的故鄉和現實社會裏的故鄉，成了鮮明的對比。同樣的現在生活中的閏土和記憶中的閏土也完全兩樣，一個小英雄已成爲一個木偶人。記憶中一位西施一樣的美女，在現實中竟成爲巫婆一樣醜陋，無法認出她原來的身分。人類之痛

52 除了〈吶喊·自序〉，又見孫伏園與魯迅的討論文字，孫伏園《魯迅先生二三事》（長沙：湖南人民出版社，一九八〇再版。原版一九四二年由重慶作家書屋出版），頁一二。

苦：現實與理想之衝突與幻滅，回憶中美麗事物之虛幻，憧憬之破滅，在一系列的對比中表露無遺。這篇小說所以可讀性高，因爲魯迅在刻劃中國農村的現實中，同時表達了普遍性的，與全人類有關的主題。

無可否認的，正如許許多多中國大陸學者所指出，它是描寫農村破產荒涼的外形，農民及小市民襤褸的外形及其被扭曲變態的內心。對比手法的運用，是構成這主題的強大力量。邱文治說：「如果沒有少年閏土的對比就無法表現出中年閏土在精神上和肉體上的巨大變化，也就無法揭示造成中年閏土悲劇命運的階級根源和社會根源。」[53]徐中玉也說：

> 魯迅在〈故鄉〉裏成功地創造了被壓迫農民代表之一種的閏土的形象。通過對於閏土的描寫，使我們深刻感受到了它的主題思想。魯迅運用對照的方法鮮明地寫出了過去的閏土和眼前的閏土之不同。[54]

〈故鄉〉對現代文學的另一大突破，在於它探討了人與人之間「一層可悲的厚障壁。」這一點魯迅運用了三組對照的方法。當年閏土初到他家，見了人很怕羞，只是見了年齡相似的「我」

---

[53] 邱文治《魯迅名篇析疑》（西安：陝西人民出版社，一九八一），頁五二。
[54] 同[13]，頁一六八。

就不怕，「沒有旁人的時候，便和我說話，於是不到半日，我們便熟識了。」到了下一代，水生初到他家，也躲在父親背後怕生人，可是當宏兒來找他，「水生卻鬆鬆爽爽同他一路出去了。」可是三十年後再相逢，他們之間「已經隔了一層可悲的厚障壁了。」

希望雖然寄托在宏兒和水生身上，希望他倆長大後既能消除隔閡，但後輩是否能在精神上聯成「一氣」而能溝通？「我」仍然很徬徨，因爲理想、希望、憧憬都會破滅的，將來會變成過去，過去又會被現實闖破：

我希望他們不再像我，又大家隔膜起來……然而我又不願意他們因為要一氣，都如我的辛苦展轉而生活，也不願意他們都如閏土的辛苦麻木而生活，也不願意都如別人的辛苦恣睢而生活。他們應該有新的生活，為我們所未經生活過的。

作者否定了「我」、閏土、楊二嫂三個人所代表的三種人的生活，因此最後他看見的，是那從四面八方升起的牆：

老屋離我愈遠了；故鄉的山水也都漸漸遠離了我，但我却並不感到怎樣的留戀。我只覺得我四面有看不見的高牆，將我隔成孤身，使我非常氣悶……

〈故鄉〉因此又把主題伸入現代人的隔離感（alienation），探過了這一個複雜的思想與生活領域。閏土眼中，「我」是「老爺」，楊二嫂眼中，「我」是個闊氣的「放了道臺」的貴人，出入坐八擡大轎，家中有三房姨妾，而在「我」的眼中，閏土不再是小英雄，是一個木偶人，楊二嫂不是西施，而是像圓規張著兩腳，兩手搭在髀間的醜八怪。他們彼此跟別人之間都有牆將自已隔絕起來，隔離是一座高牆，「一層可悲的厚障壁。」因此「我」只好像閏土崇拜鬼神的偶像那樣，把所謂「新生活」交給希望，一個「自己手製的偶像。」

十二、象徵重認舊中國與舊我的心靈之旅

考察過魯迅具自傳性的、回鄉搬家的經驗改變成小說的過程，同時又分析過構成一個獨特個體的小說最基本的對比手法，現在我們清楚的認識，魯迅把表面上敍述回鄉搬家的私人瑣事變化成一篇具有深入主題的小說。他把原來黑夜的旅程變成白天的旅程，因爲這樣才能探索在「冷風」和「陰晦」裏的蕭索荒涼的故鄉。我們應該把這個回鄉搬家的旅程看成一段高度象徵的旅程。魯迅回去的不但是故鄉，也是舊中國的鄉村小鎭，象徵他對兒時的黑暗鄉村重新認識，結果他所認識眞正的中國，使他失望、悲傷，甚至悲痛絕望起來。他的家，聚族而居的大臺門，正是

舊鄉村的核心象徵，所以在那裏他看見閏土和楊二嫂，舊社會損害了他們的物質和精神生活。〈故鄉〉其實寫的也是「我」自我的心靈的旅程。他回去他的靈魂、良知深處，把舊我賣的賣、送的送，然後把眞理搬到北京，告訴所有的中國人，甚至全世界的讀者：現實生活中的和記憶中的東西都不一樣，包括中國農村靜穆的生活、小英雄和美人、甚至他自己。

我每讀一次〈故鄉〉，就更覺得它和英國小說家康拉德（Joseph Conrad 1857-1924）的《黑暗的心》有異曲同工之處。康拉德在一八九〇年曾航行到比利時的殖民地剛果（Congo）去探險，主要目的是採購象牙。他一路上每天都寫日記。一八九八年他寫了一部中篇小說《黑暗的心》（*Heart of Darkness*），其中很多地方與他的日記很相似，雖然他的太太說當他創作時沒有參考過他的日記，他自己幾乎忘記它的存在[55]。康拉德這篇小說表面是描寫去黑暗大陸的非洲剝削強取黑人的象牙的一次旅程，很多批評家都說，那是象徵深入人類黑暗的心靈的一次探險，他發現黑森林深處白人殘酷的剝削黑人及其他野蠻行為，實際是在探索白人的黑暗心靈。如果比較兩篇小說之類同手法，也許更能幫助了解和肯定魯迅〈故鄉〉之藝術成就[56]。

---

55 *Joseph Conrad Heart of Darkness: An Authoritative Text Background and Sources Criticism*, ed. Robert Kimbrough (New York: Norton & Company, 1971), p. 110. 本書也收錄了康拉德的小說、日記及許多學者之評論文章，很方便參考。

56 本人曾撰寫一篇前記，分析康拉德《黑暗的心》與他的《剛果日記》之關係。見王潤華譯《黑暗的心》（臺北：志文出版社，一九七一），頁三一—五三。

論魯迅〈白光〉中多次縣考、發狂和掘藏的悲劇結構

一、〈白光〉的模特兒專用一人

魯迅在〈「出關」的「關」〉與〈我怎麼做起小說來〉二篇文章中，一再強調，他所寫進小說的事迹，大致上是他生活中熟悉的，但他不會把事實照抄，他總是「採取一端，加以改造，或生發開去，到足以幾乎完全發表我的意思爲止。」❶我曾分析過魯迅根據他最後一次回故鄉紹興的經驗而創作的〈故鄉〉中的自傳性，發現作者爲了創造出無限的人生，永久的藝術，「改造」、

❶〈我怎麼做起小說來〉《魯迅論創作》（上海：上海文藝出版社，一九八三），頁四三—四四。

「生發開去」的地方很多❷。因此〈故鄉〉不但超越有限的人生，也超越了國度，我們可以借用魯迅對果戈理（Nikolai Gogol）的《死魂靈》說過的話，用在〈故鄉〉上：「那創作出來的腳色，可眞是生動極了，直到現在，縱使時代不同，國度不同，也還使我們像是遇見了有些熟識的人物。」❸

此外魯迅也說，在他的作品中，「人物的模特兒也一樣，沒有專用過一個人」。他的人物是「雜取種種人合成一個」，而且「從和作者相關的人們裏去找，是不能發現切合的了。」❹孔乙己完全符合這種創作原則和手法，而且作者雜取了很多人❺。可是在魯迅的《吶喊》與《徬徨》的二十五篇小說中也有例外的。〈白光〉就不完全符合「雜取種種人合成」的手法，雖然曾「加以改造」和「生發開去」，成爲一篇結構極好的小說。

〈白光〉作於一九二二年六月，發表於同年七月出版的《東方雜誌》。這篇小說一向不太受

---

❷ 王潤華〈魯迅「故鄉」的自傳性與對比結構〉見《學術論文集刊》，第三集（新加坡：新加坡國立大學中文系，一九九〇）頁二四三—二七〇，現收入本書第七章。

❸ 魯迅〈幾乎無事的悲劇〉，《魯迅論創作》，頁四八〇。

❹ 〈「出關」的「關」〉，《魯迅論創作》，頁三八—三九。

❺ 我在〈探訪紹興與魯鎮的咸亨酒店及其酒客：析魯迅「孔乙己」的現實性與象徵性〉一文中探討過這個問題，見本書第六章。

人注意，很少人以專篇論文來討論，許欽文的《「吶喊」分析》中有一篇是例外❻。一般像「魯迅名篇析疑」或「魯迅作品分析」的著作❼，是不會有專論〈白光〉的文章的。一些通論魯迅的小說的書，即使提到〈白光〉，往往敍述陳士成的人物原型周子京的文字，比討論小說本身要來得多❽。可見研究〈白光〉的人，都注意到陳士成不是「雜取種種合成」，而可以算是「專用一人」，雖然沒有像魯迅所說「言談舉動，不必說了，連微細的癖性，衣服的式樣，也不加改變」❾，基本上算是「專用一個人的骨幹」，但魯迅卻說「自己沒有試驗過。」❿

蘇聯學者謝曼諾夫（V.I. Semanov）看出周子京是陳士成的「人物原型」（prototype）⓫，

❻ 邱文治《魯迅名篇析疑》（西安：陝西人民出版社，一九八一）；復旦大學、上海師大中文系《魯迅作品分析》（上海：上海人民出版社，一九七四）。

❼ 許欽文《「吶喊」分析》（香港：文采出版社，一九六四，原北京：中國青年出版社，一九五六），頁四六—五二。

❽ 譬如 William Lyell, JR *Lu Hsün's Vision of Reality* (Berkeley: University of California Press, 1976), pp.31-32;149-155.

❾ 同注❹，頁三八。

❿ 同注❶，頁四四。本人寫完本文後，讀到嚴家炎〈魯迅小說的歷史地位〉（見《北京大學紀念魯迅百年誕辰論文集》（北京：北大出版社，一九八二），頁一八三—二〇九），他卻有獨特的看法，說魯迅在〈白光〉中運用了象徵主義的方法，雖然沒有詳細的分析（見頁二〇〇）。

美國學者威廉萊爾也有這看法，說周子京是陳士成這主角的模特兒(a model for the protagonist)，在另一處他又用「很相似的模仿」(closely modeled)來形容兩人的關係⑫。最早肯定周子京是陳士成的模特兒的人，是魯迅的二弟周作人。他在《魯迅小說裏的人物》說：

〈白光〉是一篇真是講狂人的小說，這與〈狂人日記〉不同，在它裏邊並沒有反對禮教吃人的意義，只是實實在在的想寫陳士成這個狂人的一件事情而已。這人本名周子京，是魯迅的本家叔祖輩，房分不遠，是魯迅的曾祖苓年公的兄弟的兒子……⑬

後來周作人的《魯迅的故家》及周建人的《魯迅故家的敗落》二書，雖然是家史，與魯迅小說無關，都對周子京提供了詳細的關於他教書、縣考、發狂、掘藏和落河而死的資料，而所描繪的周子京，與陳士成很相似⑭。

---

⑪ V. I. Semanov, *Lu Hsun and His Predecessors*, tr. by Charles Alber (New York: M. E. Sharpe,1980), p.103.

⑫ 同注⑧，頁三一及一五二。

⑬ 周遐壽(作人)《魯迅小說裏的人物》(香港：中流出版社，一九七六，原版上海：上海出版社，一九五四)，頁一二二—一二三。

⑭ 周遐壽《魯迅的故家》(北京：人民文學出版社，一九八一，原版一九五七)；周建人口述，周曄編寫《魯迅故家的敗落》(長沙：湖南人民出版社，一九八四)。

〈白光〉這篇小說，雖然正如周作人所說，「眞是寫狂人」，也是「實實在在」寫陳士成的原型人物周子京，難道小說中就沒有「反對禮教吃人的意義？」我想一般學者不重視〈白光〉，沒有細心去分析它的內涵與藝術結構，恐怕多少受了這篇小說之寫實性的影響吧。

本文的目的，嘗試探索一下魯迅如何從「專用一人」的模特兒「改造」和「生發開去」，並且掘發一下作品中的內涵與藝術手法。同時也證明採用一人一事的小說不一定就不好的事實。

二、周子京是魯迅的叔祖兼私塾老師

魯迅在一八八七年七歲那年，被父親送進了私塾。他的啓蒙老師是他的遠房叔祖周玉田。私塾就設在魯迅的故居新臺門內。就是魯迅在〈阿長與「山海經」〉裏說「他是一個胖胖的，和藹的老人」⑮。到了一八九一年初，魯迅離開周玉田，跟玉田的哥哥周花塍讀了三個月的書。以後就改從另一位遠房叔祖周子京讀書。不過前後不到一年，在一八九二年二月，奉父親之命便到故居斜對面不遠的三味書屋去唸書。

⑮《朝花夕拾》，〔魯迅全集〕第二册（北京：人民文學出版社，一九五七），頁二三九。

周子京是住在新臺門內六個房族之一的立房十二老太爺周永年的兒子。周永年原是個秀才，太平天國革命戰爭時，逃難至紹興富盛埠被殺死。清朝追封他為「雲騎尉」。周子京卻不要世襲這個頭銜，請求科舉考試，要憑自己的本事去考一個秀才。他的詩文不通文理，屢次不第，周作人說他在故紙堆中曾見他的咏梅有很像現代詩的句子都「梅開泥欲死」，意思很神秘。考官見他每次縣考所做詩文晦澀難懂或蹩腳，索性批示「不准應試」，從此斷絕了他的仕途⑯。

周子京的私塾設在新臺門他自己的家中，與魯迅家只隔一個明堂，（請看本書第一三二頁圖）。魯迅家是興房，周子京是立房，因此房份也是最近（秩序是：興、立、誠、禮、義、信），兩房住的屋子也最接近。周作人曾這樣描述周子京住家兼私塾的「橘子屋」：

> 那兩扇門是藍色的，所以通稱為藍門。又在朝西的窗外有一個小天井，真是小得可以，大概是東西五尺，南北一丈吧，天井裏却長着一棵橘子樹，魯迅小時在那裏讀過書，書桌放在窗下，朝夕看着這樹，所以那地方又別號橘子屋。⑰

子京收了幾個學生，其中一個就是魯迅。後來父親發覺他不僅文理不通，而且錯別字連篇，大約

⑯《魯迅小說中的人物》，頁一二二—一二三；《魯迅的故家》，頁二一—二二。

⑰《魯迅的故家》，頁二〇。

讀了一年，魯迅的父親就不讓他去讀了⑱。

魯迅跟周子京讀書的經驗，在小說中被濃縮成簡簡單單的兩筆。當陳士成最後一次名落孫山，絕望而回到家裏，才醒悟學生還在等他回來上課：

他剛到自己的房門口，七個學童便一齊放開喉嚨，吱的念起書來。他大吃一驚，耳朶邊似乎敲了一聲磬，只見七個頭拖了小辮子在眼前幌，幌得滿房，黑圈子也夾着跳舞。他坐下了，他們送上晚課來，臉上都顯出小覷他的神色。

「回去罷。」他遲疑了片時，這才悲慘的說。

他們胡亂的包了書包，挾着，一溜烟跑走了。

從這些敍述的文字中，讀者才頓悟出陳士成是在自己家教私塾爲生。

三、掘藏事件

⑱ 關於周子京學識淺薄，文理不通的細節，見《魯迅的故家》，頁二二一—二二二。

小說描寫陳士成看榜後，因名落孫山而狂性發作，看見家中有白光，便以爲是埋藏銀子地方的記號，當夜用鋤頭掘地。這與周子京掘藏的事有些出入。他是先挖掘，以後才發瘋。事情發生在一八九一，即是魯迅跟他讀書的時候，那時周子京孤獨一人住在橘子屋內，茶飯由一位老女人幫助。這位女傭人，整天蓬頭垢面，藍衣青布裙，似乎通年不換，而且經常喝酒。有一天下午，她醉醺醺的，撞進屋裏，東倒西歪的坐不住，她說看見白光，周子京聽了又喜又驚，馬上叫學生回家，他奔出去找石工，連夜開工，挖掘到五更天才散。周建人至今還記得這事，他回憶道：

> 子京公公就是照得意太娘所看見白光的地方掘的，他信心十足，滿有把握地指揮工人掘着。我們回屋吃飯，他還在掘，我們夜裏睡覺了，他也還在掘。⑲

第二天，取消教課，周子京還是在挖，地上已出現了深坑，他親自下去檢查，摸索到一塊石頭的方角，疑心是石槨，一心慌，趕快爬上來，意外的閃壞了腰，躺了好幾天不能教書。

自從新臺門造成之後，有一個傳說在周家各戶人家流傳開去，說祖上怕子孫敗落潦倒，所以在建造時，在新臺門的地上埋藏了一筆金銀財寶，數量不小。對新臺門內的各房人家，誘惑很

⑲《魯迅故家的敗落》，頁二二一。

大，只是金銀不知藏在什麼地方，只傳說有一句口訣「離井一纖，離簷一線」，大家猜不透只好作罷。子京那一戶當時最貧困破落，在挖掘屋裏地面之前，已試過幾次，那是挖掘藍門內的桔子樹下的明堂，他叫工人把明堂裏的石板鑿開一個大洞，發現沒有，又用磚石塡補好⑳。

小說中的陳士成，像周子京那樣，以前已掘過好幾次：「他自己房子裏的幾個掘過的舊痕迹，那卻全是先前幾回下第以後的發了怔忡的舉動。」這一次陳士成單獨挖掘，並沒有像周子京還僱用了石工，因爲前者挖掘時正在發狂，後者精神淸楚的。另外那口訣從「離井一纖，離簷一線」，變成了「左彎右彎，前走後走，量金量銀不論斗。」

魯迅取消看見白光的女僕的參與，主要是要陳士成自己對挖藏事件完全負責，這樣不但把他的發狂戲劇化，同時也簡化了故事情節。

四、發狂與淹死

魯迅跟周子京讀書時，最初除了發現文理不通，誤人子弟，後來漸漸有不穩的舉動，顯出已

⑳ 同上，頁二一一—二一四，《魯迅的故家》，頁二一四—二一五。

有精神病的迹象。但自從轟動的最後一次挖掘發生後，他的精神病嚴重起來。好幾夜裏，他自怨自艾，打自己的嘴巴，用頭撞牆，大聲責罵自己「不孝子孫」。這樣自然沒人上門來讀書了。他發狂有人說他父親在太平天國戰爭時死於紹興埠，他沒有去找尋屍骨，有失孝道，可能受鬼神譴責而狂了㉑。

過後他搬出新臺門，移居城裏不遠的塔子橋南埧路西的惜字禪院，並收生教書，據說精神病還是常常發作。最後本想再娶親，卻被媒婆把錢騙了。有一次被人從惜字禪院擡回家，胸口以上血淋淋的。回家後狂性還是大作，幾次用剪刀刺喉管，刺胸前，用煤油焚燒自己，最後跳進新臺門後面北邊不遠的咸歡河，雖然被救起，在昏迷一天後就斷氣死亡㉒。周子京死於一八九六，那年魯迅還在紹興的三味書屋讀書。

周子京與陳士成之死的情況不同，前者先刺傷自己，用火燒傷自己，再從橋上跳下咸歡河，並大叫「大老落水哉！」，被救起一天以後再死掉。〈白光〉說陳士成在家中掘藏失敗，耳朵聽見山裏有寶藏可挖，便在淩晨走向離三十五里的西高峯。是失足落水還是自殺，沒人知道，因爲第二天中午，有人在離西門十五里的萬流湖裏看見他的浮屍。兩人很明顯都是在發狂中落水而死。

㉑《魯迅的故家》，頁二五；《魯迅故家的敗落》，頁二三。
㉒《魯迅小說裏的人物》，頁一二六。

陳士成被打撈起來，「渾身也沒有什麼衣褲」，因爲當時「剝死屍的衣服本來是常有的事」。消息傳出後，「鄰居懶得去看，也並無屍親認領。」魯迅所以這樣「加以改造」和「生發開去」，很顯然的，是要創造出一些社會意義，另一方面也是由於小說情節上的需要。死屍的衣服被剝，使人想起〈藥〉中夏瑜被砍首後，衣服都被管牢的紅眼睛阿義剝下來。這是小說中爲冷酷羣衆畫像的一筆，這跟「鄰居懶得去看，也並無屍親認領」是聯繫在一起的社會現象，反映出中國老百姓都被舊社會扭曲了的性格與心靈，個個是那樣自私、無情，和痲木。

周子京是一位「忠厚老實」的人，一輩子趕考，還是個老童生，年年在縣考榜上看不見自己的姓名，先是發呆病，後來發狂。他的縣考、教書、掘藏、自殺，構成曲折離奇的一生㉓。可是魯迅與清末作家劉鶚、吳沃堯、李寶嘉不同，他不喜歡描寫駭人聽聞的慘象和曲折的故事情節㉔，相反的，他「力避行文的嘮叨」，只要「覺得夠將意思傳給別人了」，就寧可什麼陪襯拖帶也沒有」，他更「不去描寫風景」㉕。因此魯迅把〈白光〉的焦點只放在縣考、發狂和掘藏上頭，這三者之間互爲因果，可以通過「白光」把三件事融化成一體。

㉓《魯迅故家的敗落》，頁一〇八－一〇九。

㉔ V.I. Semanov, *Lu Hsun and His predecessors*, pp. 102-103.

㉕〈我怎麼做起小說來〉，《魯迅論創作》，頁四三。

五、出身敗落臺門的人物

〈白光〉中的陳士成的出身，小說中雖然沒有明說，但很顯然他也像周子京那樣，出身臺門，士大夫階級的住宅，雖然這時已敗落不堪。陳士成幻想考上秀才以後，便能挽回臺門的惡運：

> 雋了秀才，上省去鄉試，一徑聯捷上去，……紳士們既然千方百計的來攀親，人們又都像看見神明似的敬畏，深悔先前的輕薄、發昏，……趕走了租在自己破宅門裏的雜姓——那是不勞說趕，自己就搬的，——屋宇全新了，門口是旗竿和扁額……

等陳士成回到宅第內，又提到「別家」和「雜姓」：

> 別家的炊烟早消歇了，碗筷也洗過了，而陳士成還不去做飯。住在這裏的雜姓是知道老例的，凡遇到縣考的年頭，看見發榜後的這樣眼光，不如及早關了門，不要多管事。最先就絕了人聲，接着是陸續的熄了燈火……

聚族而居的宅第，當它開始敗落的最平常最顯著的現象，便是把房屋典租給外姓人家。陳士成這一大家族，看樣子是到了賣完田賣完地，債臺高築，最後連房屋也租給外姓了。

根據周建人的回憶，魯迅在一九〇九年從日本留學回到家鄉，最使魯迅感到震撼的，是他們家的臺門比他去日本前更破敗。他需要好長的時間才「認識和熟悉了臺門裏的新老住戶。」㉖每當我讀到上面〈白光〉有關雜姓人家的描述，我就想起整本《魯迅故家的敗落》。小說中陳士成心中眼裏的「雜姓人家」恐怕是魯迅的感觸，不是周子京的。

陳士成夏天納涼聽故事的情況，我們讀魯迅親友的回憶，也是處處都有類似〈白光〉的描述：

他記得了。這院子，是他家還未如此凋零的時候，一到夏天的夜間，夜夜和他的祖母在此納涼的院子。那時他不過十歲有零的孩子，躺在竹榻上，祖母便坐在榻旁邊，講給他有趣的故事聽。伊說是曾經聽得伊的祖母說，陳氏的祖宗是巨富的，這屋子便是祖基，祖宗埋着無數的銀子，有福氣的子孫一定會得到的罷，然而至今還沒有出現。至於處所，那是藏在一個謎語的中間：

㉖《魯迅故家的敗落》，頁二八一－二九五。

「左彎右彎，前走後走，量金量銀不論斗。」

魯迅的新臺門故居有二個大明堂，其中一個叫桂花明堂（見上面新臺門結構圖）。在傍晚時候，魯迅家常常「拿出板桌板凳來放好，預備吃晚飯，飯後又可以乘風涼，猜謎說故事。」㉗王鶴照在一九〇一年到魯迅家當工人，魯迅家搬去北京他也跟着去。他記得魯迅母親常說「魯迅先生小時候，夏天晚上，躺在小板桌上乘風涼，祖母搖着芭蕉扇坐在桌旁，一面搖着扇子，一面給他講……故事。」他開始工作後，「夏天，晚飯吃過乘風涼，魯迅先生常叫我和老太太講故事、唱山歌、猜謎語、哼小曲。」㉘

這些事實證明魯迅卽使採用第三人稱的觀點來敍事的小說，他還是喜歡以叫人感到親切的、回憶式的筆調來加強小說的抒情氣氛。他到底還是一個抒情小說家，他的拿手文字就是充滿回憶的敍事。如果把上引的文字中的「他」抽掉，換「我」，就是魯迅典型的用第一人稱觀點寫的抒情小說。

㉗《魯迅的故家》，頁三六。
㉘王鶴照口述，周芾棠整理〈回憶魯迅先生〉，見《中國現代文藝資料叢刊》第一輯（上海：上海文藝出版社，一九六二），頁一三五及一四三。

六、在通向試院的路上開始發狂

周作人說：「子京的一生大事可以說只有敎書、掘藏以及發狂，這三件事孰先孰後，有點說不清楚，大概是綜錯交互着發生。」㉙我上面的討論，證實周子京的一生眞是如周作人爲他作的蓋棺論定。但是當周子京的一生走進魯迅的〈白光〉裏，變成小說藝術中的人物以後，陳士成變成擁抱陳舊思想，企圖通過讀書而做官（陳士臣）的人。因此陳士成的一生大事有了一些改變。敎書一事只點到爲止，輕輕帶過（看榜回家，發現學生在家裏等着，把他們遣散），小說的第一個重點落在縣考上。他已考了十六回了，剛看完縣考的名榜，雖然榜上無名，回家的路上，他神經開始錯亂起來，想到考上秀才以後，再追上去便是舉人和進士，想到紳士們既然千方百計的來攀親，本來已破落的大宅第也「屋宇全新」了，做京官或謀外放，任由他選擇。

魯迅安排陳士成在路上開始產生幻覺發起神經病來，因爲那是一條從他破宅大門通向縣考試院的大路。這條路給多少中國舊讀書人帶來希望、幻想與絕望，原來的周子京每次神經病發作

㉙《魯迅小說裏的人物》，頁一二六。

時，都在家裏，如果照實寫，那就太平實。這樣一改，象徵性的社會意義就出現了。因此小說中的陳士成在名榜下徘徊老半天，然後在這些通向考試院的大路上精神病開始發作起來。

七、挖掘大宅第內書桌下的寶藏

陳士成在十六次縣考之間，以教學童讀書來賺取生活費。所以教私塾是最現實的問題。因此當他回到家，看見七個學童一齊放開喉嚨唸書的聲音，使他清醒了一刻。現實生活最容易使人清醒，認識自己。

學童馬上被陳士成打發走，因爲他們「臉上都顯出小覷他的神色」。學童一走掉，幻覺又把他包圍住了，因爲他住的是一座大宅第，雖然現在破舊不堪，雖然他就像子京，大族裏的人已七零八落，只有他一人，其他宅第裏住的都是雜姓的人。中國的舊讀書人，尤其出身大宅第的人，除了科舉，便是依靠家族的富有和勢力。所以在這種大宅第，容易使人產生發財的幻想，就如通向試院的路上，叫人產生升官的美夢。

〈白光〉小說的第二個重點便放在陳士成的破舊的大宅第裏的挖掘寶藏事件上。大宅第，尤其是聚族而居的臺門，裏面的人都存着一種依賴心理，憑着家門的權勢與錢財，也可升官發財。祖母在院子裏納涼所講的有關寶藏的謎語，是毒害子孫的一大毒素。使得陳士成（很像一個紈袴子弟，小說沒有明說）培養成想不勞而獲，忘不掉自己祖宗是巨富的過去。

魯迅讓陳士成聽見老祖母的謎語，讓他挖掘自己家裏書桌下的寶藏，意義就特別豐富和深刻。作者在象徵意義上，是描寫陳士成在發掘舊家族的大家庭的罪惡的根源。他們把子孫教育成一羣走向虛幻，走向絕望的人。

我想魯迅刻意說白光出現在「靠東牆的一張書桌下」，而且「他移開桌子，用鋤頭一氣掘起四塊大方磚」，是諷刺掘藏的人原是一個讀了一輩子書（已五十多歲），相信「書中自有黃金屋」的人，因此相信書桌下才有黃金。另外也暗示掘藏與縣考是相同的可以達到陳士成追求的目的的一種手段。他每次應縣考不中，「發了怔忡的舉動」，便回家掘銀，當然也是落空的。陳士成只求其中一種成功，就可升官發財了。因此縣考和掘銀是一而二，二而一的事情。縣考用筆挖掘的是國庫的寶藏，家中用鋤頭掘藏是尋找祖宗的財產，並沒有什麼差別。

魯迅通過不止一次掘銀失敗和屢次縣考的不中的交疊使用，把陳士成提升到象徵層次去了，不再是偶然性的發狂事件。

八、死在現實社會中的萬流湖裏

陳士成害怕燈光明亮的屋內，逃到屋外，因爲他掘到還帶着一排零落不全的牙齒的下巴骨。他聽見「這裏沒有……到山裏去」的聲音，又看見白光在三十五里外的西高峯，便決心奔出城門外，再去挖掘一次。

我想陳士成最後走出宅門和城裏，走進黎明前的黑暗中，固然象徵他頭腦的瘋癲程度之可怕，另一方面也暗示他走出試院和破落的大宅，第一次走進現實裏去。當他還來不及瞭解現實是什麼樣的，他已淹死在離西門十五里的萬流湖裏。萬流湖是代表衆水滙集之地，也就是說他死於可怕的羣衆之中。第二天中午，當他浮屍水面，衣服已被人剝掉了。

陳士成淹死的消息傳開去，「鄰居懶得去看，也並無屍親認領」，最後由地保把他草草埋葬。魯迅〈白光〉中的麻木、冷酷、無情的羣衆若隱若現的活在所有場合中。除了這剝光死者衣服的人外，租住在陳士成的老宅內的「雜姓」鄰居們，看見他落榜，往往「不如及早關了門，不要多管事」，然後又「熄了燈光」，「絕了人聲」。連那些學童，「臉上都顯出小覷他的神情」。這些現實社會的人，不是形成另一個「萬流湖」嗎？

九、追逐白光的悲劇

〈白光〉中的陳士成經過十六次縣考失敗，好幾次掘藏不成，心靈經不起刺激，精神開始失常，眼前出現幻覺。晚上回到屋子裏，看見白光，搖搖擺擺像一柄白團扇似的。他以爲這白光是埋藏銀寶的記號，當他用鋤頭掘下去，結果只有一塊下巴骨。後來他又追向城外出現在西高峯遠處的白光，在黑暗中，他大概失足落湖而淹死。

在較早時，陳士成追逐的是縣考發榜時以每五十人姓名寫成的一張一張圓圖。這也是一種白光。歷朝舊讀書人，做人唯一的希望，就是追尋自己的姓名出現在圓圖上。我想白光之形成和出現，是從這圓形榜告演變出來的㉚。

白光可以解釋作一切幻想、理想和希望的象徵。因此陳士成是一位超越時間與空間的人物，他被白光矇騙的悲劇，不只是代表舊中國的讀書人，也是全人類的。今天每日都有人在希望的圓

㉚ 科舉考試的名榜，爲了便於計算，將每五十人的姓名寫成一個圓圖，沿時針方向自右至左，第五十名便並列在第一名的左邊。魯迅在南京讀書時，曾回紹與參加縣考的初試，後因未參加第二及第三次覆試，未得秀才。見《魯迅小說裏的人物》，頁一二三—一二四，及二四九—二五〇。

圖上找不到自己的名字，在理想底下發現藏着一個骷髏。幻想更是暗藏在「萬流湖」的一個陷井，往往把人淹死。

我讀魯迅的小說，譬如〈狂人日記〉、〈孔乙已〉、〈故鄉〉等篇，就如〈白光〉，往往在探索其意義中，在各種與中國現實社會有關的主題之後面，發現暗寓着人類共同的悲劇：希望、理想、或幻想與現實之衝突主題，一定會出現㉛。在〈白光〉中，陳士成深信書中自有黃金屋，十年寒窗下的理想與希望，而且也迷信「陳氏祖宗是巨富」，祖基下埋着的銀子的故事，另一方面並不去認識自己的才能與考試制度，或自己家族之破落貧困。這不正是代表人類只會擁抱理想、希望、不認識現實的永恒悲劇嗎？

那個名榜上的圓圖，扇形的白光，都是圓形的，圓代表完美圓滿，這就是理想和希望。不過它一直在蠱惑人，等你犧牲了一切，它便把你抛棄，所以魯迅說「絕望之爲虛妄，正與希望相同。」㉜

㉛ 參考過去我做過的一些研究，關於〈狂人日記〉，見〈西洋文學對中國第一篇短篇白話小說的影響〉，《中西文學關係研究》（臺北：東大圖書公司，一九七八），頁二〇七—二二六；另外尙有二篇〈魯迅「故鄉」的自傳性與對比結構〉及〈探訪紹與與魯鎭的咸亨酒店及其酒客：析魯迅「孔乙已」的現實性與象徵性〉，都收在本書中。

㉜ 〈希望〉、《野草》，見「魯迅全集」第二册（北京：人民文學，一九五七），頁一七〇—一七一。

從口號到象徵：魯迅〈長明燈〉新論

一、在北京西三胡同「綠林書屋」的第一篇小說

魯迅《徬徨》中的十一篇小說，前面四篇，即〈祝福〉、〈在酒樓上〉、〈幸福的家庭〉及〈肥皂〉，均寫於北京磚塔胡同六十一號的房子裏❶。其餘七篇，從〈長明燈〉到〈離婚〉，都是一九二四年五月二十五日搬進北京阜城門內西三條胡同二十一號後的作品❷。《魯迅日記》中

---

❶ 關於魯迅在北京磚塔胡同六十一號的生活及寫作的回憶資料，可見於薛綏之等編《魯迅生平史料滙編》，第三輯《魯迅在北京》（天津：天津人民出版社，一九八三），頁三六—五四。

❷ 關於西三條胡同二十一號魯迅的生活及寫作情況，見❶，頁五五—七二。

下面這三則就是關於購屋的經過❸：

1.午後楊仲和、李慎齋來，同至阜城門內三條胡同看屋，因買定第二十一號門牌舊屋六間，議價八百，當點裝修並丈量訖，付定泉十元（一九二三年十月三十日）。

2.下午李慎齋來，同至西三條胡同接收所買屋，交餘款三百元訖（一九二四年一月二日）。

3.晴。晨移居西三條胡同新屋（一九二四年五月二十五日）。

從《魯迅日記》，我們還知道爲了購置這分房產，魯迅曾向好友許壽裳和齊壽山各借款四百元。這筆錢一直拖欠到魯迅去厦門大學教書時（一九二六年九月開始），才把欠款還清❹。這所房子成爲魯迅在北京最後兩年居住過的地方。一九五六年，這所住屋被重修一新，作爲「北京魯迅故居」，在其東側，並建了魯迅博物館，目前這間故居，也算北京魯迅故居的一部分了❺。西三條胡同二十一號，購買的時候，原是一間舊獨院，共有陳年老屋六間。魯迅親自設計和

---

❸《魯迅日記》上卷（北京：人民文學出版社，一九六二），頁四六二、四七四及四八八。

❹同❸，頁四六五（一九二三年十二月一日）。

❺同❶，頁六〇。

裝修之後，建成北屋三間，南屋三間，東西廂房各兩間，組成一座整齊的四合院，下面是它的房屋布局平面圖❻：

西三條魯迅故居房屋布局及室內陳設狀況平面示意圖

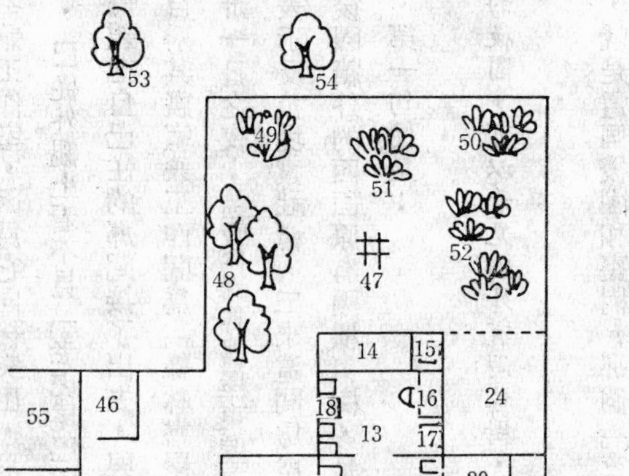

❻「西三條魯迅故居房屋布局及室內陳設狀況平面示意圖」取自孫瑛《魯迅故迹尋訪記事》，見《魯迅生平史料滙編》第三輯，頁六九—七三。

大門在南邊的東側⑴，左邊是客廳和客房，再進去，便是大庭院⑶，由此往北，先到堂屋，日常起居之地⑻，西邊是魯迅妻子朱安的寢室㊱，東邊是魯迅的寢室⒆，堂屋北端接出的一間，是魯迅自己的臥室兼工作室，因為它向後突出，形同尾巴，所以被人稱作「老虎尾巴」。現在到魯迅的故居參觀，已從外觀上看不見「老虎尾巴」的模樣，因為一九二六年魯迅離開北京南下廈門後，魯迅的母親把自己住的那間接了出去，與原來的「老虎尾巴」取齊了㉔。

魯迅曾自稱其寢室兼工作間為「綠林書屋」，譬如《華蓋集》的〈題記〉文末所記「一九二五年十二月卅一日之夜，記於綠林書屋東壁下」一句，指的就是這個地方❼。他所以自稱「綠林」，一來表示反抗現實社會，二來這間房屋深入後園，三面都為綠樹青草所包圍，確實有身處綠林之感。後園牆外的西面原有兩棵棗樹，是鄰家所有(53)、(54)，魯迅在一九二四年九月十五日所寫的〈秋夜〉第一句便是：

> 在我的後園，可以看見牆外有兩株樹，一株是棗樹，還有一株也是棗樹。

原來所指的，就是這個後園和棗樹。那個「夜的天空」，自然也是坐在「綠林書屋」內往外眺望時所得來的靈感。但秋夜的景物都超越了現實的表象，象徵著黑暗的社會現象。尤其那兩棵棗

---

❼〔魯迅全集〕卷三（北京：人民文學出版社，一九七三），頁一四。

樹，原樹早已無存，後來曾經補種，目前因建築關係，又被砍掉了❽。

魯迅雖然在這「老虎尾巴」或「綠林書屋」只有二年多，他在這窄小的房間，寫了二百多篇著作或翻譯文字。除了《徬徨》和散文集《朝花夕拾》中的一部分作品外，魯迅在此完成了散文詩《野草》、雜文集《墳》、《華蓋集》、《華蓋集續編》。另外他又譯了《苦悶的象徵》、《出了象牙之塔》和編寫下卷的《中國小說史略》等書❾。

〈長明燈〉就是在這形同斗室的小屋子的東牆下的書桌上寫成的。當時北京西三條胡同還沒有電流供應，魯迅書桌上放著一盞有罩子的玻璃煤油燈，可見他是在黑暗中創作〈長明燈〉的。根據《魯迅日記》，一九二五年二月二十八日有「午後曇。下午寄小峰信。夜大風。成小說一篇。」❿現在大家認定這篇小說指的就是〈長明燈〉。正如當時與魯迅來往密切的許欽文所說，〈長明燈〉是「搬到西三條胡同老虎尾巴開始寫的第一篇小說」，而且「這和寫前一篇小說〈肥

---

❽ 同❷。

❾ 關於一九二四年五月二十五日至一九二六年八月二十六日，魯迅住在西三條故居的著作，請參考上海魯迅紀念館編《魯迅著譯繫年目錄》（上海：上海文藝出版社，一九八一），頁七〇－一一六。

❿ 《魯迅日記》上卷，頁五二一。

徨〉的時候相隔將一年」⓫。〈長明燈〉文末作者自注日期爲「一九二五年三月一日」。目前經已考證出，這個日期既不是寫作日期，也不是發表日期，只是發稿日期。陳漱渝的〈魯迅北京時期與一些報刊的關係〉一文指出，《魯迅日記》中「上午毛壯侯來，不見，留邵元冲信而去……下午往《民國日報》館交寄邵元冲信並文稿。」邵元冲是國民黨重要人物，毛壯侯是國民黨所屬北京《民國日報》的副刊主任兼編輯。所以《魯迅日記》中所親自送交的文稿，就是〈長明燈〉。這篇小說在三月五日至三月八日，分四次連載於北京《民國日報副鐫》⓬。

二、發表在國民黨的《民國日報》上

關於〈長明燈〉最初發表的刊物，一直沒有辦法查出來，眞是難於令人相信。一九五七年出版的〔魯迅全集〕的〈長明燈〉注釋說：「本篇最初可能發表於一九二五年三月的北京《民國日報》，因爲一時未找到這一時期的該報，所以未能確定。」到了一九七六年十二月人民文學出版社出版的《徬徨》單行本，索性不注明〈長明燈〉原來發表的刊物與日期，只指出寫作日期是

⓫ 許欽文《徬徨分析》（北京：中國青年出版社，一九五八），頁五五。

⓬ 陳漱渝〈魯迅北京時期與一些報刊的關係〉，見《魯迅生平史料滙編》第三輯，頁六五七—六五八。

「一九二五年二月二十八日」⑬。根據王永昌與陳根生所說，遲至一九七七年，人們才在已故錢玄同的藏書中，「無比欣喜地發現了北京《民國日報副鐫》一九二五年三月五日至八日上〈長明燈〉分四期連載的最初文字。」⑭

分別在廣州、上海和北京出版的《民國日報》都是國民黨的機關報。很顯然的，由於要隱藏魯迅與國民黨人物及其刊物與機構之關係，大陸的出版社在一九七六年以前，盡量以「不詳出處」爲藉口，不讓讀者知道〈長明燈〉原來是因爲魯迅受國民黨要人邵元冲之邀，把它發表在《民國日報》上。這是魯迅研究許多禁忌之一，不過一九七六年以後，這些禁忌逐漸被打破了⑮。本

---

⑬ 復旦大學、上海師大、上海師院編寫的《魯迅年譜》(合肥：安徽人民出版社，一九七九)中，也說「是否發表待查(見該書上册，頁二四三)。該書雖是一九七九年出版，應是四人幫時代產物。前言說明是「遵照毛主席『讀點魯迅』，『學魯迅榜樣』」而編寫。

⑭ 王永昌〈「長明燈」發表出處是怎樣查明的?〉見《魯迅研究百題》(長江：湖南人民出版社一九八一)，頁一四九—五二；陳根生《魯迅名篇問世以後》(上海：復旦大學出版社，一九八六)，頁一二四—一二五。

⑮ 像陳根生說，「魯迅當時將〈長明燈〉交《北京民國日報》發表，不是也足以說明魯迅的政治態度是對孫中山的革命活動鮮明地表示支持和信任的麼?」見前⑭，頁一二五。不過我個人的看法，也許有些學者會不同意，而肯定發表〈長明燈〉的《民國日報》確是在一九七八年才找到，而且認爲這點應不包括在許多魯迅研究禁忌之內，因爲一九二七年四月以前的國民黨是革命的統一戰線組織，那時毛澤東擔任國民黨中央代理宣傳部長，許多共產黨人加入國民黨，因此無須廻避。

文前面提到的魯迅髮妻朱安女士，一九七六年以前出版的魯迅傳記和資料，尤其四九年以後，都盡量不提，以免損害魯迅的革命形象，或冒犯許廣平女士，可是八〇年以後所出版的有關魯迅研究書籍，就沒有太受以前的禁忌所約束了⑯。

陳漱渝曾比較〈長明燈〉發表在《民國日報》與後來收集在《徬徨》中的文字，他發現魯迅在收入《徬徨》時，曾進行修改潤飾工作，在字、句等方面的修改加工，多達一百多處。⑰譬如描寫闊亭大罵「瘋子」時，用拳頭打在桌面上，初發表時有這樣一句：「……一只茶碗的蓋子也噫的一聲，翻了身。」收入《徬徨》後，改成「……一只斜蓋著的茶碗蓋子也噫的一聲，翻了身。」這樣修改，使茶碗蓋子的翻身，更合情合理。另一句竟改動了六處之多，我把初刊時和收入《徬徨》時改過的句子抄錄於下面，請比較一下⑱：

（初刊稿）：灰五嬸答應著，走到東牆下拾起一塊炭來，就在牆上畫著一個小三角形和一排短的細線下面，畫上四條線。

---

⑯ 譬如前引的一九八三年出版的《魯迅生平史料彙編》，就打破禁忌，收入俞芳的〈封建婚姻的犧牲者——魯迅先生和朱夫人〉，詳述魯迅與朱安女士的終生生活情況，見該書頁四七六—四八六。

⑰ 同⑬及⑭。

⑱ 本文所引〈長明燈〉原文，均取自《魯迅全集》卷二，（北京：人民出版社，一九五七），頁五五—六六。

（修訂稿）：灰五嬸答應著，走到東牆下拾起一塊木炭來，就在牆上畫有一個小三角形和一串短短的細線的下面，畫添了兩條線。

由此可見，魯迅寫作態度之認眞。

三、重新認識〈長明燈〉

〈長明燈〉的小說世界叫吉光屯，主要以一間社廟、一間灰五嬸開設的茶館和四爺的客廳所構成。社廟的正殿供奉著一盞長明燈，傳說是從梁武帝時就點起的，綠瑩瑩的燈光，村裏的人都迷信，長明燈一滅，所有的人都會變成泥鰍，天下從此毀滅。平常進出茶館的多是自以爲「豁達」的年輕人，他們是方頭、三角臉及壯七光、闊亭。老一輩以四爺、郭老娃和灰五嬸爲代表，他們出門須查黃曆，出去須先走喜神方，迎吉利。

〈長明燈〉小說情節，圍繞著主人公「瘋子」，他與村裏所有人的思想不同，從小就要吹熄長明燈，年輕時嘗試過一次，由於被蒙騙了，結果不成功[19]。這一次他堅決要吹熄長明燈，爲了達到目的，甚至要放火燒毀整座社廟。他的口號開始是「熄掉他熄掉他」，後來更激烈，變成

「我放火」。他決心熄掉長明燈，是因爲他相信「熄了便再不會有蝗蟲和病痛」。也正因爲如此，全村的人都把他當作瘋子，爲了怕「那燈一滅，這裏就要變海」，他們先計畫把瘋子活活打死，後來由於他祖父做過大官，也捐過錢建廟，改變方法，把他鎖在廟裏。他雖然被囚禁起來，「我放火」的喚叫時常震動了黑沉沉的吉光屯。

〈長明燈〉自一九二五年發表後，跟《吶喊》和《徬徨》的多數作品比較，算是其中最不受人注意的一篇。專門探討〈長明燈〉的論文，至今我只讀到幾篇。最早的要算許欽文在一九五八年出版的《徬徨分析》一書中的長明燈評析（該書對《徬徨》每篇小說都作了一篇獨立分析的文章）⑳，其次是榮太之〈「長明燈」與「北京民國日報」〉和陳漱渝〈談魯迅對「長明燈」的修

---

⑲ 由於文字之晦澀，〈長明燈〉中灰五嬸這一段話有二種意思：「他的老子也就有些瘋的。聽說：有一天他的祖父帶他進社廟去，教他拜社老爺、瘟將軍、王靈官老爺，他就害怕了……從此便有些怪。後來就像現在一樣，一見人總和他們商量吹熄正殿上的長明燈……」第三個「他」指的是瘋子父親或是瘋子自己，可作兩種不同的解釋。

⑳ 許欽文《徬徨分析》（北京：中國青年出版社，一九五八），頁四七—五五。早期的魯迅小說研究，多數收集於《魯迅卷》中（香港：中國現代文學社翻印，共二十一册）。袁良駿《魯迅研究史》上卷（西安：陝西人民出版社，一九八六），有專章討論一九四九年前的魯迅小說研究概況，頁二八六—三四一。下卷討論到一九八三，尚未見出版。

改〉㉑，近年出現論這篇小說的專篇有飽齊的〈論「長明燈」的重要歷史意義〉和陳根生的《魯迅名篇問世之後》一書中的〈長明燈〉㉒，此外還有一些兼論魯迅其他小說的論文㉓。

雖然〈長明燈〉的專論文章不多，過去也有人對它特別重視，列爲魯迅小說名作之一，譬如一九三七年上海的生活書店出版的《魯迅代表作》，選了魯迅的散文、歷史小說和創作小說三種作品的代表作，〈長明燈〉與〈狂人日記〉、〈孔乙己〉和〈風波〉被選錄爲魯迅創作的代表作㉔。這篇小說也曾被改編成獨幕話劇，先後在中國及香港演出㉕。

㉑ 榮太之〈「長明燈」與「北京民國日報」〉，《魯迅研究資料》第三輯（天津：人民出版社，一九七〇），頁三一四—三六〇。陳漱渝〈談魯迅對「長明燈」的修改〉，《北京日報》，一九七八年十月十三日。

㉒ 北京市魯迅研究學會籌委會編《魯迅研究論文集》（成都：四川人民出版社，一九八二），頁二八一—二九九，陳根生的文章，見⑭，頁一二四—一三三。

㉓ 譬如黎風〈思想境界和浪漫主義色彩：談談「長明燈」的思想藝術〉，《魯迅小說藝術講話》（西安：陝西師範大學出版社，一九八六），頁八一—九六；范伯群、曾華鵬〈創新——不斷突破自己鑄成的模型：論「頭髮的故事」、「白光」、「長明燈」和「示衆」〉，《魯迅小說新論》（北京：人民文學出版社，一九八六），頁九八—一一五。

㉔ 《魯迅代表作》（上海：生活書店，一九三七），頁一四七—一六二（〈長明燈〉）。

㉕ 此劇本收集於《魯迅的創作方法及其他》（重慶：新中國文藝社，一九三九）。又見陳根生《魯迅名篇問世以後》，頁一二七—一二八。

近年來〈長明燈〉的主題意義及藝術技巧日愈受到重視。王富仁的《中國反封建思想革命的一面鏡子：「吶喊」「徬徨」綜論》[26]、嚴家炎的〈魯迅小說的歷史地位〉[27]等近年的研究，都把〈長明燈〉的重要地位重新調整，雖然還沒有深入和有系統的分析。

本文嘗試重新認識〈長明燈〉的重要藝術結構及其意義。

四、從「救救孩子」到「我放火」

〈長明燈〉在魯迅小說創作中，在中國大陸被肯定其重要地位，主要是因為它代表「魯迅思想發展途程上不可忽視的一座界標」[28]，並不是因為這篇小說有什麼獨創性或藝術手法之突破。正如陳根生說最早認識〈長明燈〉的重要意義，給予很高評價，是一位政治家。李大釗在魯迅發表了〈長明燈〉不到半個月就說：

[26] 王富仁《中國反封建思想革命的一面鏡子：「吶喊」「徬徨」綜論》（北京：北京師範大學出版社，一九八六）。

[27] 嚴家炎〈魯迅小說的歷史地位〉《北京大學紀念魯迅百年誕辰論文集》（北京：北京大學出版社，一九八二），頁一九五—二〇一。

[28] 飽齊〈論「長明燈」的重要歷史意義〉《魯迅研究論文集》，頁二八一。

我看這是他要「滅神燈」「要放火」的表示，這是他在〈狂人日記〉中喊了「救救孩子」之後緊緊接上去的戰鬬號角。㉙

魯迅在寫〈狂人日記〉時，思想上相信進化論，把希望寄托在下一代的身上。他的小說，目的要把病根和弊病暴露出來。〈狂人日記〉的主人翁所以「狂」，因爲他大膽的指出禮敎吃人，勸人不要把封建思想灌輸給年輕的一代，這樣社會便可逐漸變好。狂人自己在呼籲過後，發現無濟於事，終於「赴某地候補」。

〈長明燈〉的瘋子被蒙騙過一次之後，更堅決、勇敢的要吹熄那盞象徵封建文明和迷信的神燈，他爲了要達到目的，不惜放一把火，把整座社廟燒掉，以求長明燈的熄滅。小說中的年輕人，如方頭、闊亭、三角臉和莊七光等，雖然以「豁達自居」，他們比封建地主們更殘暴。像闊亭就主張把瘋子「打死了就完了」。他向四爺、郭老娃及羣衆建議，「大家一齊動手，分不出打第一下的是誰」，活活把瘋子打死。最後雖然沒有被活活打死，卻被囚禁在廟裏的一間空屋子裏。正因爲瘋子代表五四時期舊文化傳統的叛逆者，長明燈又象徵五四時代要打倒的一切的總代

㉙ 陳根生《魯迅名篇問世之後》，頁一二五。李大釗的評論見劉弄潮〈李大釗和魯迅的戰鬬友誼〉見《百科知識》一九七六年第二期。引自劉弄潮書中。

表，所以眼中只有政治和思想的批評家，便緊緊捉住這一點，認為〈長明燈〉的重要意義，在於它的歷史性和思想性價值㉚。

這樣閱讀〈長明燈〉的人，實際上只停留在小說文字和情節的最表層上，如果要全面和深入認識這篇小說，有必要走進響徹着「熄掉他熄掉他」和「我放火」的口號的吉光屯裏面，詳細考察一下那裏的人物和社會背景。吉光屯雖小，它的茶館、它的長明燈、它的村民之間都是具有複雜的思想內涵和不平凡的藝術結構。

五、思想內容通過象徵性的人物、事物、風景表現出來

閱讀〈長明燈〉的時候，如果我們先了解一下日本厨川白村的《苦悶的象徵》中的文學理論，也許更能明白這篇小說的藝術結構和表現手法。一九二三年九月一日厨川白村在日本關東大地震時死於鎌倉的海嘯。他逝世後，他的夫人在他鎌倉的別墅廢墟上找到《苦悶的象徵》的遺稿。一九二四年三月《苦悶的象徵》在日本東京出版㉛，魯迅很快的在四月就買到這本書，九月

㉚ 同㉙中陳根生與飽齊的論文便代表這種評價。

㉛ 見魯迅《苦悶的象徵》譯者引言及原書後記，〔魯迅全集〕（北京：人民文學出版社，一九七三），頁一七一一九及一二九一一三〇。

二十日開始翻譯，二十天內就譯完，一九二五年三月由新潮社出版。下面是《魯迅日記》中的一些記載㉜：

1.（一九二四年四月）八日晴。休假……午後大風。往北大取薪水十元，八月份訖……往東亞公司買《文學原論》、《苦悶的象徵》、《真實はか「伴ろ」》各一部，共五元五角……

2.（一九二四年九月）二十二日晴。……夜譯《苦悶的象徵》開手。

3.（一九二四年十月）十日晴。休假……夜譯《苦悶的象徵》訖。

4.（一九二四年十二月）四日晴。……校《苦悶的象徵》。

5.（一九二四年十二月）十二日晴。……夜校《苦悶的象徵》。

6.（一九二四年十二月）三十日雨雪。……校《苦徵》印稿。

7.（一九二五年一月）十四日雲。……校《苦徵》印稿。

㉜《魯迅日記》，頁四八二、五〇二、五〇三、五〇八、五〇九、五一一、五一七、五二三。此外還有其他有關翻譯或校對該書之處未引。

8.（一九二五年三月）七日晴。……下午新潮社送《苦悶的象徵》十本……

由此可見此書眞正的出版日期應是一九二五年三月，並不是初版時所印一九二四年十二月。後來一些魯迅作品繫年之類的書，都誤作一九二四年出版㉝。

魯迅在一九二五年一、二月，《苦悶的象徵》還在校對中，他又翻譯了厨川的另一本文學理論《出了象牙之塔》㉞，同時又搜羅厨川的其他著作加以翻譯，他這時候也寫了不少有關厨川的文章，甚至把《苦悶的象徵》作爲北京大學的授課講義㉟。由此可見魯迅對厨川的文學理論之重視。魯迅在中文翻譯本的引言說㊱：

這在目下同類的羣書中，殆可以說，旣異於科學家似的專斷和哲學家似的玄虛，而且也並無一般文學論者的繁碎。作者自己就很有獨創力的，於是此書也就成爲一種創作，而對於文藝，卽多有獨到的見地和深切的會心。

㉝ 譬如《魯迅著譯繫年目錄》作一九二四年十二月出版，頁七一。
㉞ 《魯迅日記》一月二十八日及二月十八日，頁五一八及五二〇。
㉟ 溫儒敏〈魯迅前期美學思想與厨川白村〉，《北京大學紀念魯迅百年誕辰論文集》（北京：北京大學，一九八二），頁八三—八四。
㊱ 〈苦悶的象徵・引言〉，《魯迅全集》，頁一八。

魯迅自己的作品注重表現「上流社會的墮落和下層社會的不幸，」㊲堅持文學要「揭出病苦，引起療救的注意，」㊳剛好廚川白村在《苦悶的象徵》也以「人間苦」爲文學表現的根源與內涵。而「象徵」，則是文學表現的重要手法。魯迅在翻譯《苦悶的象徵》的引言中這樣簡單扼要的介紹廚川白村的理論：

> 至於主旨，也極分明，用作者自己的話來說，就是「生命力受了壓抑而生的苦悶懊惱乃是文藝的根底，而其表現法乃是廣義的象徵主義」。但是「所謂象徵主義者，決非單是前世紀末法蘭西詩壇的一派所曾經標榜的主義，凡有一切文藝，古往今來，是無不在這樣的意義上，用着象徵主義的表現法的。」㊴

廚川白村認爲，「一抽象底的思想和觀念，決不成爲藝術。」思想內容，經過「具象底的人物、事物、風景之類的活的東西而被表現的時候」，才是藝術㊵。因此廚川的結論自然是「受了

㊲〈英譯本「短篇小說選集」自序〉，《魯迅論創作》（上海：上海文藝出版社，一九八三），頁四六。

㊳〈我怎麼做起小說來〉，同上，頁四三。

㊴〈苦悶的象徵·引言〉，《魯迅全集》，卷十三，頁一八。

㊵《苦悶的象徵》，同上，頁五一。

象徵化，而文藝作品才有成就」㊶。

另一方面，厨川反對描寫表象的現實主義。他說要寫「人生的大苦患，大苦惱」，不能當作「外底事象的忠實的描寫和再現」，否則「那是謬誤的皮相之談」。所以他又說：「極端的寫實主義和平面描寫論，如作爲空理空論則弗論，在實際的文藝作品上，乃是無意義的事。……藝術到底是表現，是創造，不是自然的再現，也不是模寫。」㊷

同時值得注意的是，厨川還指出，所謂描寫深入不是詳細描寫表面的現實：

所謂深入的描寫者，並非將敗壞風俗的事象之類，詳細地，單是外面底地細細寫出之謂；乃是作家將自己的心底的深處，深深地而且更深深地穿掘下去，到了自己的內容的底的底裏，從那裏生出藝術來的意思。……㊸

魯迅在翻譯《苦悶的象徵》前後，都很注意和肯定其他象徵主義作品，特別是俄國作家安特萊夫

㊶ 同上，頁五三。
㊷ 同上，頁五四。
㊸ 同㊵，頁五五。

的小說㊹。譬如一九二一年九月，魯迅在翻譯安特萊夫的短篇小說〈黯淡的烟靄裏〉，在附記中就極力稱贊地說：

> 安特萊夫的創作裏，又都含着嚴肅的現實性以及深刻和纖細，使象徵印象主義與寫實主義相調和。俄國作家中，沒有一個人能夠如他的創作一般，消融了內面世界與外面表現之差，而現出靈肉一致的境地。他的著作是雖然很象徵印象氣息，而仍然不失其現實性的。㊺

魯迅與象徵主義理論與作品之姻緣，告訴我們分析他的小說時，象徵手法是不可忽略的一個層面。此外《苦悶的象徵》的第二章的鑒賞論，也可幫忙我們去欣賞魯迅自己的作品：

> 所以文藝作品所給與者，不是知識(information)而是喚起作用(evocation)。刺激了讀者，使他自己喚起自己體驗的內容來，讀者的受了這刺激而自行燃燒，即無非也是一

㊹ 參考溫儒敏〈魯迅前期美學思想與廚川白村〉，《北京大學紀念魯迅百年誕辰論文集》，頁一〇三—一〇五；嚴家炎〈魯迅小說的歷史地位〉，見同書，頁一九五—一九九。另外關於安特萊夫對魯影響，參考王富仁《魯迅前期小說與俄羅斯文學》(西安：陝西人民出版社，一九八三)，頁一〇二—一三七。

㊺ 〈黯淡的烟靄裏〉譯後附記，見《現代小說譯叢》，〔魯迅全集〕卷十一，頁二六〇。

種創作。倘說作家用象徵來表現了自己的生命，則讀者就憑了這象徵，也在自己的胸中創作着。倘若作家這一面做着產出底創作（productive creation），則讀者就將這收納，而自己又做共鳴底創作（responsive creation）。有了這二重的創作，才成文藝的鑒賞。㊻

因爲過去許多人把〈長明燈〉當作知識看待，這不是文藝欣賞，因此他們只看到小說中「熄掉他熄掉他」和「我放火」等政治思想口號，完全忽略了小說中的象徵。他們不知道，魯迅的小說，正像安特萊夫的創作，象徵主義與寫實主義相調和，「消融了內面世界與外面表現之差，現出靈肉一致的境地。」

六、打破象徵主義的禁忌之後

探討魯迅小說中的象徵結構，是近年來才出現的努力。在中國大陸，研究魯迅與象徵主義的

㊻《苦悶的象徵》第二章，〔魯迅全集〕卷十三，頁七二。

關係也是一個禁區，雖然魯迅是一個博取眾家，取其所長的作家，他主張拿來主義者：「沒有拿來的，文藝不能成爲新文藝」㊼，可是由於中國大陸官方文藝政策上的限制，尤其一九四九年至一九七六年間，一般學者盡量不提，正如嚴家炎所說的，「不敢承認它的存在」：

> 在魯迅小說中，除了作為主體的現實主義之外，還採取了其他的創作方法，其中尤以象徵主義、浪漫主義最為顯著。這兩種創作方法，有時作為魯迅小說中的成分，與現實主義相結合而存在；有時則各自構成獨立的作品，顯出迥異出衆的風姿。它們都早已是客觀的存在。只是長期以來，或者由於受了現實主義獨尊論的影響，我們往往較少提到魯迅小說中的浪漫主義（特別在一九五八年以前），而對象徵主義則乾脆視而不見，不承認它的存在。這就把魯迅小說的創作方法理解得相當狹窄，封閉了本來應該是寬廣的創作道路。㊽

打破禁忌後，嚴家炎發現〈長明燈〉是一篇「通篇用象徵主義創作方法寫成」的作品㊾。溫

㊼〈拿來主義〉，《魯迅論創作》（上海：上海文藝出版社，一九八三），頁六七〇。

㊽嚴家炎〈魯迅小說的歷史地位〉，《北京大學紀念魯迅百年誕辰論文集》，頁一九三。

㊾同上，頁二〇一。

儒敏肯定魯迅受了安特萊夫和《苦悶的象徵》的影響：

而正當魯迅在推薦安特萊夫這兩個象徵主義劇本的同時，他自己也用象徵手法寫下了小說〈長明燈〉。這是他譯《苦悶的象徵》後所寫的頭一篇小說。㊿

接着他分析這篇小說：

小說中的瘋子是反封建戰士的象徵，那盞燈是封建思想文化的象徵，瘋子執意熄燈意味着摧毀封建思想文化的那種決心和行動，作者對象徵反封建的戰士的瘋子作了贊頌，但又惋惜他脫離羣衆，那樣孤獨，透露了作者尋求革命力量的渴望。作品的寓意是相當深廣的。如果只用寫實的手法，光是寫一些很實在的人物事件，在這樣的短篇中，恐怕難表達出如此深廣的主題。魯迅用象徵的手法，就極概括而又很酣暢地表現出來了。51

在更早的時候，美國學者賴威廉（William Lyell Jr.）稱瘋子是一個象徵性多於眞實性的年輕革

㊿ 溫儒敏〈魯迅前期美學思想與厨川白村〉，頁一〇四。
51 同㊿，頁一〇五。

命者 (a young rebel who is more symbol than flesh)，佛克馬 (D. W. Fokkema)，韓南 (Patrick Hanan)，都肯定魯迅對象徵主義的喜愛[52]，而李歐梵稱它爲象徵性的寫實主義 (symbolic realism) 是最恰當不過了[53]。

魯迅自己指出，他的小說，「所寫的事迹，大抵有一點見過或聽到過的緣由」，而且「決不全用這事實，只是採取一端，加以改造，或生發開去，到足以幾乎完全發表我的意思爲止。」[54]他的小說所寫的人物或背景，既有自傳性，也有地方性，既反映中國社會，也有普遍的世界性意義。因此稱之爲「象徵性的寫實主義」是很貼切的。

〈長明燈〉就是這樣的作品，而且不少人已開始注意到它的象徵手法。

---

[52] William Lyell Jr., *Lu Hsun's Vision of Reality* (Berkeley: University of California Press, 1976), p. 250; Patrick Hanan, "The Technique of Lu Hsun's Fiction", *Harvard Journal of Asiatic Studies* vol. 13(1974), p. 61; Douwe Fokkema, "Lu Xun: The Impact of Russian Literature",: in *Modern Chinese Literature in the May Fourth Era*, ed. M. Goldman (Cambridge Mass.: Harvard University Press, 1977), pp. 91 and 94.

[53] Leo Lee, *Voices from the Iron House: A Study of Lu Xun* (Bloomington: Indiana University Press, 1987), p. 61.

[54] 〈我怎麼做起小說來〉，《魯迅論創作》，頁四三—四四。

七、茶館、客廳與社廟：中國舊社會制度的縮影

我在本文第五節，曾引述《苦悶的象徵》的理論說，抽象的思想和觀念，決不成爲藝術。文學藝術的最大秘訣，是要表現具體，因此思想內容需要通過具體的人物、事件、風景表現。而經過改裝打扮而出現的東西，才是藝術。「賦與這象性者，就稱爲象徵（Symbol）。」現在讓我們根據這創作原理，考察一下〈長明燈〉的一些具象性的人物、事件、風景。

〈長明燈〉的小說背景放在一個小小的吉光屯裏，它唯一的茶館、供奉長明燈的社廟、四爺的客廳成爲這個小村鎮的地方標誌和生活方式。吉光屯，就像〈阿Q正傳〉裏的未莊、〈故鄉〉裏的魯鎮，象徵着舊中國[55]，而茶館、社廟、客廳正是舊中國的社會文化結構及生活的縮影。

吉光屯唯一的茶館，由一位寡婦灰五嬸經營，她是「本店的主人兼工人」，目不識丁，但人很機智，當三角臉叫她暫時把茶錢記帳時，她就「拾起一塊木炭來，就在上畫有一個小三角形和

[55] 本人所寫〈探訪紹與與魯鎮的咸亨酒店及其酒客〉曾以魯鎮爲例做了一些探討（見本書第六章），另外王富仁《中國反封建思想革命的一面鏡子：「吶喊」、「徬徨」綜論》一書中也有略論這問題之一章，見該書，頁三七〇—三七九。

一串短短的細線的下面，劃添了兩條線。」小三角形代表欠帳人，後面兩條線代表所欠款項[56]。她常常替茶客排紛解難，瘋子第一次要吹熄長明燈時，她的「死鬼」丈夫用厚棉被包圍起來，黑漆漆一片，瘋子以爲吹熄了，於是便被騙過去。這一次瘋子再鬧事，灰五嬸看羣衆策手無措，便建議大家去拜見吉光屯的地主四爺，終於在四爺的客廳商量好把瘋子囚禁起來。灰五嬸相信長明燈一滅，全村就要變成大海，所有的人就變成泥鰍，雖然那盞燈是梁武帝還是「梁五弟」點燃後一直留傳下的，她也搞不清楚。她一生中只知道天下祈望社廟殿堂的長明燈不熄，凡是生活中有危機，就去找大地主四爺商量，讓他決定全村人的命運。因爲出入茶館的，都是年輕人，她倚老賣老憑着資格老，他們都聽從灰五嬸的話。她無形中已成爲社區領袖，雖然她自己愚昧、落後、守舊、迷信。

吉光屯的茶館，跟〈藥〉中的茶館、〈孔乙己〉的咸亨酒店一樣，都是中國舊社會一角，舊社會結構的一部分。在〈長明燈〉裏，吉光屯象徵舊中國，而這個舊中國由三大社會結構形成金字塔形。基層由茶館組成，中層屬於大地主四爺的客廳，最高層是社廟，其上又以大殿中的長明燈作最高點。這就是爲什麼魯迅安排盲從封建傳統的人，但又自認全村最「豁達自居」的人，羣

56 當〈長明燈〉初次在《北京民國日報》發表時，「兩條線」作「四條線」，大概魯迅後來覺得在吉光屯喝茶收費四文錢太貴，減爲二文錢。

集在灰五嬸的茶館商量大事。青年人與灰五嬸都已思想中毒，認爲古代傳下來的一切都是神聖不可侵犯，而問題不能以一齊動手把瘋子打死，因爲瘋子的祖父揑過印靶子、祖宗造社廟時又捐過錢，只好把問題呈請給更上層的統治人物四爺來裁決。茶館及其主人，不是舊中國最底層的社區及其領導人嗎？灰五嬸的話能使人服從，因爲她資格老，她反對把瘋子當忤逆或活活打死處理，並不是心腸軟，她的決定一切都根據吉光屯的老規矩：那不是法律，而是看家庭背景與封建社會的關係。

因爲防止瘋子放火，闊亭、方頭和莊七光不辭勞苦地東奔西跑，最後他們進入舊社會統治者最高階層的「客廳」：

闊亭和方頭以守護全屯的勞績，不但第一次走進這一個不易瞻仰的客廳，並且還坐在老娃之下和四爺之上，而且還有茶喝。

四爺表面上穩重、冷靜，不像年輕人喊打喊殺的。他還以伯父的慈愛口吻，表示怕瘋子絕後，實際上他正要借刀殺人，利用愚昧的年輕人爲他除掉這個侄兒，占領他的屋子。

通過茶館和四爺的客廳，魯迅把中國封建舊制度社會的統治結構，象徵性的表現了出來。灰五嬸、郭老娃、四爺他們爲什麼能統治那樣多的羣衆？除了他們扮演爲民服務（灰五嬸與她的

「死鬼」)、父母官(郭老娃)的角色，最重要上頭還有鞏固了幾千年的封建思想文化。這就是殿堂供奉着一盞從梁武帝點起的長明燈的社廟。廟裏還供奉着社老爺、瘟將軍、王靈官老爺。這些都是愚弄老百姓的工具。封建統治加上迷信，這就是爲什麼從灰五嬸到四爺都極力保護社廟，尤其那盞長明燈，那是他們權力的根源。沒有這座愚弄人的社廟，吉光屯的老百姓便會造反，統治階級自然「變成泥鰍」，農村變成革命之海。於是吉光屯就是舊中國縮影。

魯迅似乎刻意讓小說從茶館開始，高潮發生在四爺的客廳，然後「綠瑩瑩的長明燈照出神殿、神龕，而且照到院子」時，小說在社廟門口唱着歌兒結束，這時吉光屯已黑暗一片。由茶館、客廳、社廟構成的黑暗的小村鎮，不正是象徵着封建落後的舊中國嗎?它的制度還根基鞏固的矗着，因爲愚昧、保守、守舊、迷信的老百姓還未覺醒。

唯一清醒的人卻被囚禁在暗室中，他只能用眼光「在地上、在空中、在人身上，迅速地搜查，彷彿想要尋火種。」

八、拒絕向鬼怪跪拜的「瘋子」

瘋子自己也是屬於舊社會的一分子，他的祖宗曾捐過錢造廟，祖父做過大官，可是到了他的父親，開始不向鬼神屈服了。瘋子比他父親更激烈，他覺醒後，廟裏供奉的三頭六臂的藍臉，三只眼睛，長帽、半個的頭，牛頭和豬牙齒，都是牛鬼蛇神，是害人的鬼怪，如果長明燈被吹熄了，它們也會被毀滅。

吉光屯的人，很難想出對付瘋子的方法。如果他是普通老百姓，大家一口咬定他作亂，一齊動手打死，就沒事了，連各莊那個瘋子就是如此對付的。可是瘋子是他們內部的自己人，不但出身統治階級，還是吉光屯最高階層的四爺的侄兒，因爲忤逆、活活打死等處罰都不能執行，同時瘋得太厲害，騙和驅邪都行不通。這不是暗示說，舊中國的革命已由封建地主階級內部的人自己發動了嗎？

最後商量出的方法，是把瘋子關在社廟西廂房的一間狹窄的暗室裏。這等於把革命者囚禁起來。小說結束時，吉光屯已恢復太平，不過「我放火」的呼叫時常從社廟裏傳出來，村民已失去了往日眞正和平靜穆的日子了。

九、在社廟裏長大的孩子們

吉光屯的社會結構分成三個層次，它的人民也可分成三種。以方頭、三角臉、闊亭、莊七光等人爲代表的年輕一代。他們出門不看黃曆，以「豁達自居」，老一代的「蟄居人」把他們看作

「敗家子」，因爲他們天天無所事事，天天呆在茶館遊手好閑地過日子，由於中了迷信的毒，被愚弄久了，他們愚昧、守舊，有意無意成爲統治階級的幫凶和打手。他們以茶館爲活動中心，自然灰五嬸成爲他們的領袖或參謀。

老富、郭老娃和四爺是屬於另一個集團的人物。他們罵年輕人是「敗家子」，但又利用他們來維持他們的統治勢力。他們都是僞善者，戴着假面具，像四爺霸占瘋子的房產，叫人把他鎖在廟裏，就是極殘忍的借刀殺人的高明手段。這些人以四爺的外人「不易瞻仰」的客廳爲基地。吉光屯居民的命運都由他們來決定。

那一批幼小的孩兒，魯迅把他們放在社廟院子裏遊戲，這暗示着從小他們就在長明燈綠瑩瑩的燈光下，三頭六臂的藍臉腳下長大，以後自然會崇拜鬼神，會維護這盞長明燈。社廟裏的一大羣鬼怪的塑像，象徵舊封建社會恐怖主義的統治手段。反過來看，小孩在廟裏遊玩，不是暗示他們將是迷信、保守的新生代嗎？

在創作〈狂人日記〉時，魯迅通過狂人說，還沒吃過人的小孩子也許還有，因此呼籲「救救孩子」。可是在〈長明燈〉中他似乎不太相信「進化論」，不以爲下一代的人就會醒覺，把光明帶給中國[57]。小孩在〈長明燈〉中也跟着成人仇視瘋子，有一個以蘆葦當槍，指向瘋子，「吧」

---

[57] 許欽文《「徬徨」分析》，頁五四。

的一聲表示要槍斃他[58]。

十、與迦爾洵〈紅花〉的聯繫

周作人在《魯迅小說裏的人物》關於〈長明燈〉的創作，曾這樣指出：

> 俄國迦爾洵（一八五五—一八八八）有一篇小說〈紅花〉，便是寫一個狂人相信病院裏的一朵紅花是世界上罪惡之源，乘夜力疾潛出摘取，力竭而死，手裏捏着花，臉上露出滿足的微笑。這裏狂人想熄長明燈，有點相像，但是不成功，被關到社廟的空屋裏去了。[59]

多年來，各國學者提到〈長明燈〉中瘋子企圖吹熄神燈的描寫，總是拿迦爾洵的狂人採花的小說

---

58 魯迅在〈孤獨者〉那篇小說中，也有相同的描寫：「一個很小的小孩，拿了一片蘆葦指着我道：殺！」，見〔魯迅全集〕卷二，頁二五三。

59 周遐壽《魯迅小說裏的人物》（原上海出版公司，一九五四；香港：中流出版社，一九七六），頁一七九—一八〇。

來比較⑩。魯迅個人對迦爾洵的小說及其創作手法有濃厚的興趣，他翻譯了他的小說〈四日〉及〈一篇很短的傳奇〉⑪。在後者的譯後記中，他推崇迦爾洵為「在俄皇亞歷山大三世政府的壓迫之下，首先絕叫，以一身來擔人間苦的小說家」，同時並指出〈紅花〉是一篇傑作：

> ……他的傑作〈紅花〉，敍一半狂人物，以紅花為世界上一切惡的象徵，在醫院中拚命擷而死……〈四日〉、〈邂逅〉、〈紅花〉，中日都有譯本了。〈一篇很短的傳奇〉，雖然並無顯名，但頗可見作者的博愛和人道底色彩……⑫

---

⑩ 在西方學者中，有 Patrick Hanan, "The Technique of Lu Hsun's Fiction" (pp. 72-73), William Lyell, Jr., *Lu Hsun's Vision of Reality* (p. 250, 252), Douwe Fokkema, "Lu Xun: The Impact of Russian Literature" *Modern Chinese Literature in the May Fourth Era* (p. 94) 等等論文，中國方面，有王富仁《魯迅前期小說與俄羅斯文學》（西安：陝西人民出版社，一九八三），頁一〇〇—一〇一；陳根生《魯迅名篇問世之後》，頁一三〇—一三一等。

⑪ 參見魯迅〈一篇很短的傳奇·後記〉，「魯迅全集」卷十六（譯叢補），頁六〇一—六〇二。〈四日〉（魯迅譯）、〈邂逅〉（周作人譯）均收入《域外小說集》，前兩篇現收入「魯迅全集」卷十一，頁一八五—二三一。〈紅花〉當時的中譯本，不詳為何人所譯及刊載何處。

⑫ 同上，頁六〇一—六〇二。

由此可見魯迅讀過這篇小說，而且極欣賞它，他沒翻譯，因為當時已有中譯本。〈一篇很短的傳奇〉譯後記寫於一九二一年十一月十五日，〈長明燈〉作於較後，那是一九二五年二月二十八日，可見〈紅花〉對〈長明燈〉的啓發，甚至影響是極可能的[63]。如果把兩篇小說一齊閱讀，下面小說故事細節安排上的類似，使人相信兩篇小說具有明顯的關係：

一、兩篇小說的主人公都是精神病患者，被人看作瘋子，而他們自己却不認為神經有問題，剛好相反，他們把自己看作具有革命思想的人。兩人都沒有姓名。

二、二位主人公都是第二次「發瘋」。迦爾洵的瘋人一年前曾因精神病被送入同一間醫院治療。魯迅的瘋人很多年前就曾瘋過，自己闖進廟裏要吹熄長明燈。

三、兩位「瘋子」都是努力把社會上的一切罪惡的根源杜絕。〈紅花〉的狂人把罌粟花看作一切罪惡的根源，魯迅的瘋人則把長明燈看作一切災難的象徵，吹熄它，「便再不會有蝗蟲和病痛。」

四、兩人都把採花和熄燈的工作，看作義不容辭，英烈的行為，想盡辦法把這任務完成。

[63] 〈紅花〉中譯可見於《一件意外事》(香港：上海書局，一九六六)，頁六〇—八八。譯者不詳。英文譯本，見 V. *Garshin Stories*, tr. by Bernard Isaacs (Moscow: Progress Publishers, 1982), pp. 218-243.

五、兩人在別人的勸誘和蒙騙時，表現清醒、態度堅定，不肯別人代他們去做，不受別人的哄騙。

六、〈紅花〉的瘋人採花的行動被發現後，曾被人囚禁在病房裏。魯迅的狂人企圖吹熄長明燈的行動出現後，也被鎖在廟裏的一間密室裏。

七、在〈紅花〉中，那些花會紅光燦爛的出現(The flowers were brighter, an unusually vivid scarlet flower)，〈長明燈〉火光也「綠瑩瑩」的出現眼前。

八、兩位瘋人使用的語言都有相似，〈紅花〉：「你會完蛋的！我看見第三朵，正要開花，正是時候，讓我完成我的任務！我要把它採掉！弄死它！這樣天下便太平，所有的人便安全了。我會派你去，但只有這工作需要我親自去完成……」[64]〈長明燈〉：「就因為那一盞燈必須吹熄……吹熄，我們就不會有蝗蟲，不會有豬嘴瘟……」「……不能！不要你們。我自己去熄，立刻去熄！」

當然在這些相似點的後面，在類似的主題裏面，貫穿着各自的社會現實內容和思想，還有國家傳統問題，因此〈紅花〉狂人能成功完成採摘三朵紅花的使命，而〈長明燈〉的瘋人卻被鎖在

---

[64] 引文作者自譯，見 V. *Garshin Stories, p.* 240.

密室裏，只能高喊「我放火」的口號。前者因完成使命而犧牲，後者的命運卻不得而知，因長明燈還「綠光瑩瑩」。

小說結束時，〈紅花〉的狂人在天亮時，因採花受傷和過度勞累而逝世，他的手緊緊握住第三朵罌粟花不放，別人就這樣把他與花一齊埋葬。〈長明燈〉結束時，吉光屯正進入黑夜。被人鎖起來的瘋子，一只手扳着木柵，一只手撕着木皮，口裏高喊「我放火」。

十一、與《野草》的火和黑暗意象的相關意義

魯迅象徵性很高的散文詩集《野草》[65]寫於一九二四至二六年間，只有〈題辭〉作於一九二七年。因此它與一九二五年寫的〈長明燈〉時間很相近。《野草》中火與黑暗的意象，在許多篇章中，都具有重要的意義。譬如關於火的意象，在〈題辭〉中，魯迅希望「地火」燒盡一切野草以及喬木，地面將沒有朽腐的東西。〈秋夜〉黑暗的屋子裏有「燈光」，吸引了不少小青蟲。〈雪〉在寒冷中，屋內的火使到屋上的雪融化。〈死火〉中，冰中有永遠燃着的火焰。至於黑夜

[65] 本文所引《野草》，篇章均出自《魯迅全集》卷一，頁四六三—五三八。

或黑暗出現更多，〈希望〉、〈秋夜〉、〈影的告別〉、〈好的故事〉都有[66]。

〈長明燈〉中的火與黑暗的意象應該與《野草》的有所聯繫，而且也值得我們特別留意。吉光屯是一個黑暗落後的小村鎮，居民害怕黑暗，所以盲目的膜拜這盞舊社會遺留下的燈。瘋子發現這火光是愚弄老百姓的工具的化身，不是眞正他們追求的火光，它是黑暗的化身，守護這火光的人都以黑爲名（灰五嬸、老黑），以示同類[67]。因此決心把它吹熄，讓村鎮完成黑暗一片，這與〈影的告別〉中所謂「我不願彷徨於陰暗之間，我不如在黑暗裏沉沒」的意義是一樣的。瘋人心裏想的大概是：「只有我被黑暗沉沒，那全世界屬於我自己」。這小鎮明明是一個保守、落伍、愚昧、迷信、暗無天日的地方，卻因爲一盞小燈的點綴，竟被認爲是「吉光屯」，瘋子自然選擇完全黑暗。這樣大家才會醒覺原是住在黑暗的國度裏。當他第一次發瘋要吹熄長明燈，灰五

[66] 有關《野草》的研究分析，近年來單篇論文與專著已有不少出版，如王瑤〈論野草〉，《魯迅作品論集》（北京：人民文學出版社，一九八四），頁一一八─一四五，曾華鵬、李關元〈論「野草」的象徵手法〉，《紀念魯迅誕生一百周年學術討論會論文選》（長沙：湖南人民出版社，一九八三），頁一一九─一二九，孫玉石《「野草」研究》（北京：中國社會科學出版社，一九八二），袁良駿《魯迅研究史》上卷（西安：陝西人民出版社，一九八六），有專章概述至一九四九年的《野草》研究史，見該書頁三七二─三九六。下卷論到一九八三年的各家研究成績，書名改爲《當代魯迅研究史》（西安：陝西教育出版社，一九九二）。

[67] 莊七光的名字是僞裝，就如吉光屯，明明是黑暗落後之地。

嫿的「死鬼」想了一個辦法，將厚棉被包圍住燈光，四周「漆漆黑黑」，因此被蒙騙了。

魯迅在《野草》的〈題辭〉中說：

我自愛我的野草，但我憎惡這以野草裝飾的地面。[68]

[68] 《野草》，〔魯迅全集〕卷一，頁四六三。

魯迅研究重要參考書目題解

近二十年來，因爲教授魯迅，也撰寫有關魯迅研究的論文，自己逐漸的經營着一間魯迅研究的參考資料室，這樣就可以避免經常去大學圖書館找資料。目前有關魯迅研究的重要參考書目，眞是汗牛充棟，下面所列的參考書，並不完整，只是根據我個人的研究和教學的需要（尤其研究魯迅文學作品），最常用到的一批參考工具書。在題解時，我只用三言兩語，點到爲止，不作詳細的分析。爲了方便，我將這些書目分成十大類：㈠魯迅的傳記・年譜；㈡魯迅的著作；㈢魯迅作品英譯；㈣魯迅專題論文選錄；㈤魯迅著譯年表；㈥魯迅作品索引研究辭典及其他；㈦魯迅研究史；㈧魯迅生平史料；㈨魯迅研究學術論著書目及㈩魯迅研究期刊・叢書。

這一批參考書，不管對魯迅專家或剛開始研究魯迅的學生，都極其重要，因爲魯迅研究已逐漸進入相當複雜的境界，就像研究《紅樓夢》的紅學，如果不先搞清楚歷代的研究成果，掌握已建立起來的一套紅學參考書目，不管頭腦多好的人，分析能力與獨特見解是無法發揮的。所以熟悉以下這一批基本的魯迅研究參考書目，是研究魯迅的第一步。

一、魯迅的傳記．年譜

1. 王士菁《魯迅傳》（上海：新知書店，一九四八初版），五二九頁。

中國人寫的第一本魯迅傳記。最早的《魯迅傳》應是日本小田獄夫所寫，魯迅逝世十一周年時，王士菁才完成這本《魯迅傳》。王士菁這本傳，是把魯迅神化的開始。許廣平與周建人分別替這傳記寫序與後記。《魯迅傳》在一九五九年曾作修改，由中國青年出版社出版。

2. 朱正《魯迅傳略》（北京：人民文學出版社，一九八二，一九五六年初版），三八〇頁。

這本傳記完成於一九五六，算是其中最早的魯迅傳。作者在一九八一年再版時，重新修訂。是一本比較客觀的魯迅傳。朱正另有一本《魯迅》（北京：人民出版社，一九八五，一五〇頁），是給青少年讀的一本小傳。

3.周啓明《魯迅的青年時代》（北京：中國青年出版社，一九五七）。

周啓明即是周作人，魯迅的弟弟，排行第二，他與魯迅的年齡相近，又長期生活在一起，因此這部回憶錄，幾乎成爲魯迅青年時代最可靠的傳記，年代包括一八八一至一九一二年爲止。

4.《魯迅》（北京：文物出版社，一九七六）。

這是一本珍貴的魯迅照片集，共收集了一一四幅照片，每張照片，並附有詳細的說明，按時間先後排列。

5.鄭學稼《魯迅正傳》（臺北時報文化出版事業，一九七八），六一六頁。

《魯迅正傳》一九四二年初版由重慶勝利出版社出版，一九五三香港亞洲出版社又重排出版。一九七八版有作者的〈增訂版序〉說明其寫《魯迅正傳》之原因與立論點。此傳所得魯迅生平資料不多，主要是根據〔魯迅全集〕來寫，算是一本對魯迅的評論和印象。

6. 復旦大學、上海師大、上海師院《魯迅年譜》編寫組《魯迅年譜》上下册（合肥：安徽人民出版社，一九七九），上册三七二頁，下册七五二頁。

根據編輯前言，這本年譜是「遵照毛主席讀點魯迅」，「學魯迅的榜樣」的一系列指示而編寫，因此我們在年譜中所看見的魯迅是一位「中國文化革命的主將」，「偉大的思想家和偉大的革命家」。

7. 《魯迅畫傳》（北京：人民美術出版社，一九八一），一七三頁。

這是一本魯迅一生生活的攝影集，共分成八個階段，以八輯照片展示各方面的經驗。此外又通過六個專題的照片，如「魯迅與外國作家的交往」，「魯迅與瞿秋白」，把魯迅一生的特殊生活表現出來。

8. 吳中杰《魯迅傳略》（上海：上海文藝出版社，一九八一），三一一頁。

本傳很簡略，適合青少年看，不過作者以客觀平實之筆撰寫。

9. 林志浩《魯迅傳》（北京：北京出版社，一九八一），五一〇頁。

此傳雖然在一九八一年代才出版，作者自始至終，把魯迅當作完人來作傳。

10. 曾慶瑞《魯迅評傳》（成都：四川人民出版社，一九八一），七九六頁。

完成於一九七七年，作者在〈後記〉裏說明希望在這本傳記中，把文革時代歪曲的事實還其原來的目面。但基本上還是把魯迅當作十全十美的偉大人物來立傳。

11. 林非、劉再復《魯迅傳》（北京：中國社會科學出版社，一九八一），三七八頁。

全書共分十二章，主要目的爲青年讀者而寫。作者編寫態度，以事論事，以實求實，譬如寫魯迅初婚一章（頁五六—六二），都很直言，無所隱瞞。

12. 彭定安《魯迅評傳》（長沙：湖南人民出版社，一九八二）。

彭定安這本評傳，代表比較客觀、能直言、不廻避的新評傳之出現。作者對魯迅有許多個人之見地。

13. 山田敬三原作，韓貞全、武殿勛譯《魯迅世界》（濟南：山東人民出版社，一九八三），二八六頁。

全書以魯迅的形成、魯迅文學、魯迅世界三大章構成，這是一本把魯迅生活思想與著作放在一塊寫成的魯迅傳，對魯迅與日本的關係有特別好的材料與見解。日文原著《魯迅の世界》原在一九七七年出版（日本大修館書店）。

14. 陳漱渝《民族魂：魯迅的一生》（杭州：浙江文藝出版社，一九八三），一九一頁。

本書雖是爲青年人寫的一部傳記，很強調魯迅的偉大之處，但作者的取材，還照顧到歷史事實。

15. 竹內好著，李心峰譯《魯迅》（杭州：浙江文藝出版社，一九八六），一七九頁。

這本《魯迅》是黃源與戈寶權主編的《國外魯迅研究資料叢書》之一。這本日本學者竹內好的書，一九四四年初版，日本未來社把它重印了十七次，在日本學術界有極大的影響。竹內實研究了魯迅的生平、思想與文學各種問題。

16. 彭定安《突破與超越：論魯迅和他的同時代人》（瀋陽：遼寧大學出版社，一九八七）。

這是一本魯迅及其家人與親友的傳記，寫法深入坦直，毫無遮掩廻避，如第一及第二章，論魯迅與其家族，魯迅與其髮妻朱安的關係，有前人所不敢的直言。

17. 曹聚仁《魯迅評傳》（香港世界出版社，一九五六年初版；臺北：東西文化事業出版公司，一九八八），三二四頁。

曹聚仁這本評傳雖然不甚詳盡，算是其中最早中國人爲魯迅所寫之傳，可取之處，在於作者態度客觀，不受馬列主義、神化魯迅思想之影響，譬如對魯迅與朱安的婚姻、魯迅及其家族，都有翔實的敍述。

18. 李允經《魯迅的婚姻與家庭》（北京：北京十月文藝出版社，一九九〇），二四六頁。
這本有關魯迅的婚姻與家庭生活，可以彌補以前魯迅傳中缺少的部分。過去的魯迅傳，對魯迅的婚姻與家庭生活，都只點到為止，特別對髮妻朱安與兄弟之間的問題，因為當時顧忌甚多，而且是魯迅研究的禁區。現在李允經相當坦直的把埋藏起來的生活公佈於世。

19. 曹聚仁《魯迅年譜》（香港：三育圖書文具公司，一九六七），三四五頁。
分上下二卷，上卷（一八八一—一九二〇）為年譜，下卷為作品評論及印象（一九三一—三四五），為其他作家所作。

20. 鮑昌、邱文治《魯迅年譜》（天津：天津人民出版社，一九七九），上下冊。
本譜記載了國內外大事，有政治，也有文藝，以幫助讀者理解魯迅的生活、資料均注明出處。對魯迅的作品，都加以題解。

21.北京魯迅博物館，魯迅研究室編《魯迅年譜》（北京：人民文學出版社，一九八一—一九八四），共四卷（冊）。

一九七五年周海嬰上書毛澤東，要求對魯迅著作重做注釋、出版和研究工作，包括一部翔實可靠之《魯迅年譜》，他作了「立卽實行」的批示（見「編寫說明」頁一）。本年譜由李何林主編，主要撰稿人包括王積賢、王德原、江小蕙、李允經、陳鳴村、陳漱渝、林志浩、姚錫佩、潘德延。出版日期爲第一卷一九八一，第二卷一九八三，第三及四卷一九八四。四卷年代爲第一卷一八八一年—一九一九年四月，第二卷一九一九年五月—一九二七年九月，第三卷一九二七年十月—一九三三年十二月，第四卷一九三四年—一九三六年。

二、魯迅的著作

22.魯迅先生紀念委員會編印「魯迅全集」（上海：復社出版，一九三八），二十卷本。

這是「魯迅全集」最早的版本，由魯迅逝世後組成的紀念委員會改組的「魯迅全集」編輯委員會，由蔡元培、許壽裳、茅盾、周作人、許廣平等人爲主要成員，另外實際出版工作由上海的復社主持。在一九四八年前，總共出版過八版的〈魯迅全集〉，全是根據這二十卷本翻印，內容都未更動。由於當時出版條件差，搜集工作還不深入，許多魯迅著作尚有遺漏，譬如魯迅日記與書信就未收入。

23.《魯迅三十年集》（上海：魯迅全集出版社，一九四一第一版；一九四七第二版），三十册。

一九三五年底到一九三六年初，魯迅親自兩次手訂《魯迅三十年集》擬目，一九四一年出版時，共收魯迅著述二九種，計三十册。這《三十年集》不包括翻譯，魯迅當時的設想，是作爲一生創作經歷的總結。所收著作與後來的十卷本大致相同，只是沒注釋，各集前後排列順序與〈全集〉又有所不同，基本上以著述年代爲序：1.會稽郡故書雜集；2.墳；3.集外集拾遺；4.熱風；5.嵇康集；6.—7.古小說鉤沉；8.吶喊；9.中國小說史略；10.野草；11.華蓋集；12.華蓋集續編；13.彷徨；14.小說舊聞鈔；15.故事新編；16.朝花夕拾；17.而已集；18.三閑集；19.唐宋傳奇集；20.漢文學史綱要；21.二心集；22.集外集；23.南腔北調集；24.僞自由書；25.準風月談；26.兩地書；27.花邊文學；28.且介亭雜文；29.且介亭雜文二集；30.且介亭雜文末編。

24.魯迅著作編刊社注釋〈魯迅全集〉（北京：人民文學出版社，一九五八），十卷。

這套全集由馮雪峰、孫用、林辰、王士菁等人組成的魯迅著作編刊社負責注釋，一九五六—一九五八出版。它改變二十卷全集的做法，只收魯迅自己的著作，書信只挑選一部分，譯作及其他都不收，因此只剩下十卷。這套通稱爲「一九五八年版」或「十卷版」的〈魯迅全集〉特點是有近八千條注釋，但壞處是政治干預與歪曲事實的開始在編選與注釋中出現。王錫榮曾指出「這版全集也不可避免地帶了一些當時政治的痕迹，例如某些注條欠客觀，書信只收三百餘封，這就是它的不足之處了。」王永昌曾指出，在挑選書信時，全憑政治偏見，如受信人當時情況不好的信全不受錄（見王永昌〈魯迅書信搜集與成書經過述略〉，《魯迅著作版本叢談》）。一九六一年再版時，曾經因政治原因，又局部修定一些注釋條文。

25.《魯迅譯文集》（北京：人民文學出版社，一九五八）。

魯迅的譯文在一九三八年出版的〈魯迅全集〉二十卷中，就已包容進去。後來編的〈魯迅全集〉其他版本，都把譯文排除。只有一套例外，那是一九七三年由北京人民文學出版社重版一九三八年版的〈魯迅全集〉，其中第一一至第二〇冊是譯文，這是研究魯迅受日本及西方文學影響，及討論其文學創作不可缺少的資料。

26. 《魯迅日記》上下卷（北京：人民文學出版社，一九五九），一—七〇七頁（上卷），七〇八—一一四六（下卷）。

《魯迅日記》是作者從一九一二年五月五日最初來到北京之日起，至一九三六年十月十八日（逝世於上海的前一日）爲止的二十五年間的日記。在作者的生前沒有出版過，一九五一年上海出版公司曾經根據手稿影印了三千零五十部，一九五九年版本卽按照上海出版公司的影印本排印。其中一九二二年的部分，原稿已經散失，現根據許壽裳手抄的片斷，補印進去。上卷一九一二—一九二八，下卷一九二九—一九三六，原稿沒有標點符號，這次出版爲編者所加。一九七六年人民文學又出新版《魯迅日記》，並附「人名索引」。一九八一年版的〈魯迅全集〉中的《魯迅日記》是目前各版本中最完整者。（包子衍〈「魯迅日記」的發表與出版〉，見《魯迅著作版本叢談》，對《魯迅日記》的搜尋與出版前後有詳細的敍述。）

27. 〈魯迅全集〉（北京：人民文學出版社，一九七二），二十卷。

「文化大革命」期間，沒有魯迅著作出版，因此難於讀到內容完整的魯迅著作。在周恩來的指示下，人民文學出版社捨棄被動過手腳的十卷本，而又恢復出版最早的，即一九三八年的二十卷版本的《魯迅全集》。

28.上海魯迅紀念館編《魯迅詩稿》（北京：北京文物出版社，一九七六），八七頁。

這是魯迅詩稿的影印本。至目前爲止，注釋和分析魯迅新舊詩（約六一題，七九首）的書，非常的多，以下是其中一些：上海魯迅紀念館編《魯迅詩稿》（上海：古籍出版社，一九六二），倪墨炎《魯迅舊詩淺說》（上海：人民出版社，一九七七年初版，上海教育出版社，一九八〇年修訂版），范文瑚、陳華滇《魯迅詩歌選》（成都：四川人民出版社，一九八〇），周振甫《魯迅詩歌注》（杭州：浙江人民出版社，一九六二；一九八〇），景周《魯迅詩歌解析》（昆明：雲南人民出版社，一九八〇），張恩和《魯迅舊詩集解》（天津：天津人民出版社，一九八一），吳奔星《魯迅舊詩新探》（南京：江蘇人民出版社，一九八一），《魯迅舊體詩臆說》（長沙：湖南人民出版社，一九八一），張紫晨《魯迅詩解》（北京：中國科學出版社，一九八二），劉揚烈、劉健芬《魯迅詩歌簡論》（重慶：重慶出版社，一九八三），王永吉、吳迪光《魯迅舊詩滙釋》（西安：陝西人民出版社，一九八五）。（周振甫〈魯迅詩集的最早版本〉，見《魯迅著作版本叢談》，很有參考價值。）

29.《魯迅書信集》（北京：人民文學出版社，一九七六）上下册，共一二六五頁。

一九三七和一九四六，曾先後影印《魯迅書簡》出版（收六九封）和鉛印本《魯迅書簡》（八〇〇餘封）。一九五八年版的〈魯迅全集〉，已搜集了一千一百餘封，因爲編者把當時受信人政治情況不好的信都删掉，換句話說，挑選信件是根據政治審查的尺度（見王永昌〈魯迅書信搜集與成書經過述略〉）。但收入〈全集〉中者只有三〇〇餘封。本書共收一千三百八十一封，全部根據寫作日期先後編排，算是一九七六年前最完整的魯迅書信集。但一九八一年版的〈魯迅全集〉的書信中，又增加了一些，共一四五六封。根據統計魯迅生前所寫的信，約四千封以上，所以目前搜集到的，還不到三分之一。

30.《魯迅手稿全集》（北京：文物出版社，一九七八—一九八〇），書信共八册。

魯迅手稿全集編輯委員會所編輯的《魯迅手稿全集》包括全部魯迅手稿、分文稿、書信、日記三個部分。這一本是書信手稿，自一九〇四年到一九三六年，共一千三百八十八封。

31.〔魯迅全集〕（北京：人民文學出版社，一九八一），共十六卷。

〔魯迅全集〕最早的版本，由魯迅先生紀念委員會編輯，收入作者的著作、譯文和輯錄的古籍，共二十卷，於一九三八年出版（出版者爲魯迅全集出版社）。後來人民文學出版社重新編輯〔魯迅全集〕，只收魯迅撰寫的著作，包括創作、評論、文學史專著及部分書信，並加了必要的注釋，共十卷，翻譯部分不包括在內，一九五六－一九五八年間印行。一九八一年版〔全集〕的編輯、注釋工作，是在十卷本的基礎上進行的，內容方面增收了《集外集拾遺補編》、《古籍序跋集》、《譯文序跋集》和日記，以及迄今爲止搜集到的全部書信，共十五卷，另加附集一卷，收作者著譯年表、〔全集〕的篇目索引和注釋索引。作者翻譯的外國作品和校輯的文史古籍，以及早期摘編中外書報資料而成的《中國礦產志》和生理學講義《人生象徵》都未收入。但譯作中魯迅序跋全部滙爲一集，稱爲《譯文序跋集》。注釋方面作了一些修訂和增補，原來未加注釋的《中國小說史略》和《漢文學史綱要》，都已加注，增收的《集外集拾遺補編》等三種和書信、日記，也都加了簡要的注釋，這十六卷版本的內容與一九三八年版和一九五八年版的不同之處，可從下面三種版本的目錄看出來：

一九三八年版	一九五八年版	一九八一年版
第一卷：序（蔡元培）		

墳	吶喊	墳
吶喊	墳	熱風
野草	熱風	吶喊
第二卷：熱風	彷徨	彷徨
彷徨	野草	野草
朝花夕拾	朝花夕拾	朝花夕拾
故事新編	故事新編	故事新編
第三卷：華蓋集	華蓋集	華蓋集
華蓋集續編	華蓋集續編	華蓋集續編
而已集	而已集	而已集
第四卷：三閑集	三閑集	三閑集
二心集	二心集	二心集
僞自由書	南腔北調集	南腔北調集
第五卷：南腔北調集	僞自由書	僞自由書
準風月談	準風月談	準風月談
花邊文學	花邊文學	花邊文學

第六卷：且介亭雜文	且介亭雜文	且介亭雜文
且介亭雜文二集	且介亭雜文二集	且介亭雜文二集
且介亭雜文末編	且介亭雜文末編	且介亭雜文末編
第七卷：兩地書	集外集	集外集
集外集	集外集拾遺	集外集拾遺
集外集拾遺		
第八卷：會稽郡故書雜集	中國小說史略	集外集拾遺補編
古小說鉤沉	漢文學史綱要	
第九卷：嵇康集	兩地書	中國小說史略
中國小說史略	書信	漢文學史綱要
第十卷：小說舊聞鈔	書信	古籍序跋集
唐宋傳奇集		譯文序跋集
漢文學史綱要		
第十一卷：（以下譯文，略）		兩地書書信
第十二卷：		書信
第十三卷：		書信

第十四卷：日記

第十五卷：日記

第十六卷：魯迅著譯年表

第十七卷：全集篇目索引

第十八卷：全集注釋索引

第十九卷：

第二十卷：

32.〈魯迅手稿全集〉（北京：文物出版社，一九七九—一九八三），共八冊。

由魯迅手稿全集編輯委員會編日記手稿自一九一二年五月五日起，到一九三六年十月十八日止。原手稿在一九五一年曾由上海出版公司影印出版。一九二二年全年日記失落，現附許壽裳手抄的日記片斷。

（附註：關於魯迅著作的版本問題，唐弢等著的《魯迅著作版本叢談》（北京：書目文獻出版社，一九八三）是必讀之書，所附錄的魯迅著作版本目錄，分一九三六年前的版本，一九三七—一九四九的版本，及建國以來的版本三部分，一目瞭然，很有參考價值）。

三、魯迅作品英譯

33. *Selected Works of Lu Hsun*, tr. Yang Hsien-yi and Gladys Yang 4 vols., (Peking: Foreign Languages Press, 1956-1960 1st ed.).

這一卷魯迅作品選英譯，共分四册。第一册收了小說、散文詩及散文。其他三册選了雜文序論等文體。這是要引用英文譯文時常用到的譯文。自初版以來，重印過許多次。

34. *Selected Stories of Lu Hsun*, tr. Yang Hsien-yi and Gladys Yang (Peking: Foreign Languages Press, 1960 1st ed., 1972 3d ed.).

這本書由楊憲益與戴乃迭夫婦合譯，從《吶喊》、《徬徨》和《故事新編》中選了十八篇小說，譯成爲英文。

35. *Old Tales Retold*, tr. Yang Hsien-yi and Gladys Yang (Peking: Foreign Languages Press, 1972 2nd ed.), p. 137.

這本英譯《故事新編》可彌補《魯迅小說全集英譯》中的遺憾，因爲當時並沒有包括以神話取材的小說。楊憲益與戴乃迭夫婦這個譯本第一版出版於一九六一年。

36. *Wild Grass*, tr. Yang Hsien-yi and Gladys Yang (Peking: Foreign Languages Press, 1973), p. 68.

37. Lu Hsun: *Writing for the Revolution* (San Francisco: Red Sun Publishers, 1976), p. 207.

這本英譯魯迅的革命文學論文集，沒有署名編者或譯者，只註明所有翻譯取自大陸的英文版《中國文學》。譯文集中也收錄了一些中國學者評論魯迅革命文學的文章。

38. *A Brief History of Chinese Fiction*, tr. Yang Hsien-yi and Gladys Yang

(Peking: Foreign Languages Prsee, 1976), p. 437.

這本英譯《中國小說史略》第一版出版於一九五九年，第二版一九六四年，是目前唯一的英譯本。

39. *Dawn Blossoms Plucked at Dusk*, tr. Yang Hsien-yi and Gladys Yang (Peking: Foreign Languages Press, 1976), p. 120.

這本由楊憲益、戴乃迭夫婦合譯成英文的《朝花夕拾》，出版於一九七六年，是該書的全譯本。

40. *Poems of Lu Hsun*, tr. and noted by Huang Hsin Chyu (Hong Kong: Joint Publishing Co, 1979), p. 77.

這本《魯迅詩歌》英譯。譯者黃新渠共譯了三十八題（四十三首）舊詩及四首新詩。

41. *Lu Xun: Selected Works*, tr. Yang Xian-yi and Gladys Yang, 4vols (Beijing: Foreign Languages Press, 1956; 2nd ed. 1980).

這是一九五六《魯迅作品選譯》的第二版，最大不同是把威氏拼音改成漢語拼音。

42. *Call to Arms*, tr. Yang Xian-yi and Gladys Yang (Beijing: Foreign Languages Press, 1981), p. 149.

這是〈吶喊〉的英譯本。

43. *The Complete Stories of Lu Xun*, tr. Yang Xian-yi and Gladys Yang(Bloomington and Beijing: Published by Indiana University Press in Association with Foreign Languages Press, 1981), p. 255.

這本英譯魯迅短篇小說全集，由楊憲益夫婦合譯，只收《吶喊》與《徬徨》裏的全部小說，《故事新編》內的小說不包括在內。

44. *Lu Xun: Selected Poems*, tr. Wu Juntao (Shanghai: Foreign Language Education Press, 1981), p. 119.

吳鈞陶英譯的這本《魯迅詩選譯》，包括了魯迅所有用文言文寫的舊詩。

45. *Diary of a Madman and others*, tr. William Lyell Jr. (Honolulu: Haiwaii University Press, 1990).

作者著有 *Lu Hsun's Vision of Reality* 及 *A Lu Hsun Reader* 等書。這本英譯《魯迅小說集》是目前最新的英譯本。

四、魯迅專題論文選錄

46. 中山大學中文系魯迅研究室編《魯迅論中國現代文學》上下册（內部參考資料，一九七八）。

這本書上下二册，共有七二一頁，上册主要摘錄魯迅對中國現代文學運動一般性的意見，重點放在對許多問題(如復古派、鴛鴦蝴蝶派、胡適、周作人等)的批判，下册摘錄了對一四〇多位現代作家的言論，以及他對社團及報刊的意見。

47. 厦門大學中文系編《魯迅論中國古典文學》(厦門：福建人民出版社，一九七九)，三二頁。

這本書選輯了魯迅有關中國古典文學的論述，分言論摘錄和專文選兩個部分。魯迅的專著如《中國小說史略》、《漢文學史綱要》、《中國小說的歷史的變遷》等書中的言論，沒有收入。言論摘錄大體上按內容性質和作家作品年代排列，每則言論選之後，都有註明原文出處及年代。這是一本研究魯迅對古典文學看法、評價等方面問題的入門參考書。

48. 吳子敏、徐迺翔、馬良春《魯迅論文學與藝術》上下册(北京：人民文學出版社，一九八〇)，一〇三五頁。

全書共收魯迅的文章、書信四二〇篇，論述的問題包括文藝家、作品、社團、期刊等範圍。

49. 包子衍《「魯迅日記」札記》（長沙：湖南人民出版社，一九八〇），二四一頁。

本書是作者在編輯研究《魯迅日記》時，整理出魯迅在日記中對他的著作與人事的看法。如日記中對《吶喊》、《徬徨》的寫作過程、出版情況、外文譯本、人物原型等方面提供了許多材料，因此此書可看作魯迅評述某些專題的言論摘錄。

50. 溫祖蔭編《魯迅論中外小說》（長沙：湖南人民出版社，一九八二）。

本書共有三一二頁，收錄魯迅對中外小說的論述的摘錄，這些中外小說包括了古典與現代的作家與作品，因此這是研究古今中外小說對魯迅創作的影響，他對這些小說的評價等等問題很方便的一本入門參考書。

全書收錄魯迅著作中介紹和評論的中外小說二百三十二種。中國小說包括古小詩、傳奇、話本、筆記小說、通俗演義和現代小說等，均按年代排列。外國小說分歐美、日本、俄羅斯（蘇聯）三部分，對於所收錄的每一部小說，編者先簡述原作內容，接著摘錄魯迅的評論文字。每則摘錄後面均註明原文在一九八一年版〈魯迅全集〉的卷數與頁數。

51. 福建師範大學中文系編選《魯迅論外國文學》(北京：外國文學出版社，一九八二)。

這本厚達五七五頁的書把魯迅一生對外國文學的評述文字，作了摘錄。第一部份是關於魯迅討論介紹外國文學的目的與意義，自述外國文學對自己的思想與創作的影響等等問題。第二部分是關於外國作家與作品，包括俄國、日本、法國等二十一個國家的一六六個作家。書後所附錄「魯迅譯作年表」也很好用。

52. 王士菁編選《魯迅論創作》(上海：上海文藝出版社，一九八三)。

這本書厚達七五五頁，共收魯迅論創作的文章(包括信、序、後記、專論等等)一六〇篇。編者說他編選的重點放在「魯迅在談到自己的創作以及論述現代的、古代的和外來的作家和作品。」不過編者在選文的時候，顯然是在某些魯迅研究禁忌的陰影下去挑選文章。當我研究魯迅所受西方象徵主義影響的問題時，發現此書有意避開不選那些魯迅對象徵主義作家和作品肯定其藝術手法與價值的文章。譬如〈黯澹的烟靄裏〉就沒有被接納。如果讀者只根據此書所選的論文，來瞭解魯迅，那他會成爲一個對象徵沒有好感的作家。在一九七六年以前編和出版的此類書籍，常常也受魯迅禁區的影響，不能以魯迅自己的言論摘錄來反映他眞正的自己。

53.吳穎編《魯迅文論選》（南寧：廣西人民出版社，一九八五）。

這是一部魯迅談論文學藝術，以及對自己創作的述評等方面的文章選錄，共有片斷言論九百九條，每條最少幾十字，最長不超過四百字。上篇分成論文藝與社會、論作家與創作、文學樣式、諷刺手法、論文藝批評、論文藝遺產等條目。下篇分成創作自述、作品自述二類。其中下篇所輯魯迅對自己創作的述評的摘錄，爲其他同類書所沒有，給想研究這方面問題的人，提供很方便的資料。

五、魯迅著譯年表

54.《魯迅・郭沫若・茅盾著譯年表》（吉林師範大學中文系中國現代文學教研室，一九七九），一六六頁。

魯迅著譯年表（一—九三頁）由蔣錫金編寫。

55.上海魯迅紀念館《魯迅著譯繫年目錄》（上海：上海文藝出版社，一九八一），五六〇頁。

這本書是爲了紀念魯迅誕辰一百週年而出版，初稿在一九六一年編寫，並曾在一九六二年刊載於《中國現代文學資料叢刊》（第一及二輯）。在時間上，包括魯迅終生著譯（卽一八九八—一九三六），從單篇小文章到文集專書，一律依據魯迅著譯時間的先後爲秩序排列，並作了校勘與考證，如撰寫無年月，則根據該文發表在期刊上的日期或單行本出版的年月日。羅蓀在序言中表示編輯方針完全不受中國大陸神化魯迅思想之影響，目的是要在毫無隱瞞和廻避下，提供正確完整的資料，讓學者根據事實去研究魯迅。

56.《魯迅著譯年表．全集篇目索引．全集注釋索引》，〔魯迅全集〕卷十六（北京：人民文學出版社，一九八一），六一八頁。

這是一九八一年版〔魯迅全集〕卷一六，主要記載魯迅的著譯活動，附及他的一些社會經歷。

57.秦川編《魯迅出版繫年》（哈爾濱：黑龍江人民出版社，一九八四），頁二三〇。

此年表包括魯迅一九〇六到一九三六年的全部作品，不過對每篇文章之寫作日期之注釋不夠詳盡。

六、魯迅作品索引、研究辭典及其他

58.上野惠司編《魯迅小說語彙索引》（東京：龍溪書舍，一九七九），五四七頁。

這本參考書所收語彙，包括魯迅三本小說集《吶喊》、《徬徨》、《故事新編》內所有的作品。

59.《魯迅大辭典》編纂組《魯迅著作索引五種》（成都：四川人民出版社，一九八〇），頁二三二。

人民文學出版社一九五七年至一九五八年出版了十卷《魯迅全集》，一九五八年十二月和一九五九年一月出版了十卷集《魯迅譯文集》，一九七六年出版了兩卷集《魯迅書信集》，同年還出版了二版兩卷集《魯迅日記》。本索引即據以上各版各種魯迅著作編製，其中〔全集〕九卷書信部份和十卷，重見於《書信集》，不取；《譯文集》只取魯迅撰寫的序、跋和各種附記。全書共六册，分人名（二册）、社團、事件、書刊、神話傳說、文學作品中人物（以上各一册）。

60.《魯迅大辭典》編纂組《十卷集「魯迅全集」注釋索引》（成都：四川人民出版社，一九八〇），四六二頁。

人民文學出版社一九五七—一九五八年版十卷集〔魯迅全集〕中，除第八卷外，每卷卷末都附有「注釋」，總共對所輯魯迅著作中的五八五四處字、詞、句、段加注了詳略不同的釋文。本書就這些「注釋」編製一部《索引》，爲人們查閱該版〔全集〕的有關注釋條目的釋文提供一個工具。

61.丸尾常喜等編《魯迅文言語彙索引》（東京：東京大學東洋文化研究所，一九八一），一二二頁。

（這本書屬於該所東洋文化叢刊三六號，可幫助解決魯迅作品中的文言詞彙。

62. 陳錦波《魯迅全集引用書名索引》（香港：學津出版社，一九八九），二九五頁。

書名按照筆劃字數多少排列，引用〈魯迅全集〉則根據一九七三年由人民文學出版社出版的二十卷版本。

63. 丸山昇編《魯迅全集注釋索引》（東京：東京大學東洋文化研究所，一九七一），二六一頁。

根據一九五六年人民文學出版社〈魯迅全集〉十卷本，《魯迅譯文集》十卷本編。

64. 劉殿爵《魯迅小說集詞彙》（香港：香港中文大學，一九七九），二〇五頁。

作者將《吶喊》中的〈自序〉及八篇小說，《彷徨》中的二篇小說的詞彙翻譯成英文，以便外國學生學習魯迅的小說。

65.朱正編《魯迅研究百題》（長沙：湖南人民出版社，一九八一），五八〇頁。

全書共有九十六題，（不到二百之數，因有些約稿不能如期完成）分別針對魯迅的文學創作、生活背景、文藝思想等等問題，作簡要的概述。執筆人多達四七人，包括陸耀東、孫玉石、林默涵、朱正等人。

66.李允經《魯迅筆名索解》（成都：四川人民出版社，一九八〇），二三五頁。

編者不但提供讀者辨認魯迅各種筆名，而且還一一指出某些少用之筆名用在什麼文章上，同時也提供魯迅對自己筆名的論述和解釋。

67.孫用《「魯迅全集」校讀記》（長沙：湖南人民出版社，一九八二），五〇六頁。

一九五〇年，孫用出版過《「魯迅全集」校讀記》，另外還有《「魯迅全集」正誤表》，那是對一九三八年的二十卷本〈魯迅全集〉做的校勘成果。後來他又參加注釋十卷本的〈魯迅全集〉（一九五六—一九五八）。一九八一年版的十六卷本〈全集〉也採用了他的校勘成果。《魯迅譯文集》也充分利用了採用的校勘成果。這一部《校讀記》是集多年之大成。全書共分二十一章，每章一個專題，如：《墳》校讀記，《熱風》校讀記，《吶喊》校讀記，《徬徨》校讀記等等。

68.唐弢等《魯迅著作版本叢談》（北京：書目文獻出版社，一九八三），二八二頁。

各篇對魯迅出版的個別集子如《吶喊》《中國小說史略》，以及〔魯迅全集〕的各種版本的編輯及出版經過，都有詳細的研究報告，所收十九篇論文由不同作者所撰，下面是其中幾篇及其作者：

1.《吶喊》各版過眼錄（王錫榮）
2.《中國小說史略》的版本演變（呂福堂）
3.《魯迅日記》的發表與出版（包子衍）
4.《魯迅全集》的幾種版本（王錫榮）

69.王惠、武德運、孫欣偉《魯迅小說成語典故》（西安：陝西人民出版社，一九八四）。

這本書為了有助於閱讀和理解魯迅的小說，編者們從《吶喊》、《徬徨》和《故事新編》中選錄了成語、典故二〇四條，加以注釋。

70.薛綏之等編《魯迅雜文辭典》（濟南：山東教育出版社，一九八六），八二一頁。

收詞範圍，以魯迅雜文集中出現的與理解魯迅的生平、思想和雜文關係比較密切的書籍報刊、社團流派、事件事項、引語掌故及詞語、中外古今人物（已故）爲主。每一詞條的釋文內容，均由兩部分構成：一是對詞條本身含義的一般性介紹，二是與魯迅的關係，或魯迅對它們的評述，也引用魯迅書信、日記和其他著作中的評述。引文均同時標明集名和篇名。全書分作六大類：㈠書籍、作品；㈡報紙、刊物；㈢團體、流派、機構；㈣歷史事件及其他事件；㈤引語、掌故、名物、詞語；㈥人物。

71.四川省魯迅研究學會編著《魯迅作品手冊》（成都：四川省社會科學院出版社，一九八六），五一〇頁。

本書以深入淺出手法介紹魯迅的著作。介紹、注釋文字引自各家所論魯迅的著作，出處很廣。

72. 王景山編《魯迅名作鑒賞辭典》（北京：中國和平出版社，一九九一）。

全書約一百萬字，選收魯迅小說、散文詩、散文、雜文、舊體詩近二百篇（首），各附鑒賞文章。鑒賞文執筆者多達八十餘人，其中包括臧克家、王士菁、孫昌熙、王景山、孫玉石、嚴家炎、王富仁、陳漱渝、吳福輝、樂黛雲等。

73.《豐子愷繪畫魯迅小說》（杭州：浙江人民出版社，一九八二），四〇五頁。

爲了紀念魯迅誕辰一百周年，浙江人民出版社將豐子愷的《漫畫阿Q正傳》和《繪畫魯迅小說》合起來，重新出版，取名爲《豐子愷繪畫魯迅小說》。豐子愷所畫的作品，包括〈阿Q正傳〉、〈祝福〉、〈孔乙己〉、〈故鄉〉、〈明天〉、〈風波〉、〈藥〉、〈社戲〉及〈白光〉，共九篇。

七、魯迅研究史

74. 樂黛雲編《國外魯迅研究論集（一九六〇—一九八一）》（北京：北京大學，一九八一），五二一頁。

這本選集一共選了十九篇研究魯迅的論文，這些學者包括美國（七篇）、日本（五篇）、蘇聯（二篇）、捷克（二篇）、荷蘭、澳大利亞、加拿大（各一篇），相當能反映八十年代前魯迅研究在中國以外地區的一般情況。

75. 孟廣來、韓日新編《「故事新編」研究資料》（濟南：山東文藝出版社，一九八四），七〇五頁。

這本書是《魯迅著作研究資料叢書》中的其中一本。此叢書是總結六十年來中國與外國魯迅研究的成果，計畫中包括出版《吶喊》、《徬徨》、《野草》、《朝花夕拾》等魯迅集子的研究資料。《「故事新編」研究資料》內容分〈魯迅談「故事新編」〉、〈「故事新編」有關古籍參考資料節選〉、〈研究論著選輯〉等部分。另外還有中國及國外研究論文索引。

76. 袁良駿《魯迅研究史》上卷（西安：陝西人民出版社，一九八六）上册五四四頁。

雖然是一本魯迅研究史，可當作魯迅研究重要論文目錄使用，上卷涵蓋一九一三年到一九四九年，下卷一九四九年到一九八三年。譬如上册附錄的引用書目，就等於是一九一三年到一九四九年魯迅研究重要書目。作者基本上反對把魯迅神化，但觀點還是偏向馬列主義文藝論點，同時也擁有把魯迅看作是「無產階級偉人」的觀點。下卷出版時（見編號八一），由於改變出版社，下册易名爲《當代魯迅研究史》。

77. 張夢陽《魯迅雜文研究六十年》（杭州：浙江出版社，一九八六），二一七頁。

作者把一九一九至一九八四年以來歷年對魯迅的雜文研究成果加以評述，對開始研究魯迅雜文的學者，有極大的引導作用。篇末並附有《六十年來魯迅雜文研究資料索引要目》。

78. 陳金淦《魯迅研究的歷史與現狀》（杭州：江蘇教育出版社，一九八六），二六一頁。

這是一本魯迅研究之研究之書。作者把六十多年來魯迅研究分作十一個專題，概述研究之發展經過，對需要瞭解過去所做的研究成果的人，提供一部很簡要的入門手册。它的專題包括「魯迅傳記」、「魯迅思想」、「魯迅小說阿Q正傳」、「故事新編」、「雜文研究」、「野草」、「魯迅研究在國外」等等。

79.張夢陽《魯迅雜文研究六十年》（杭州：浙江文藝出版社，一九八六），二一七頁。

這本書將一九一九到一九八四，六十五年來的魯迅雜文，分作九個階段，概述其重要研究論文，對研究魯迅的雜文的人來說，做了很方便的基礎工作。所附錄「六十年來魯迅雜文研究資料索引」，雖是要目，卻提供了一張極方便的書目。

80.李煜昆《魯迅小說研究述評》（峨眉山市：西南交通大學出版社，一九八九）。

這本書所評述的是從一九一九至一九八一年大約六十年間中國大陸學者對魯迅小說的研究情況，前面五章是結合魯迅小說進行綜合述評，那是〈魯迅小說早期研究述評〉、〈三四十年代魯迅小說研究述評〉、〈五十年代魯迅小說研究述評〉、〈七十年代後半期至一九八一年研究述評〉、〈魯迅「故事新編」研究述評〉等五章，其餘爲〈狂人日記〉、〈阿Q正傳〉、〈孔乙己〉、

〈藥〉、〈明天〉、〈一件小事〉、〈故鄉〉、〈祝福〉、〈孤獨者〉、〈傷逝〉各有一篇述評。著者的目的，是希望按歷史的順序述說，從中可以看到對魯迅小說研究的歷史變化和認識的演進，把幾十年研究者的主要觀點都引述出來。不過中國大陸以外，蘇聯、日本、歐美澳及其他地區的研究成果都沒有涉及。

81. 袁良駿《當代魯迅研究史》（西安：陝西人民教育出版社，一九九二），六一九頁。

作者在前言中指出，「本書力圖對一九四九年至今四十年來的魯迅研究成就和缺陷進行初步總結」。全書分九章，材料極豐富，作者敢於表現自己的觀點。附錄中的二種書目，包括近四十年研究魯迅的重要專著與單篇論文。

八、魯迅生平史料

82. 馮雪峰《回憶魯迅》（北京：人民文學出版社，一九五二）。

料。

馮雪峰與魯迅來往密切，在撰寫本書時，禁忌還不是很全面性的，因此提供了不少寶貴的材料。

83.周遐壽（周作人）《魯迅的故家》（北京：人民文學出版社，一九八一；初版上海出版公司，一九五二），二一九頁。

這是最早比較有系統提供有關魯迅早年生活及其小說世界背景的重要著作。作者原序作於一九五二。關於百草園、新臺門內外、魯迅在東京的生活，都是毫無忌諱的、眞切的回憶，與後來把魯迅當作革命思想偉人的人的回憶有極大差別。

84.周遐壽（周作人）《魯迅小說裏的人物》（上海：上海出版社，一九五四），三二六頁。

這本回憶雜記與《魯迅的故家》同是研究魯迅不可少的史料。作者對《吶喊》、《徬徨》、《朝花夕拾》中的人物、時地、情節，都從魯迅生活中的許多眞實經驗和人物眞相來加以引述。研究魯迅作品中自傳性的題材，特別有所相關。

85.喬峯（周建人）《略講關於魯迅的事情》（北京：人民文學出版社，一九五四），五三頁。

喬峯此書雖然沒有其二哥周遐壽（周作人）《魯迅的故家》及《魯迅小說裏的人物》二書對研究魯迅小說貢獻之大，但到底魯迅是他的大哥，自小一起長大，生活在同一屋子裏，因此也提供不少寶貴的資料。全書共十一篇，其中包括以下題目：「魯迅先生小的時候」、「魯迅放學回來時做些什麼」、「魯迅先生和植物學」等。

86.張能耿（整理）《魯迅親友談魯迅》（東海文藝出版社，一九五八）。

這是根據一系列與魯迅親友訪談的內容，在一九五八年前，算是少有的回憶魯迅的資料。

87.觀魚《回憶魯迅房族和社會環境三五年間（一九〇二—一九三六）的演變》（北京：人民文學出版社，一九五九，內部出版物）。

觀魚是魯迅家族的親戚，對這一家族，提供了許多史實秘聞。

88. 孫世愷《魯迅在北京住過的地方》（北京：北京出版社，一九五七），一九頁。

有圖片及說明文字。

89. 上海教育出版社《回憶魯迅資料輯錄》（上海：上海教育出版社，一九八〇），頁三三六。

編者根據魯迅的生活時期，如一八八一—一八九八在紹興，一八九八—一九〇二在南京，一九〇二—一九〇九在日本，一九〇九—一九一二在杭州和紹興，一九一二—一九二六在北京等等作爲條目，引用學者的有關資料加以說明，從所立條目與資料來看，編者只表現魯迅偉大之處，不過還是具有參考價值。

90. 廣東魯迅研究小組編《論魯迅在廣州》（廣州：廣東魯迅研究小組出版，一九八〇），五五七頁。

此書是一九八〇年一月在廣州舉行的魯迅在廣州的學術討論會的論文集，可彌補上述《魯迅生平史料匯編》中《魯迅在廣州》之不足。

91. 陳漱渝《魯迅史實新探》（長沙：湖南人民出版社，一九八〇），三三六頁。

作者探索了許多魯迅生平史實有爭論性的問題，他提供了一些新資料或從某些角度進行了一些探索。

92. 張能耿《魯迅早期事迹別錄》（石家莊：河北人民出版社，一九八一），二一一頁。

編者根據親友的口述回憶資料，提供許多有關魯迅早期生活記錄。

93. 增田涉（著）、龍翔（譯）《魯迅印象》（香港：天地圖書公司，一九八〇），三六一頁。

增田涉這本有關魯迅生活思想的書，初版於一九四八，有過多種中譯本。現在這個譯本，除了《魯迅印象》原著，還增加增田涉後來寫的其他文章。

94. 茅盾、巴金等《憶魯迅》（北京：人民文學出版社，一九八一），二一七頁。

北京人民出版社，爲了紀念魯迅誕生百年紀念，出版了一系列紀念專書或集子，作爲研究資料，其中有新著也有舊文新刊，除了這本，還有黃源《憶念魯迅先生》(一九八一)、趙家璧《編輯生涯憶魯迅》(一九八一)、許廣平《欣慰的紀念》(一九八一)，及李霽野《魯迅先生與未名社》(一九八四)等。每本回憶的專書或回憶集的封面設計都相似，猶如一套叢書，雖然出版社沒有稱它爲叢書。

95. 朱忞、謝德銑、王德林、裘士雄《魯迅在紹興》(杭州：浙江人民出版社，一九八一)，頁二七頁。

一般性的介紹魯迅早年在故鄉的生活情況及其故鄉與故居的背景。編者將內容分作十幾個題目，如魯迅誕生前後的紹興、魯迅故家、在紹興農村、在紹興府中學堂，每個題目下，分別引徵不同作者的資料以說明。

96. 鄧雲鄉《魯迅與北京風土》(北京：文史資料出版社，一九八二)。

作者說以魯迅日記中有關北京風土人情之項目爲綱，一一加以介紹，以便瞭解魯迅的生活及其作品。

97. 薛綏之主編《魯迅生平史料滙編》共五輯（天津：天津人民出版社，一九八一—一九八三）。

這一套史料共分五輯，根據時代先後及魯迅所生活過的地方來分類，這五本內容如下：

第一：魯迅在紹興・魯迅在南京

第二：魯迅在日本・魯迅在杭州

第三：魯迅在北京・魯迅在西安

第四：魯迅在厦門・魯迅在廣州

第五：魯迅在上海

這五本史料，每册均厚達數百頁，如第一輯共有五一七頁，第三輯則有八三八頁，通過圖片、文件、訪問、調查、回憶、全面的幫忙學者瞭解魯迅的生活情況。編輯態度開放，資料都有註明來源及作者。其中每一輯都有一篇關於魯迅在紹興、南京等地的資料和研究專著及文章目錄索引。譬如第三輯就有胥克強編的《有關魯迅在北京的資料和研究專著及文章目錄索引》（七二七—七六六）及董兆初編《有關魯迅在西安的資料和研究專著及文章目錄索引》（八三七—八三八）。

98.周芾棠《鄉土憶錄——魯迅親友憶魯迅》（西安：陝西人民出版社，一九八三），三三五頁。

這本回憶錄主要是根據魯迅的親戚及以前的工友的所聞所見，重要部分包括魯迅故家老工友王鶴照（曾在周家工作三十年，從紹興到北京），堂叔周冠五和周梅卿等人對周家大小事件與人物的回憶。但由於編寫人或回憶人的知識水平與分析能力不高，又受了把魯迅神化思想的影響，其貢獻並沒有應該有的那樣重大。

99.馬蹄疾《魯迅與浙江作家》（香港：華風書局，一九八四），二八〇頁。

《魯迅日記》中談到的浙江人，有四百五十多人。本書選了其中四十位與魯迅有較密切來往的作家，研究他們之間的關係。這些作家包括許壽裳、沈尹默、錢玄同、周作人、夏丏尊、孫伏園、茅盾、胡愈之、許欽文、郁達夫、魯彥、夏衍、王任叔、柔石等四十人。

100.周建人口述，周曄編寫《魯迅故家的敗落》（長沙：湖南人民出版社，一九八四），三二一頁。

周建人根據自己的回憶，細述魯迅在紹興故居新臺門的生活。許多事件，周建人是唯一的目擊者，因爲周作人出外讀書時間比較長久。書中的新老臺門的結構位置圖及人物關係表都對研究魯迅早年生活及其小說背景，有極大的用處。

101.《魯迅傳記資料》（臺北：天一出版社，一九八五）。

資料並不見得特別，主要代表日本、港臺及其他海外地區所見的一些資料。

102.裘士雄、黄中海、張觀達《魯迅筆下的紹興風情》（杭州：浙江教育出版社，一九八五）。

這本書詳細介紹了出現在魯迅筆下的紹興的風土人情。從人名、方言土語、烏篷船、咸亨酒店到喪事、藥店，共二十四條目。作者介紹這些紹興風土人情的內容，主要是要幫助讀者理解魯迅的作品。

103.程麻《魯迅留學日本史》（西安：陝西人民出版社，一九八五），三八三頁。

本書滙集了中外關於魯迅留日時的生平資料，最大的好處，討論了許多分歧不一的對魯迅在留學時的看法。譬如「幻燈事件」，就提供了日本學者許多不同的見解。

104. 陳漱渝《魯迅史實求真錄》（長沙：湖南文藝出版社，一九八七），四〇九頁。

丁景唐在序文中說「一本史料研究、考訂、辨僞方面的著作。」全書由〈求眞篇〉、〈一得篇〉、〈考異篇〉和〈信息篇〉，尤其前一類文章，考證了許多爭論性的問題，作者特別強調資料眞實的鑒別能力。

105. 周海嬰編《魯迅、許廣平所藏書信選》（長沙：湖南文藝出版社，一九八七），五二八頁。

本書所收三百封魯迅與許廣平所收藏的信。上編（一九〇九—一九三六），收友人致魯迅和許廣平的信，下編（一九三七—一九五八），友人致許廣平的信，並附有北京魯迅博物館魯迅研究室的注釋。

九、魯迅研究學術論著書目

106. 沈鵬年輯《魯迅研究資料編目》（上海：上海文藝出版社，一九五八），五一六頁。

全書共分上、中、下三輯。上輯是魯迅的著譯及有關書刊，共六二三種，一九〇三—一九五七。第二輯從刊載魯迅一五四種報刊雜誌中，在一九〇三—一九五七年間有關魯迅著譯的一些原始資料目錄。第三輯收關於魯迅的研究資料繫年目錄，一九二二—一九五七年，其中又分魯迅生前的研究資料（一九二四—一九三六）、魯迅逝世以後研究的研究資料（一九三六—一九四九）、一九四九—一九五七年間的研究資料三種。

107. 中國社會科學院文學研究所圖書資料室編〈英文魯迅著作翻譯及研究索引〉刊於《魯迅研究年刊》第一九七九年號（西安：陝西人民出版社，一九七九），頁五六七—五七〇。

這篇書目收入一九三〇至一九七七年間所出版的單行本或發表的研究論文。

108. 中國社會科學院文學研究所圖書資料室編《俄文魯迅著作翻譯及研究索引》刊於《魯迅研究年刊》第一九七九年號（西安：陝西人民出版社，一九七九），頁五七四—五八三。

這篇書目收入一九二九至一九七五年間所出版的單行本或發表的研究論文。

109. 北京圖書館、中國社會科學院文學研究所編《魯迅研究資料索引》（北京：人民文學出版社，一九八二）上册，三九六頁。

本書所錄，一九一九年至一九四九年九月，國內報紙、期刊以及圖書中有關研究魯迅的文章篇目，還收錄少數中國以外中文報紙中有關研究魯迅的篇目。全書分作報刊和圖書二大部分。報紙期刊按文章內容分成三類：學習魯迅資料、研究文章和魯迅生平事迹史料。圖書類分專著和書中收有與魯迅作品有關的文章，都按文章發表或圖書出版先後爲序。

110. 北京圖書館、中國社會科學院文學研究所編《魯迅研究資料索引》（北京：人民文學出版社，一九八〇）下册，四六五頁。

收錄從一九四九年十月至一九六五年六月，中國大陸報刊圖書中有關研究魯迅的生平事迹及作品的篇目。按文章內容，分魯迅思想研究、魯迅作品研究、魯迅生平事迹、其他等四大類。每大類中又分若干小類，且按時間先後爲序，如「魯迅作品研究」中，又以每篇小說爲一題，在「孔乙己」下，可找到所有發表有關「孔乙己」小說之評論文章。

111.《近二十年國外魯迅研究論著要目，一九六〇—一九八〇》見《國外魯迅研究論集》樂黛雲編（北京：北京大學出版社，一九八一），頁五〇八—五二一。

這篇論著書目只收以日文、英文及俄文所撰寫者。

112.李宗英、張夢陽《六十年來魯迅研究論文選》（北京：中國社會科學出版社，一九八二），共二册（上册六九一頁，下册六一八頁）。

上册收一九一九到一九四九年的論文，下册收一九四九到一九八〇年的論文。論文一律按原發表時間順序排列，因此可反映出魯迅研究的歷史發展情況與階段。最早的文章包括二十年代的吳虞、周作人、茅盾等人，最近者包括七十年代嚴家炎、林志浩、劉再復、陸耀東等人的文章。

113. 查國華、楊美蘭編《茅盾論魯迅》（濟南：山東人民出版社，一九八二），一八七頁。

這本茅盾論魯迅文選，將茅盾終生論述到魯迅的文章收集在一起。茅盾在一九二三年發表的〈讀「吶喊」〉一文，說〈狂人日記〉有淡淡的象徵主義色彩，算是最早的魯迅研究的開始。

114. 中國社會科學院現代文學研究所魯迅研究室編《魯迅研究學術論著資料滙編，一九一三—一九八三》（北京：中國文聯出版公司，一九八五—一九八七），共有四冊。

目前只見四冊，一九八五年出版的第一冊收一九一三—一九三六年的論著（一五〇二頁），一九八六年出版的第二冊收一九三七—一九三九年的論著（頁），一九八七年出版的第三冊收一九四〇—一九四五年論著（一四五九頁），一九八七年出版的第四冊收一九四五—一九四九年的論著（共八七六頁），其餘未見，如果完全出版，相信是集七十年來魯迅研究學術論著收錄最完整的一套大書。

115. Irene Eber, "*A selective Bibliography of Works by and about Lu Xun in Western Languages*", in *Lu Xun and His Legacy*, ed. Leo Ou-fan Lee (Berkeley, Cal:

University of California Press, (1985), pp.275-285.

在英國與美國以外，西方國家中像法國、德國、蘇聯及其他國家，對魯迅的研究，也有不少專書、翻譯，或單篇論述出版，這篇書目就是爲了對英美以外西方研究魯迅的不熟悉的學者而準備。

116. 中國社會科學院文學研究所資料室編《魯迅研究資料索引》續編（北京：人民文學出版社，一九八六），六七五頁。

本書收錄一九七七年一月至一九八一年十二月全國報刊登載的魯迅研究等篇論文及所出版的原著的篇目，按魯迅思想、作品研究、生平事迹、其他四大類。每大類中又分若干小類，如小說類中，可在「孔乙已」條目下找到一九七七年至一九八一年在各報章刊物上所發表研究〈孔乙已〉的論文，而且依時間先後排列。

117. 紀維周等人編《魯迅研究書錄》（北京書目文獻出版社，一九八七），七八〇頁。

以魯迅研究專著爲主，其次是專刊和文集，從一九二六年起到一九八四年止，共收一四二六種。排列以內容分，如魯迅傳記及有關資料、魯迅研究總論、魯迅著作研究等等。

十、魯迅研究期刊·叢書

118. 上海魯迅紀念館編《上海魯迅研究》（上海：學林出版社／百家出版社）。

這本不定期的學刊原叫《紀念與研究》，一九八七年改稱《上海魯迅研究》，第二期在一九八九年出版時，從學林改由百家出版社出版。內容包括史料、通訊與研究論文。目前出版至第三期（一九九〇）。

119. 紹興市魯迅研究學會編《紹興魯迅研究專刊》（紹興：紹興市魯迅研究學會出版）。

一九八八年一月開始出版，不定期出版，一九八九年出版九及十期。內容包括史料及研究論文。

120. 北京魯迅博物館，魯迅研究室編《魯迅研究資料》（天津：天津人民出版社；北京：中國文聯出版社）

每期內容包括史料、通訊與論文，約五百多頁。不定期出版，如第七期出版於一九八〇年，第十四期出版於一九八四年，第二十一期出版於一九八九年。早期由天津人民出版社，目前改由北京文聯出版社出版。

121. 北京中國魯迅研究學會編《魯迅研究》（北京：中國社會科學出版社出版）

一九八〇年創刊，由上海文藝出版社出版（年代在一九七九年，應爲一九八〇年），一九八一年開始改由中國社會科學出版社，第十一輯出版於一九八七年。

122. 《魯迅研究》（北京：中國人民大學書報資料社）

自一九八二年一月創刊，複印全中國報刊雜誌所刊載有關魯迅研究的文章，每月出版一冊，每冊約八〇頁，爲目前最完整的中國大陸研究魯迅的資料。

123.《魯迅研究年刊》（西安：陝西人民出版社出版），每期約五百餘頁。

這是西北大學魯迅研究室編輯的年刊，在一九七七年及一九七八年已試出版二期，一九七九年正式公開發行。其內容包括魯迅思想發展研究、魯迅著作研究、魯迅事迹，及魯迅研究在國外。

124.《魯迅研究文叢》（長沙：湖南人民出版社）

不定期出版，第二輯出版於一九八〇年，第四輯出版於一九八四年。每輯厚約三百多頁。

125.《魯迅研究月刊》北京魯迅博物館魯迅研究室《魯迅研究月刊》編輯部主編，北京魯迅博物館出版。

這是當前最能定期出版的發表魯迅研究的月刊，由王士菁、王得后、孫英、李允經、陳漱渝、趙瑛、姚錫佩、潘德延等人編。內容有專論、作品研究、書評、資料等。此刊原爲《魯迅研究動態》內部刊物，一九八八年改變名稱與內容，已出版一一八期。

126.《魯迅研究集刊》（上海：上海文藝出版社）第一集，一九七九，四二四頁。

這本集刊從一九七九年開始出版，不定期出版。由上海文藝出版社主編。

127.《魯迅研究叢書》（西安：陝西人民出版社）

這套叢刊已出版許多種專書，如李何林編《魯迅論》（一九八四）、程麻《魯迅留學日本史》（一九八五）、鍾敬文《關於魯迅的論考與回想》（一九八二）、周海棠《鄉土憶錄：魯迅親友憶魯迅》（一九八三）。

128.《魯迅研究叢書》（杭州：浙江文藝出版社）

這套叢書至一九八三年已出版了許多本研究魯迅的專書，包括周振甫《魯迅詩歌注》、《豐子愷繪畫魯迅小說》、謝德銑《魯迅作品中的紹與方言注釋》等書。

129.黃源、戈寶權主編《國外魯迅研究資料叢書》（杭州：浙江文藝出版社）

這套叢書已出版竹內好著，李心峰譯的《魯迅》（一九八六）等書。

（附註：本目錄在編選時，曾蒙北京師範學院王景山教授協助，謹此誌謝。）

後記

我自一九七三年開始在大學教書，魯迅始終是我最喜歡教授的一個課題。我前後在新加坡的南洋大學、臺灣的清華大學（客座），和目前的新加坡國立大學教了近二十年的魯迅作品，指導過不少學位論文，但自己卻只寫過幾篇有關魯迅的文章。我想主要原因，是教學時發揮過的論點，已得到探討的快感，過後就提不起勁在文字上重複一遍。另一些較有系統的見解和心得，往往隨意的贈送給研究生做學位論文，結果自己反而落得毫無成就。

由於發現自己沒有這方面的論著而深感恐慌和不安，因此下定決心，遠離新加坡，利用一年帶薪的學術假期（在一九八九至一九九〇年間）先後躲藏在加拿大、美國和英國各大學的中文圖書館裏，埋首讀書。當我攤開近二十年教授魯迅的研究筆記和教學要點，其中點點滴滴的心得，就如急待發芽的種籽，呼喚著我。它們大概知道，在這些中文藏書豐富的圖書館裏，而我又天天以圖書館為家，我會很迅速的幫助它們生長成學林中的樹木。

這本《魯迅小說新論》的初稿（第五篇例外，是一九七四年的舊作），便是在這時期完成。現在重讀這些文章，我特別感激和懷念柏克萊加州大學的東亞圖書館及中國研究中心、威斯康辛大學圖書館、倫敦大學亞非學院中文圖書館，此外逗留比較短促的（各一個月），還有英屬哥倫比亞大學中文圖書館、亞爾伯達大學中文系，和哈佛燕京圖書館。我在撰寫這些論文期間，幾乎每天早晨走進去，天黑後才出來，尤其在我的母校訪問期間，我就住在隔壁的湖邊公寓，從早上到午夜，除了午餐和晚飯時間，都泡在圖書館裏，在柏克萊的時候，也是如此。中國研究中心的大研究室，給我帶來很多靈感。

這次到各大學作訪問學人，我除了要感謝我的新加坡國立大學，各大學爲我安排訪問的教授，也使我感激不盡！英屬哥倫比亞大學的杜邁可（Michael Duke）教授和Daniel Overmyer教授，亞爾伯達大學的穆思禮教授、陳幼石教授和高辛甬教授，哈佛大學東亞系主任杜維明教授和吳文津館長（哈佛燕京圖書館），威斯康辛大學的老師周策縱教授、倪豪士（William Nienhauser）教授，還有倫大亞非學院遠東系（中文系）的 David Pollard教授（已辭職，現任香港中文大學教授）、Hugh Baker教授、Paul Thomson 教授和趙毅衡教授，柏克萊加州大學中國研究中心所長吉德煒（David Keightley），東亞圖書館的湯廼文博士及張伯淵先生。另外在撰寫本書過程中，上海復旦大學中文系、華東師大中文系、倫大的 Paul Thomson 與趙毅衡兩教授、柏克萊加大白之（Cyril Birch）教授、史丹福大學王靖宇教授、聖地亞哥加大葉維廉教授、威大周策縱教授，香港中文大學黃維樑教授，曾邀請我與各中文系師生討論本書中的一些研究課題，使我獲益不少。

本書中的一些論文在出書前，曾分別在下列學報上發表，也感激編輯部的批評與指正：北京社會科學院文學研究所的《文學評論》、北京《中國現代文學研究叢刊》、香港中文大學中國文化研究所《二十一世紀》、臺北的《漢學研究》、《幼獅文藝》與《中國書目季刊》、新加坡國立大學中文系《學術論文集刊》及《學叢》等學報。

臺北東大圖書公司（三民書局）董事長劉振強先生及其編輯部，一向最鼓勵和支持我的研究和出版，我前二本書，《中西文學關係研究》（一九七八）和《司空圖新論》（一九八九）都列入《滄海叢刊》出版。這一次本書的出版，臺北師範大學的邱燮友教授與陳鵬翔教授像前二書一樣，也給予很大的幫忙與照顧。

最後我要把這本書贈送給淡瑩，紀念她與我同行，在美、加，和英國的一年期間，過著修道院似的生活。其實我們在哈佛大學訪問期間，就是住在一所修道院裏。沒有這種清苦又清靜的靜修生活，這本《魯迅小說新論》就不能完成。

王潤華

一九九二年五月於新加坡國立大學中文系

滄海叢刊書目

國學類

中國學術思想史論叢(一)～(八)	錢　　穆　著
現代中國學術論衡	錢　　穆　著
兩漢經學今古文平議	錢　　穆　著
宋代理學三書隨劄	錢　　穆　著
先秦諸子繫年	錢　　穆　著
朱子學提綱	錢　　穆　著
莊子纂箋	錢　　穆　著
論語新解	錢　　穆　著

哲學類

文化哲學講錄(一)～(五)	鄔昆如　著
哲學十大問題	鄔昆如　著
哲學的智慧與歷史的聰明	何秀煌　著
文化、哲學與方法	何秀煌　著
哲學與思想	王曉波　著
內心悅樂之源泉	吳經熊　著
知識、理性與生命	孫寶琛　著
語言哲學	劉福增　著
哲學演講錄	吳　怡　著
後設倫理學之基本問題	黃慧英　著
日本近代哲學思想史	江日新　譯
比較哲學與文化(一)(二)	吳　森　著
從西方哲學到禪佛教——哲學與宗教一集	傅偉勳　著
批判的繼承與創造的發展——哲學與宗教二集	傅偉勳　著
「文化中國」與中國文化——哲學與宗教三集	傅偉勳　著
從創造的詮釋學到大乘佛學——哲學與宗教四集	傅偉勳　著
中國哲學與懷德海	東海大學哲學研究所主編
人生十論	錢　　穆　著
湖上閒思錄	錢　　穆　著
晚學盲言(上)(下)	錢　　穆　著
愛的哲學	蘇昌美　著
是與非	張身華　譯
邁向未來的哲學思考	項退結　著

現代藝術哲學	孫旗譯
現代美學及其他	趙天儀著
中國現代化的哲學省思	成中英著
不以規矩不能成方圓	劉君燦著
恕道與大同	張起鈞著
現代存在思想家	項退結著
中國思想通俗講話	錢穆著
中國哲學史話	吳怡、張起鈞著
中國百位哲學家	黎建球著
中國人的路	項退結著
中國哲學之路	項退結著
中國人性論	臺大哲學系主編
中國管理哲學	曾仕強著
孔子學說探微	林義正著
心學的現代詮釋	姜允明著
中庸誠的哲學	吳怡著
中庸形上思想	高柏園著
儒學的常與變	蔡仁厚著
智慧的老子	張起鈞著
老子的哲學	王邦雄著
逍遙的莊子	吳怡著
莊子新注（內篇）	陳冠學著
莊子的生命哲學	葉海煙著
墨家的哲學方法	鐘友聯著
韓非子析論	謝雲飛著
韓非子的哲學	王邦雄著
法家哲學	姚蒸民著
中國法家哲學	王讚源著
二程學管見	張永儁著
王陽明——中國十六世紀的唯心主義哲學家	張君勱原著、江日新中譯
王船山人性史哲學之研究	林安梧著
西洋百位哲學家	鄔昆如著
西洋哲學十二講	鄔昆如著
希臘哲學趣談	鄔昆如著
近代哲學趣談	鄔昆如著
現代哲學述評㈠	傅佩榮編譯

當代西方哲學與方法論	臺大哲學系主編
人性尊嚴的存在背景	項退結編著
理解的命運	殷鼎著
馬克斯·謝勒三論	阿弗德·休慈原著、江日新譯
懷海德哲學	楊士毅著
洛克悟性哲學	蔡信安著
伽利略·波柏·科學說明	林正弘著
宗教類	
天人之際	李杏邨著
佛學研究	周中一著
佛學思想新論	楊惠南著
現代佛學原理	鄭金德著
絕對與圓融——佛教思想論集	霍韜晦著
佛學研究指南	關世謙譯
當代學人談佛教	楊惠南編著
從傳統到現代——佛教倫理與現代社會	傅偉勳主編
簡明佛學概論	于凌波著
圓滿生命的實現（布施波羅密）	陳柏達著
薝蔔林·外集	陳慧劍著
維摩詰經今譯	陳慧劍譯註
龍樹與中觀哲學	楊惠南著
公案禪語	吳怡著
禪學講話	芝峯法師譯
禪骨詩心集	巴壺天著
中國禪宗史	關世謙著
魏晉南北朝時期的道教	湯一介著
社會科學類	
憲法論叢	鄭彥棻著
憲法論衡	荆知仁著
國家論	薩孟武譯
中國歷代政治得失	錢穆著
先秦政治思想史	梁啟超原著、賈馥茗標點
當代中國與民主	周陽山著
釣魚政治學	鄭赤琰著
政治與文化	吳俊才著
中國現代軍事史	劉馥著、梅寅生譯
世界局勢與中國文化	錢穆著

中華文化十二講	錢　穆　著
民族與文化	錢　穆　著
楚文化研究	文崇一　著
中國古文化	文崇一　著
社會、文化和知識分子	葉啟政　著
儒學傳統與文化創新	黃俊傑　著
歷史轉捩點上的反思	韋政通　著
中國人的價值觀	文崇一　著
紅樓夢與中國舊家庭	薩孟武　著
社會學與中國研究	蔡文輝　著
比較社會學	蔡文輝　著
我國社會的變遷與發展	朱岑樓主編
三十年來我國人文社會科學之回顧與展望	賴澤涵　編
社會學的滋味	蕭新煌　著
臺灣的社區權力結構	文崇一　著
臺灣居民的休閒生活	文崇一　著
臺灣的工業化與社會變遷	文崇一　著
臺灣社會的變遷與秩序(政治篇)(社會文化篇)	文崇一　著
臺灣的社會發展	席汝楫　著
透視大陸	政治大學新聞研究所主編
海峽兩岸社會之比較	蔡文輝　著
印度文化十八篇	糜文開　著
美國的公民教育	陳光輝　譯
美國社會與美國華僑	蔡文輝　著
文化與教育	錢　穆　著
開放社會的教育	葉學志　著
經營力的時代	青野豐作著、白龍芽　譯
大眾傳播的挑戰	石永貴　著
傳播研究補白	彭家發　著
「時代」的經驗	汪琪、彭家發　著
書法心理學	高尚仁　著

史地類

古史地理論叢	錢　穆　著
歷史與文化論叢	錢　穆　著
中國史學發微	錢　穆　著
中國歷史研究法	錢　穆　著
中國歷史精神	錢　穆　著

國史新論	錢　穆 著
秦漢史	錢　穆 著
秦漢史論稿	邢義田 著
與西方史家論中國史學	杜維運 著
中西古代史學比較	杜維運 著
中國人的故事	夏雨人 著
明朝酒文化	王春瑜 著
共產國際與中國革命	郭恒鈺 著
抗日戰史論集	劉鳳翰 著
盧溝橋事變	李雲漢 著
老臺灣	陳冠學 著
臺灣史與臺灣人	王曉波 著
變調的馬賽曲	蔡百銓 譯
黃帝	錢　穆 著
孔子傳	錢　穆 著
唐玄奘三藏傳史彙編	釋光中 編
一顆永不殞落的巨星	釋光中 著
當代佛門人物	陳慧劍編著
弘一大師傳	陳慧劍 著
杜魚庵學佛荒史	陳慧劍 著
蘇曼殊大師新傳	劉心皇 著
近代中國人物漫譚・續集	王覺源 著
魯迅這個人	劉心皇 著
三十年代作家論・續集	姜　穆 著
沈從文傳	凌　宇 著
當代臺灣作家論	何　欣 著
師友風義	鄭彥棻 著
見賢集	鄭彥棻 著
懷聖集	鄭彥棻 著
我是依然苦鬥人	毛振翔 著
八十憶雙親、師友雜憶（合刊）	錢　穆 著
新亞遺鐸	錢　穆 著
困勉強狷八十年	陶百川 著
我的創造・倡建與服務	陳立夫 著
我生之旅	方　治 著
語文類	
中國文字學	潘重規 著

中國聲韻學	潘重規、陳紹棠 著
訓詁通論	吳孟復 著
翻譯新語	黃文範 著
詩經研讀指導	裴普賢 著
陶淵明評論	李辰冬 著
鍾嶸詩歌美學	羅立乾 著
杜甫作品繫年	李辰冬 著
杜詩品評	楊慧傑 著
詩中的李白	楊慧傑 著
司空圖新論	王潤華 著
詩情與幽境——唐代文人的園林生活	侯迺慧 著
唐宋詩詞選——詩選之部	巴壺天 編
唐宋詩詞選——詞選之部	巴壺天 編
四說論叢	羅盤 著
紅樓夢與中華文化	周汝昌 著
中國文學論叢	錢穆 著
品詩吟詩	邱燮友 著
談詩錄	方祖燊 著
情趣詩話	楊光治 著
歌鼓湘靈——楚詩詞藝術欣賞	李元洛 著
中國文學鑑賞舉隅	黃慶萱、許家鶯 著
中國文學縱橫論	黃維樑 著
蘇忍尼辛選集	劉安雲 譯
1984	GEORGE ORWELL原著、劉紹銘 譯
文學原理	趙滋蕃 著
文學欣賞的靈魂	劉述先 著
小說創作論	羅盤 著
借鏡與類比	何冠驥 著
鏡花水月	陳國球 著
文學因緣	鄭樹森 著
中西文學關係研究	王潤華 著
從比較神話到文學	古添洪、陳慧樺主編
神話卽文學	陳炳良等譯
現代散文新風貌	楊昌年 著
現代散文欣賞	鄭明娳 著
世界短篇文學名著欣賞	蕭傳文 著
細讀現代小說	張素貞 著

現代詩學	蕭　蕭　著
詩美學	李元洛　著
詩學析論	張春榮　著
橫看成嶺側成峯	文曉村　著
大陸文藝論衡	周玉山　著
大陸當代文學掃瞄	葉穉英　著
走出傷痕——大陸新時期小說探論	張子樟　著
兒童文學	葉詠琍　著
兒童成長與文學	葉詠琍　著
增訂江皋集	吳俊升　著
野草詞總集	韋瀚章　著
李韶歌詞集	李　韶　著
石頭的研究	戴　天　著
留不住的航渡	葉維廉　著
三十年詩	葉維廉　著
讀書與生活	琦　君　著
城市筆記	也　斯　著
歐羅巴的蘆笛	葉維廉　著
一個中國的海	葉維廉　著
尋索：藝術與人生	葉維廉　著
山外有山	李英豪　著
葫蘆・再見	鄭明娳　著
一縷新綠	柴　扉　著
吳煦斌小說集	吳煦斌　著
日本歷史之旅	李希聖　著
鼓瑟集	幼　柏　著
耕心散文集	耕　心　著
女兵自傳	謝冰瑩　著
抗戰日記	謝冰瑩　著
給青年朋友的信(上)(下)	謝冰瑩　著
冰瑩書柬	謝冰瑩　著
我在日本	謝冰瑩　著
人生小語㈠～㈣	何秀煌　著
記憶裏有一個小窗	何秀煌　著
文學之旅	蕭傳文　著
文學邊緣	周玉山　著
種子落地	葉海煙　著

向未來交卷	葉海煙 著
不拿耳朶當眼睛	王讚源 著
古厝懷思	張文貫 著
關心茶——中國哲學的心	吳怡 著
放眼天下	陳新雄 著
生活健康	卜鍾元 著
美術類	
樂圃長春	黃友棣 著
樂苑春回	黃友棣 著
樂風泱泱	黃友棣 著
談音論樂	林聲翕 著
戲劇編寫法	方寸 著
戲劇藝術之發展及其原理	趙如琳譯著
與當代藝術家的對話	葉維廉 著
藝術的興味	吳道文 著
根源之美	莊申 著
中國扇史	莊申 著
立體造型基本設計	張長傑 著
工藝材料	李鈞棫 著
裝飾工藝	張長傑 著
人體工學與安全	劉其偉 著
現代工藝概論	張長傑 著
色彩基礎	何耀宗 著
都市計畫概論	王紀鯤 著
建築基本畫	陳榮美、楊麗黛 著
建築鋼屋架結構設計	王萬雄 著
室內環境設計	李琬琬 著
雕塑技法	何恆雄 著
生命的倒影	侯淑姿 著
文物之美——與專業攝影技術	林傑人 著